Johanna
und
die Hexe Wacholder

Ina Steg

Bibliografische Information der Deutschen Nationalbibliothek: Die deutsche Nationalbibliothek verzeichnet diese Publikation in der Deutschen Nationalbibliografie; bibliografische Daten sind online unter http://dnb.dnb.de abrufbar.

Coverbild: Miriam Gamper-Brühl, 3kreativ.de

Ina Steg
c/o J. Rösner
Barthel-Bruyn-Str. 17
45147 Essen

© 2022 Ina Steg
Herstellung und Verlag: BoD – Books on Demand,
Norderstedt
ISBN: 9783756808151

Die Hexe Wacholder

An der kurzen Straße, mit dem langen Namen, in einem schiefen Haus mit großen Fenstern, lebte die Hexe Wacholder. *Man muss immer ein Stück vom Himmel sehen können und auch etwas von der Erde*, fand Wacholder.

Jeden Morgen stand sie um Punkt sechs Uhr auf, trank einen Pfefferminztee mit einer Scheibe Zitrone und Honig und dazu aß sie ein Stück Apfelkuchen sowie eine Möhre.

Den Kuchen aß sie, weil ihr am Nachmittag öfter mal etwas dazwischengekommen war und dann hatte es Tage ohne Kuchen gegeben. Weil ein Tag ohne Kuchen nicht sein durfte, gab es ihn seit vielen Jahren schon immer am Morgen. Die Möhre aß sie wegen der schönen leuchtenden Farbe und natürlich auch, weil Vitamine wichtig sind.

Mit Tee und Teller stand sie am geöffneten Fenster und ließ den Wind in das Haus. »Guten Morgen, lieber Wind«, sagte sie. »Nimm alles mit vom alten Tag und mache mir Platz für Neues.« Und da im Norden oft ein starker Wind blies, kam es häufig vor, dass eine Böe erst Wacholders langen, braunen Haare in die Höhe wirbelte und dann durch die Lavendelzweige fuhr, die quer im Raum zum Trocknen hingen. Man roch diesen Duft bis unter das Dach.

Wenn der Wind seine Reise durch das Haus gemacht hatte, flüsterte sie ihm zu: »Grüße alle unsere Freunde da draußen, die Bäume und auch die Tiere und wünsche einen schönen Tag.«

Wenn sie mit dem Frühstück fertig war, öffnete sie die Tür zu ihrem Garten und schob einen Fuß über die Schwelle, um dem Wetter zu begegnen. Von Mai bis August lief sie barfuß, weil sie es liebte, den sonnengewärmten Holzboden zu spüren. Genauso gerne schlüpfte sie jedoch ab September in weiche, kuschelige Socken, wackelte mit den Zehen und fühlte den herrlichen Stoff auf ihrer Haut.

Wenn Wacholder wusste, was sie draußen erwarten würde, machte sie einen Schritt rückwärts und griff in die Holzkiste neben der Tür. Sie nahm die Tüte mit den Katzenleckerlies heraus und ließ sie laut rascheln. Das Katergeschwisterpaar Mars und Maler eilte aus der ersten Etage aus ihrem Bett herbei.

Wacholder bückte sich und legte zwei Leckerlies vor die Tür.

Die Kater liebten das Haus. Nie hätten sie hinausgewollt. Zum einen, weil sie als Babys in einem Pappkarton an einer Straße ausgesetzt worden waren und seitdem den Geräuschen von draußen misstrauten und zum anderen, hatten sie im Haus alles, was sie brauchten. An den Balken im Zimmer unter dem Dach konnten sie ihre Krallen schärfen und überall standen Töpfe mit Kräutern, in die sie ihre Nasen stecken konnten. Aber Wacholder dachte, vielleicht wäre ihnen eines Tages danach, doch nach draußen zu gehen und dann sollten sie auch die Möglichkeit dazu haben.

Beide Kater schoben den Kopf über die Schwelle, angelten mit den Pfoten nach den Leckerlies und oft gab es draußen plötzlich ein Geräusch. Daraufhin machten sie einen Buckel und schlichen rückwärts und wer schon mal gesehen hat, wie Katzen rückwärtsgehen, der kann sich denken, dass Wacholder jedes Mal kichern musste.

Kurz danach ging Wacholder auf die Knie und stützte sich auf ihre Hände. Dabei rutschten ihre vielen Armreife klirrend nach unten und nachdem sie sich in Balance gebracht hatte, lief sie ebenfalls rückwärts. Die Kater sollten schließlich auch etwas

zu kichern haben. In dieser Position machte sie ein paar Streck-
übungen für den Rücken und schaute sich um.

»Zwischendurch ist es gut, seine gewohnte Umgebung mal
aus einer anderen Perspektive zu betrachten.«

So hatte sie schon ein verloren geglaubtes Buch unter dem
Sofa entdeckt und Malers Lieblingsspielzeug, den roten
Flummi mit den vielen Zahnabdrücken. Erst durch die Zahn-
abdrücke, hatte er seine besondere Art, in die wildesten Richtungen zu springen erhalten und Maler war sicher froh gewesen, diese Zeit nicht umsonst investiert zu haben.

Um viertel vor sieben ging Wacholder ins Bad und erledigte,
was man da so erledigen musste und verließ das Haus.

Diese ersten fünfundvierzig Minuten am Tag gehörten ihr.
Und so blieb es auch, als wir uns begegneten.

Kaffee mit Zimt und Kandis

Als ich die Wassermühlenoberbachstraße erreichte, frischte der Wind auf und zerrte an meinem, eben noch an der Bushaltestelle, frisch gemachten Zopf. Ich fror, was nicht nur am Wind lag. Jeder Schritt, den ich auf das schiefe Haus zumachte, wurde abwechselnd von einer heißen und von einer kalten Welle begleitet, die meine Muskeln zittrig und all meine wohl zurechtgelegten Sätze leicht werden ließen. Einer nach dem anderen schien sich in meinem Kopf aufzulösen. Wenigstens wusste ich noch meinen Namen.

Guten Tag, ich bin Johanna, wir haben gestern Nachmittag telefoniert. Ich komme wegen des Zimmers.

Die beiden Sätze waren noch da.

Alle anderen nicht.

Also, ein Kompliment wollte ich ihr machen. Etwas Nettes sagen. Vielleicht zu ihrer Frisur oder dem Haus. Eventuell standen schöne Blumen davor, deren Blütenpracht ich loben konnte.

Wenn sie mich direkt auf meine Eltern ansprechen sollte, dann würde mir mein Portmonee aus der Hosentasche rutschen. Das hatte ich gut vorbereitet, es schaute bereits ein Stück aus meiner Hosentasche hinaus. Ich müsste nur mein Bein etwas anziehen, dadurch würde es zu Boden fallen. Wir würden uns erschrecken und ich könnte Wacholder mit einem anderen Thema ablenken. So würde sie mich ein wenig kennenlernen und vielleicht fiel es ihr dann schwerer nein zu sagen.

Ich war da.

Das Haus war schmal, aber hoch. Es gab drei Stufen zur Haustür und keine Blumen davor. Stattdessen wuchsen rechts und links Sträucher mit dornigen Zweigen. Mit einem Kompliment dafür war es also Essig.

Ich klingelte und atmete tief ein. Hatte ich eingeatmet? Es fühlte sich nicht so an, als ob in meine Lunge wirklich Sauerstoff gelangte.

Die Tür ging auf und sie stand vor mir, die Hexe Wacholder.

Ihr langes, braunes, von feinen grauen Strähnen durchzogenes Haar wurde von einer Windböe erfasst und durcheinandergewirbelt.

»Hallo Johanna. Hier. Fege doch bitte die Stufen hinter dir.«

Wacholder streckte mir einen gebundenen Besen aus langen Ästen entgegen.

Ich drehte mich um, blickte auf meine Schuhe und prüfte, ob Schmutz daran klebte. Es war alles okay.

Verwundert sah ich sie an.

»Wenn du jetzt fegst, hast du nachher einen besonders schönen Rückweg, das wird dich freuen. Außerdem sind wir beide ein wenig nervös. Aber jetzt haben wir uns schon kurz gesehen und wenn wir nun noch mal eine Minute richtig Luft holen können, wird es uns gleich sicher viel besser gehen.«

Sie lächelte.

Ich nahm ihr den Besen ab und nickte. Bedacht stieg ich die Stufen hinunter, fegte sorgfältig ein Stück des Weges, ging am Rand die Stufen wieder hinauf und reinigte auch diesen Teil, danach gab ich ihr den Besen zurück.

Wacholder stellte ihn mit dem Stil nach unten in den Flur. Sie drehte sich erneut zu mir um und streckte ihre Hand aus.

»Ich freue mich, dass du da bist. Komm bitte herein.«

Ich schüttelte ihre Hand.

Sie sah mir in die Augen und lächelte.

Ihr Händedruck war stark und doch ganz sanft.

Sie ließ meine Hand etliche Sekunden lang nicht los. Ich mochte das. So konnten wir uns einige Momente lang ansehen.

Wacholder hatte einen durchdringenden Blick. Ihre Haut war braun gebrannt und auf der Nase und über der Oberlippe hatte sie einige Sommersprossen. Auf der linken Wange waren zwei frische Kratzer zu sehen.

»Hast du gut hergefunden?«

Sie ließ meine Hand langsam los.

Ich nickte. »Der Bus hält nur zwei Straßen weiter.«

»Ich hörte davon. Ich fahre immer mit dem Rad, aber meistens in die gegenüberliegende Richtung. Ist das nicht komisch? Manchmal scheint es einen nur in eine bestimmte Richtung zu ziehen und dann beachtet man die andere gar nicht mehr.«

Ich kräuselte die Nase. Das machte ich immer, wenn ich nachdenklich, aber auch freundlich aussehen wollte, also immer dann, wenn ich keine Antwort parat hatte.

Wacholder schloss die Tür und ich zog meine Schuhe aus.

»Da stehen Gästepantoffeln. Magst du einen Kaffee?«

»Ja, mit Milch und Zucker bitte.«

Ich schlüpfte in die grauen Filzschuhe. Das war mir gar nicht so recht, denn sie passten nicht zu meiner guten schwarzen Jeans, die ich extra für heute rausgelegt hatte, aber das konnte ich Wacholder ja schlecht sagen.

Als ich mich aufrichtete, blickte ich auf die Zeichnung einer grinsenden Katze. Sie trug einen Schlips und hatte eine qualmende Zigarette im Mundwinkel. Die Katze hatte Ähnlichkeit mit der aus Alice im Wunderland.

»Bitte, dein Kaffee.«

Ich zuckte zusammen.

Wacholder war neben mir aufgetaucht und hielt mir eine bunt gepunktete Tasse entgegen. Bedacht nahm ich sie ihr ab.

»Danke.«

»Das Bild ist von dem Künstler Mecki Bambuso, der eigentlich Markus Winterfeld heißt. Winterfeld, stell dir mal vor und dann nennt er sich Bambuso. Nun ja, auch Künstler verlieren manchmal das Gefühl für das Wesentliche.«

Wacholder zeigte auf die Katze. »In der Ausstellungsbroschüre stand, durch seine Bilder befördere er die Figuren unserer Kindheitsgeschichten in die Gegenwart. Er möchte uns damit an unseren inneren Kern erinnern. Gelingt ihm das?«

Ich blickte erneut auf das Bild, danach zu Wacholder und zuckte mit den Schultern. »Mich bringt es zum Lachen.«

Wacholder schmunzelte. »Wenn die Kunst bereits in meinem Flur jemanden zum Lachen bringt, dann hat sie ihren Zweck auch erfüllt. Ich fand die Katze aus Alice im Wunderland schon immer etwas gruselig. Sie redete mir zu viel. Vielleicht hätte ich lieber die Zeichnung von Donald Duck mit den dunklen Augenringen nehmen sollen.«

»Ich lese am liebsten Mangas, aber Donald finde ich auch toll.«

»Dann können wir ja mal tauschen.« Wacholder stellte sich neben mich und blickte die Treppe hoch. »Wir sollten und erst das Zimmer ansehen, damit du weißt, ob es dir überhaupt gefällt.«

Wollte sie gar nicht wissen, warum ich alleine hier war? Ich hatte ihr am Telefon ja gesagt, dass ich fünfzehn bin.

Die Anspannung meiner Muskeln ließ etwas nach. Bis wir auf meine Eltern zu sprechen kamen, war anscheinend noch etwas Zeit.

»Gerne.« Ich hob die Tasse an die Lippen und schielte auf den herausschauenden Löffel, dabei nahm ich den Duft von Zimt wahr.

Wacholder sah zu mir. »Es ist Kandis drin. Du musst vielleicht noch umrühren. Ich finde, der Kandis macht so schöne Geräusche in der Tasse, wenn er hin und her gewirbelt wird.«

Ich senkte die Tasse, rührte sachte um und lauschte. »Und der Zimt malt ein Bild auf die Oberfläche.«

»Stimmt. Ich habe ganz vergessen, dich zu fragen, ob du Zimt magst. Auf alles Süße kommt bei mir auch Zimt. Und auch auf vieles, was nicht süß ist.«

»Ich mag ihn gerne.«

Wacholder rührte ebenfalls ihren Kaffee um und hielt dabei ihr Ohr nah an die Tasse. Sie nickte zufrieden, ging an mir vorbei und die ersten Stufen der Treppe nach oben. »Das Zimmer ist unter dem Dach.«

Ich folgte ihr.

Wacholder hatte einen federnden Gang. Sie nahm zwar jede Stufe mit Bedacht, dafür aber mit Schwung. Sie trug eine weite, hellblaue Leinenbluse mit dreiviertel langen Ärmeln. Silberne Armreife mit türkisfarbenen Steinen zierten ihre Handgelenke. Zwei davon lagen nicht so eng an und rutschten hoch und runter. Ihre Haut war vom vergangenen Sommer auch an den Armen braungebrannt.

Wehmütig blickte ich auf meine Handrücken. Meine Haut blieb stets blass. Selbst im Urlaub im vergangenen Jahr in Italien waren nur ein paar Sommersprossen auf der Nasenspitze dazugekommen. In diesem Jahr waren wir zuhause geblieben, weil ich mich mit meinen Eltern so oft gestritten hatte. Mein Magen zog sich an die Erinnerung daran zusammen.

So in Gedanken versunken, merkte ich erst kurz vor knapp, dass Wacholder auf der ersten Etage mitten im Flur stehengeblieben war.

Ich stellte mich neben sie und betrachtete die drei Türen.

Wacholder zeigte nach links. »Dort ist mein Schlafzimmer und daneben mein Arbeitszimmer. Beide sind nicht aufgeräumt. Neben der Treppe ist das Bad.«

Sie ging einige Schritte und öffnete die Tür.

Ich folgte ihr und warf einen Blick in das hell-blau gekachelte Badezimmer, welches hinter der Tür eine Dusche besaß. Rechts von mir gab es einen schmalen, hohen Spiegel, ein breites Waschbecken und die Toilette.

Wacholder zeigte unter das Waschbecken. »Da könnte noch ein Regal hin, für deine Sachen. Meine sind alle in dem Schrank dort.«

Ich betrachtete den alten Schrank aus dunklem Holz, sah Wacholder an und lächelte.

Wacholder ging erneut vor, die nächsten Stufen hinauf, öffnete am Ende der Treppe eine Falttür und ich folgte ihr in das Zimmer unter dem Dach.

Vier Stützbalken standen im Raum. Sie waren in dunklem Rot gestrichen, genau wie der Fußboden. Drei kleine Fenster, auf der rechten und linken Seite sowie mir gegenüber, warfen einen hellen Schein auf die Einrichtung. Geradeaus vor mir stand ein schmales Bett, daneben ein Nachtschränkchen und unter der Schräge rechts daneben eine Kommode mit zwei großen Schubladen. Es duftete nach sonnengewärmten Holz.

Mein Schreibtisch würde noch reinpassen, aber das Bücherregal und mein eigener Kleiderschrank nicht. Mein Regal war ein Einfaches aus Holzstreben. Vielleicht könnte mein Vater es zusägen.

Mir wurde wieder ganz kalt.

Sie werden dagegen sein. Warum sollten sie mir erlauben, auszuziehen, wenn sie mir eh schon ständig vorwarfen, dass wir uns zu wenig sahen und den Kontakt zueinander verloren.

Ich machte einen Schritt, damit Wacholder meine veränderte Körperspannung nicht bemerkte, doch sie folgte mir und betrachtete mich.

Ich zog den Zopf fest, um meine Arme dabei schützend vor mein Gesicht halten zu können.

»Ich habe das Zimmer mal für eine Freundin von mir eingerichtet, sie besuchte mich öfter. Nun leider nicht mehr. Wo hast du eigentlich meine Anzeige entdeckt?«

»Sie hing an einer Laterne in der Nähe meiner Schule.«

»Ach, die Laternen an den Schulen. Die hatte ich wohl vergessen.«

Wacholder nahm einen Schluck Kaffee.

Wie meinte sie das?

»War die Anzeige gar nicht mehr aktuell?«

Ich bekam plötzlich wieder schlecht Luft.

»Doch, doch. Ich hatte nur schon länger gesucht und niemanden gefunden und es eigentlich erst mal aufgegeben. Ich dachte, ich hätte alle Anzeigen abgehängt. Dann war meine Vergesslichkeit ja mal für etwas gut. Alles zeigt irgendwann seinen Nutzen.«

Sie lächelte mir zu und ich wurde innerlich wieder ruhiger.

»Gefällt dir denn das Zimmer?«

»Es ist sehr hübsch. Wegen den Möbeln müsste ich mal mit meinen Eltern sprechen.«

Ich tat so, als sei mit ihnen schon alles geklärt, dabei wussten sie von nichts.

»Magst du Apfelkuchen?«

»Sehr gern.«

»Lass uns in die Küche gehen.«

Wir stiegen die erste Treppe wieder hinunter.

»Wacholder, ich müsste kurz wohin. Könntest du meine Tasse mit runternehmen?«

Sie nickte und nahm meine Tasse entgegen.

Ich ging in das Bad und schloss die Tür. Auf das Waschbecken gestützt, atmete ich tief durch.

Ein feiner Duft nach Orange lag in der Luft. Mein Blick fiel auf das Fensterbrett, auf dem ein dunkelblaues Stövchen stand. Ein Teelicht brannte darunter.

Mein Herzschlag beruhigte sich.

Ich drehte mich um und blickte zu dem Schrank. Darauf standen ein weißer und ein roter Blumentopf mit jeweils einem wuchernden Efeu und einer Pflanze darin, die ich nicht kannte, deren Zweige aber ebenfalls am Schrank hinunterrankten.

In die Schranktüren waren wunderschöne geschwungene Verzierungen gefräst. Sie wirkten wie Flammen, die gen Himmel loderten. Neben der Dusche war eine kleine Heizung, auf der ein grünes Handtuch mit bunten Kringeln lag. Wacholder schien gern Altes mit Neuem zu vermischen. Sie mochte wohl Buntes, aber ebenso dunkle Töne, wie die, des antiken Holzschrankes. Es passte alles erstaunlich gut zueinander.

Ich stellte mir vor, hier jeden Morgen in den Tag starten zu dürfen. Das angenehme Gefühl, was sich in mir ausbreitete, gab mir wieder Halt.

Wacholder war mir gegenüber sehr freundlich. Sie gab dem Ganzen also vielleicht eine Chance. Hätte ich doch vorher mit meinen Eltern reden sollen? Wenn Wacholder ja und sie nein sagten, wäre ich dann nicht umso enttäuschter? Aber vielleicht würde Wacholder mir auch helfen und mit ihnen reden?

Ich drehte mich wieder zum Waschbecken um und atmete den frischen Duft der Orange ein.

Eins nach dem anderen. Erst mal musste ich mit Wacholder über das Geld sprechen. Vielleicht wäre es danach schon vorbei.

Ich ging auf die Toilette, wusch mir die Hände und eilte nach unten in die Küche.

Auf dem runden Tisch hatte Wacholder Tee und Kuchen bereitgestellt. Ich setzte mich ihr gegenüber.

»Danke dafür.«

Wacholder lächelte. »Mit etwas Süßem auf dem Teller, redet es sich leichter.«

Sie pustete in ihre Tasse. »Und mit Fencheltee, der beruhigt den Magen.«

Ihr Blick traf mich und zum ersten Mal war dieser nicht sehr freundlich. Er war ernst und Wacholder wirkte besorgt.

Ich trank einen Schluck und setzte mich ganz gerade hin.

»Mir gefällt das Zimmer sehr gut. In deiner Anzeige stand, der Anteil an der Miete sei verhandelbar. Ich gehe seit einem Jahr, einmal in der Woche für vier Stunden in einer Gärtnerei arbeiten und verdiene dort vierzig Euro. Das sind hundertsechzig Euro pro Monat.«

Ich ließ die Tasse los, weil ich mir die Finger verbrannte.

»Mit meinen Eltern habe ich noch nicht gesprochen, aber ich denke, es wäre gerade gut für uns, wenn ich nicht mehr so oft zuhause wäre. Wir … wir streiten uns viel.« Ich schluckte.

Das hatte ich nicht sagen wollen. Ich wollte meine Eltern vor Wacholder nicht schlecht machen. Doch plötzlich waren all die Erinnerungen an die vergangenen Wochen zurück.

Fetzen der Vorwürfe stoben durch meinen Kopf und ließen Wut in mir auflodern. Wie eine heiße Flamme köchelte sie in meinem Magen und ließ meine zuvor auswendig gelernten

Sätze verkohlen. Ich konnte die Wut nicht bremsen, wieder mal nicht.

Wacholder betrachtete mich mit hochgezogenen Augenbrauen. Schnell sprach ich weiter. »Wir sind oft nicht einer Meinung. Ich kann ihre Erwartungen nicht erfüllen und dann gibt es Streit. Ich glaube, der Abstand würde uns guttun. Ich wollte erst eine Zusage für ein Zimmer haben, bevor ich mit ihnen rede, damit sie sehen, dass ich Verantwortung übernehmen kann. Vielleicht geben sie zu der Miete auch noch ein wenig dazu. Von meinem Taschengeld bezahle ich auch meine Kleidung, da kann ich leider nicht mehr viel von abgeben. Hundertsechzig Euro sind sehr wenig, das weiß ich …« Meine Stimme zitterte.

Man, wie peinlich.

Ich trank einen weiteren Schluck Tee. Nun war es vorbei. Wacholder fand es bestimmt albern, wie ich mich verhielt.

»Das hätte ich sicher auch so gemacht.«

Ich sah Wacholder an.

Der milde Ausdruck war in ihren Blick zurückgekehrt.

»Du wolltest an der bedrückenden Situation etwas ändern und hast diese Energie genutzt. Das war gut, sonst würdest du jetzt vielleicht immer noch darin feststecken. Deine Eltern könnten diesen Freitagabend zum Essen herkommen, um mich kennenzulernen und sich das Zimmer anzusehen.«

Also zog Wacholder meinen Einzug wirklich in Betracht?

Plötzlich hörte ich Getrappel auf den Treppenstufen.

Wacholder blickte über ihre Schulter. »Das sind Mars und Maler. Sie haben wohl den Apfelkuchen gerochen. Ich esse ihn sonst morgens, wenn sie ihr Frühstück bekommen. Sie erhoffen sich wohl einen Nachmittagssnack.«

Kuchen zum Frühstück? Doch ehe ich weiter darüber nachdenken konnte, drehte sich Wacholder zur Tür um. Ich beugte mich zur Seite.

Zwei Katerköpfe erschienen, beide schwarz mit weißen Flecken, der eine hatte ihn rund um das linke Auge und der andere am Hals.

»Wir haben Besuch, deshalb gibt es heute ein zweites Mal Kuchen«, sagte Wacholder leise.

Die beiden schnupperten und der Kater mit dem weißen Fleck im Gesicht machte einige Schritte.

»Das ist Maler. Er ist etwas mutiger als sein Bruder. Sie sind beide sehr schreckhaft. Man fand sie in einem Pappkarton, ausgesetzt an einer Hauptstraße, als sie Kätzchen waren.«

Mein Magen zog sich zusammen. Ich beugte mich weiter runter.

Maler blieb stehen und starrte mich an.

»Hallo, erschrick bitte nicht vor mir.«

Maler drehte sich um, lief zur Tür, kam wieder zurück und maunzte leise.

Im Augenwinkel sah ich, wie Wacholder mir etwas hinhielt. Ich streckte die Hand aus und sie ließ zwei dicke Kuchenstreusel hineinfallen.

Ich machte meinen Arm so lang wie es ging und hielt den einen Krümel Richtung Maler.

Mars machte nun auch einen langen Hals.

Maler tapste näher, schnupperte und biss in den Krümel.

Seine Zähne zwackten in meine Finger und ich ließ den ersten der beiden Streusel los. Nun machte Mars einen Satz nach vorne, landete vor meiner Hand und ich ließ auch den anderen Krümel fallen.

Er schleckte ihn auf, dann verschwanden die Brüder unter dem Tisch und strichen Wacholder um die Beine.

»Wie alt sind sie?«

»Sieben Jahre, aber im Herzen nur ein paar Monde alt, so viel Quatsch wie sie anstellen. Falls du nachher deine Schuhe nicht mehr richtig zubinden kannst, tut es mir leid. Sie zerbeißen gerne alle möglichen Schnüre und wenn sie einen Teil davon erobern können, schleppen sie diesen in jeden Winkel des Hauses. Wäre das für dich in Ordnung?«

Meine Augen öffneten sich weit.

»Wenn du hier wohnst, meine ich.«

Das mit dem Geld war also kein Problem?

»Natürlich. Ich teile meine Schnürsenkel gerne.«

Wacholder lächelte, streckte die Hand aus und zog einen Haftnotizzettelblock von der Fensterbank. Auch auf meiner Seite lag so ein Block.

Sie schrieb etwas darauf, löste das Blatt und reichte es mir.

»Das ist meine Handynummer. Ruf mich an, wenn du weißt, ob ihr am Freitag kommt. Wenn deine Eltern mich vorher schon sprechen wollen, können Sie mich auch gerne anrufen.«

»Danke.«

Wacholder nahm einen großen Bissen vom Kuchen, kaute langsam und schaute aus dem Fenster.

Ich aß ebenfalls weiter und blickte hinaus. Einige trockne Blätter wirbelten umher.

»Ich freue mich, wenn in einigen Wochen der Herbst naht. Alles wird ruhiger werden und so ist es gut.«

Ich nickte und sah zu Wacholder hinüber. Ihr Blick ging immer noch in die Ferne.

Ich aß auf und leerte die Tasse. »Ich gehe dann mal.«

Wir standen auf.

Mars und Maler flitzten aus der Küche und die Treppe hinauf.

Im Flur zog ich meine Schuhe an, die Schnürsenkel waren noch dran, und nahm meine Jacke.

Wacholder zeigte auf eine Schale mit eingepackten Bonbons, die auf der Kommode vor mir stand.

»Nimm dir ein paar davon. Man weiß nie, wie lang ein Weg wird, wenn man das Haus verlässt.«

Ich stutzte, griff aber dann zwei der funkelnden Stücke heraus und steckte sie in die Tasche.

Ich drehte mich ganz zu Wacholder um und streckte die Hand aus.

»Danke. Auf Wiedersehen.«

»Auf Wiedersehen, Johanna.«

Sie öffnete mir die Tür.

Ich stieg die Stufen hinunter und bemerkte, dass meine Knie ganz buttrig waren. Nun ging es also zu meinen Eltern.

Ich drehte mich noch mal um.

Wacholder stand in der Tür, hob die Hand und nickte mir lächelnd zu. Sanft und freundlich.

Ich drehte mich um und lief mit festerem Schritt der Bushaltestelle entgegen.

* * *

Es war kurz vor halb sieben und somit fast Abendbrotzeit, als ich zuhause ankam.

Ich zog meine Schuhe und die Jacke aus und betrat den Wohn- und Essbereich.

Mein Vater blickte von seiner Zeitung auf. »Du kommst spät.«

»Aber ich bin pünktlich.«

»Trotzdem, du weißt, dass wir um halb sieben essen.«

»Es ist fünf Minuten vor halb.« Ich schaute demonstrativ auf mein Handgelenk, an dem sich keine Uhr befand.

»Ja und nächstes Mal ist es dann schon fünf Minuten nach halb.«

In meinem Magen grummelte es, doch ich musste mich zurückhalten. »Du hast ja recht.« Ich bemühte mich zu lächeln und ging in die Küche, in der meine Mutter gerade das Tablett mit dem letzten Teller bestückte. Sie drehte sich zu mir.

»Es ist halb sieben.«

»Entschuldige. Ich weiß, ich bin fast zu spät.« Eilig griff ich nach dem Tablett und bugsierte es hinaus.

Meine Mutter brachte die Teekanne mit und gemeinsam deckten wir den Tisch.

Wir setzten uns und wünschten einander einen guten Appetit.

Ich schmierte mir ein Brot und öffnete den Mund, um etwas zu sagen, doch mein Vater war schneller.

»Wie war es in der Schule?«

»Gut.«

»Habt ihr heute Hausaufgaben aufbekommen? Du warst ja den ganzen Nachmittag unterwegs.«

»Die sind erst für Mittwoch. Ich habe also noch Zeit.«

Mein Vater legte das Messer ab. »Morgen triffst du dich doch bestimmt wieder mit Isa. Schaffst du das dann mit den Hausaufgaben?«

»Im letzten Schuljahr hat es doch auch gut geklappt.«

Meine Mutter strich meinem Vater über den Arm.

»Dein Vater hat recht. Achte bitte auf deine Zeiteinteilung. Beim Elternsprechtag haben sie gesagt, dass in der Neunten der

Stoff viel umfangreicher wird. Es geht schließlich um deine Zukunft.«

Meine Zukunft.

Ich schluckte.

»Genau deswegen war ich heute unterwegs.«

»Wegen was?« Die Stimme meines Vaters hatte schon wieder einen besorgten Unterton.

»Wegen meiner Zukunft. Ich habe mich um etwas gekümmert, was uns allen helfen könnte.«

»Uns allen?«

Und schon hatte sich die Stimmlange meiner Mutter der von meinem Vater angepasst. Sie waren sich in dem Misstrauen mir gegenüber also wieder mal einig.

»Ich denke, wir sind einer Meinung, dass die Ferienwochen sehr anstrengend waren. Vor lauter Streit sind wir sogar nicht weggefahren.«

Meine Mutter ließ das Messer geräuschvoll auf den Teller fallen. Ich zuckte zusammen.

»Hältst du uns das nun etwa vor? Wir waren uns alle einig darüber.«

Unter dem Tisch ballte ich meine Hand zur Faust, um die Welle der Wut von meinem Mund wegzulenken.

Es lief schon wieder alles schief. Ich wollte doch gar nicht streiten.

»Die Entscheidung war ja auch gut. Wir waren uns einig, dass wir statt viel gemeinsamer Zeit, lieber etwas Abstand brauchen. Und ich denke, den brauchen wir immer noch. Wir sitzen keine fünf Minuten zusammen und streiten schon wieder.«

Die blassen Wangen meiner Mutter färbten sich rosa und die Brille meines Vaters schien zu beschlagen. Das bildete ich mir natürlich ein, aber ich spürte, wie er kurz davor war, ungehalten zu werden.

Er winkte ab und bemühte sich zu lächeln. »Wir streiten doch gar nicht. Wir reden nur über den Tag.«

»Ja, über meinen Tag. Und ich bekomme nur Vorwürfe von euch.«

»Also bitte«, meine Mutter verschränkte die Arme.

Ich schaute in ihre hellen grünen Augen, die ich immer sehr mochte, weil in ihnen stets etwas Mildes lag. Doch wie so oft in letzter Zeit, waren sie nun zusammengekniffen und tiefe Falten umrandeten sie.

»Jeden Abend sitze ich hier und habe das Gefühl, mich für alles rechtfertigen zu müssen.«

»Wir machen uns doch nur Sorgen«, sagte mein Vater.

Da platzte es aus mir heraus. »Bin ich denn so ein schlechter Mensch, dass ihr euch immer Sorgen machen müsst um mich? Bereite ich euch so viel Kummer?«

Nun war es meine Mutter, die zusammenzuckte.

Mein Vater beugte sich über den Tisch.

»Johanna, schau mal, allein, dass du jetzt schon wieder so wütend wirst. Das passiert viel zu häufig in letzter Zeit und deine Noten …«, ich ließ ihn nicht aussprechen. »Dann frag dich doch mal, was mich so wütend macht. Du hast doch angefangen, in diesem Ton mit mir zu reden.«

Mit beiden Händen schlug meine Mutter auf den Tisch.

»Jetzt lasst uns doch aufhören mit diesem Mist. Ich möchte einmal mit euch hier sitzen und mich vernünftig unterhalten.«

Ich ließ mich nach hinten sinken. »Ich glaube nicht, dass wir so ein Gespräch momentan hinbekommen.«

Meine Mutter atmete laut aus. »Also, wo warst du heute Nachmittag?«

Ich straffte die Schultern. »Ich habe mir ein Zimmer angesehen. Ein eigenes Zimmer für mich bei der Hexe Wacholder.«

Meine Eltern starrten mich an. Fast zeitgleich sagten sie: »Ein Zimmer?«

Ich nickte.

Mein Vater beugte sich vor. »Du warst bei der Hexe Wacholder. Etwa, bei der aus der Zeitung?«

Gut, er wusste es noch.

Mein Vater hatte uns vor einigen Monaten ein Interview mit Wacholder aus der Zeitung vorgelesen und meine Eltern hatten lange über die Frau geredet, die sich als Hexe bezeichnete und mit ihren Künsten anderen Menschen in vielen Lebenslagen half. Meine Eltern redeten gerne über Leute, die ein gewisses Ansehen in der Stadt hatten, ebenso, wie über den Klatsch, der über Prominente verbreitet wurde.

»Sie vermietet ein Zimmer in ihrem Haus unter dem Dach. Als wir den Artikel in der Zeitung gelesen haben, habt ihr sehr gut von ihr gesprochen und sie ist wirklich sehr nett. Ihr reicht das Geld, was ich in der Gärtnerei verdiene für die Miete und von dort aus bin ich sogar schneller in der Schule.«

»Du kannst doch nicht einfach so zu einer Fremden marschieren, ohne uns Bescheid zu geben.«

Nun war mein Vater wirklich ungehalten.

»Isa wusste wo ich war, mit Adresse und allem. Ich habe mein Handy laut gehabt und ihr sofort eine Nachricht geschickt, als ich mich auf den Weg nach Hause gemacht habe.«

Mein Vater blickte zu meiner Mutter.

Ich wusste, wenn es um die wirklich großen Dinge ging, wartete er ihre Meinung ab.

Meine Mutter blickte auf ihre Hände. Viele Sekunden vergingen. Sie sah nicht erst zu meinem Vater, sondern direkt zu mir. Ihre Augen waren glasig.

Ein dicker Kloß bildete sich in meinem Hals.

»Du denkst, es ist das Beste, wenn wir eine Zeit lang voneinander getrennt wohnen?«

Ich schluckte. Sie war verletzt. Aber die beiden waren an dieser Situation genauso schuld. Ich sprach das Ganze wenigstens aus. Nun musste ich standhaft bleiben.

»Ja«, sagte ich leise. »Ich will nicht immer streiten.«

Meine Mutter starrte auf die Tischkante.

»Mama?«, fragte ich leise.

Meine Mutter sah mich an. Sie wischte sich eine Träne von der Wange, stand auf, legte die Arme um mich und gab mir einen Kuss auf den Kopf.

Ich mochte das sonst nicht, weil ich mich dadurch fühlte, als sei ich wieder sechs Jahre alt, aber in diesem Moment verhinderte es die Tränen, die in mir aufstiegen und drohten, über meine Wangen zu kullern. Ich nahm einen großen Schluck Saft, während meine Mutter sich wieder hinsetzte.

»Du hast heute also länger mit ihr geredet, mit Wacholder?«

»Ja und sie hat uns für Freitag zum Essen eingeladen, damit ihr sie kennenlernen könnt.«

Mein Vater nahm sein Messer wieder auf und griff nach der Butter. »Das klingt doch sehr vernünftig. Wir lernen sie kennen und reden dann noch mal über diese ganze Sache.«

Er würde nein sagen. Ich kannte diesen Ton. Er tat erst diplomatisch und am Ende sagte er doch nein. Das kam von seinem furchtbaren Job am Schreibtisch. Er führte die Verhandlungen zuhause, wie auf der Arbeit.

»Ich ...«, nun legte meine Mutter mir die Hand auf den Arm und drückte ihn sanft.

»So machen wir das. Am Ende der Woche sehen wir weiter.«

Ich blickte auf den Tisch und griff fahrig nach der Marmelade.

Nun hieß es abwarten – und das hasste ich, sogar mehr als Mathe.

Umarmt

Als wir am Freitagabend bei Wacholder ankamen, begann es zu regnen. Dicke graue Wolken hingen seit Tagen am Himmel und hatten die Stimmung zuhause noch bedrückender gemacht.

Meine Eltern und ich waren die Woche über höflich zueinander gewesen, doch meine Mutter hatte sehr traurig gewirkt und mein Vater war gereizt gewesen. Ich hatte wegen dem bevorstehenden Treffen einen nervösen Magen gehabt und kaum etwas gegessen.

Ich hatte Angst davor, wie es zwischen uns weitergehen würde, wenn sie sich gegen den Auszug entschieden.

Meine Mutter klingelte und innerhalb weniger Augenblicke öffnete Wacholder die Tür. Sie sah ganz verändert aus. Ihre langen Haare trug sie zu einem Dutt und dazu einen dunkelgrünen Hosenanzug.

»Es freut mich, dass Sie es hergeschafft haben, was für ein Wetter. Die Sommergewitter sind wirklich heftig in diesem Jahr. Kommen Sie bitte herein. Wir setzen uns in die Küche.«

Ich ging als Letzte an Wacholder vorbei. Sie strich über meine Schulter und lächelte mir zu. Ich blieb für einen Moment stehen und lächelte ebenfalls.

In der Küche nahm Wacholder uns allen die Jacken ab, brachte sie hinaus und als sie wiederkam, schüttelte sie meinen Eltern die Hände.

»Jutta Kleinschmitt, aber nennen Sie mich doch bitte Wacholder.«

»Clemens Richter.«

»Isabelle Richter.«

»Bitte, setzen Sie sich. Es gibt nachher Suppe, aber vielleicht möchten Sie vorher einen Tee?«

»Gerne«, sagte meine Mutter.

»Mögen Sie Kräuter-Tee? Ich habe gerade erst einen gegen die Gewitterkälte gemischt, mit Ingwer und Löwenzahn.«

Meine Mutter nickte und mein Vater bat um ein Glas Wasser.

Während wir uns setzten und Wacholder uns mit dem Rücken zugewandt hantierte, betrachteten meine Eltern die Einrichtung.

Bei meinem ersten Besuch hatte ich alles um mich herum kaum wahrgenommen.

Die Möbel bestanden aus dunklem Holz. Von der Decke hingen Töpfe mit Kräutern und es gab viele schmale Holzbretter, die an den Wänden angebracht waren. Darauf standen Gläser mit getrockneten Teeblättern und Gewürzen und dazwischen Figuren aus Holz und Stein. Ich entdeckte einen Buddha und daneben einen Ritter mit glänzender Rüstung sowie die Figur eines Wolfes. Am Kühlschrank hingen etliche Zettel mit Notizen.

Ob meinen Eltern dieser Ort wohl zu wunderlich war?

Wacholder goss mir Sprudel ein und stellte eine Flasche Sirup dazu. »Den musst du probieren. Eine Freundin von mir hat ihn letzten Monat gemacht. Die Hexe Gerlinde aus der Nordstadt. Es ist Johannisbeerensirup aus Beeren von ihrem Balkon.«

»Danke«, sagte ich.

Ich schaute zu meinen Eltern, die sich, genau wie Wacholder, schick gemacht hatten. Mein Vater trug ein dunkelblaues Hemd und eine rote Krawatte und meine Mutter einen weißen, edlen Pullover, den sie sonst nur zu Geburtstagen oder an Weihnachten trug.

Wacholder reichte meiner Mutter den Tee und meinem Vater das Wasser und stellte sich selbst ebenfalls ein Glas Sprudel hin, in den sie den Sirup träufelte.

»Ich freue mich, Sie hier willkommen heißen zu dürfen«, sagte Wacholder und lächelte.

Wenn sie lachte, bildeten sich Falten rund um ihre Mundwinkel und um ihre Augen. Das gefiel mir. Ich lachte auch so viel wie möglich, da ich mir später genau solche Falten wünschte.

»Das Johanna meine Anzeige entdeckt hat, ist wirklich ein Glück. Ich fand eine Zeit lang niemanden, dem es hier wirklich gefallen hätte. Manchen war das Zimmer zu klein, einige mochten keine Katzen und ich gebe zu, den ein oder anderen mochte ich nicht. Manchmal ist das so zwischen zwei Menschen, da kann dann keiner von beiden unbedingt etwas für.«

Mein Vater schmunzelte.

Das war gut.

»Johanna sagte mir, dass sie Ihnen momentan etwas Kummer bereitet und eine kleine Pause für sie alle ganz hilfreich wäre.«

Wacholder schaute kurz zu mir und lächelte kaum merklich.

Ich griff nach dem Sprudel.

Meine Mutter faltete die Hände vor dem Bauch. »Wir sind gerade in vielen Dingen nicht einer Meinung …«, Wacholder nickte, »… und dadurch knallt es manchmal«, ergänzte sie. »Gewitterwolken brauchen aber auch Platz, damit sie wieder abziehen können und das ist bei Ihnen zuhause momentan sehr schwierig, ich verstehe.«

Meine Mutter beugte sich nach vorne. »Es ist natürlich nicht immer leicht mit einem Teenager zusammenzuleben, das ist klar, aber Johanna ist oft so unheimlich wütend. Ich verstehe gar nicht, wo das herkommt. In der Schule hat sie Probleme, vor allem mit Mathe hat sie große Schwierigkeiten. Sie befolgt nicht immer die Anweisungen der Lehrer, aber da muss man halt mal die Zähne zusammenbeißen.«

Na toll, jetzt redete sie so, als wäre ich gar nicht im Zimmer. Am liebsten hätte ich die Hand gehoben und gewunken, aber ich bremste diesen Impuls und ließ stattdessen weiteren Sirup in meinen Sprudel laufen.

»Es gibt viel um uns, was uns wütend machen kann«, sagte Wacholder. »Wie schmeckt Ihnen der Tee?«

Meine Mutter schaute verdutzt auf ihre Tasse, dann nahm sie einen Schluck.

»Danke, gut.«

»Ich würde vorschlagen, ich zeige Ihnen jetzt mal das Zimmer. Beim Essen können wir alles Weitere besprechen. Johanna, könntest du bitte die Katzen im Wohnzimmer füttern, wenn wir oben sind? Es ist gleich Zeit für die beiden und sie trauen sich bestimmt erst an der Küche vorbei, wenn niemand mehr drin ist. Du findest das Trockenfutter in der Kiste neben der Tür zur Terrasse. Ich mache die Suppe schon mal an. Rührst du sie gleich um?«

»Ja, das mache ich.«

Wir standen alle auf und meine Eltern folgten Wacholder die Treppe hoch. Ich hörte, wie sie ihnen das Badezimmer zeigte und sogar die Türen zu den anderen beiden Zimmern öffnete, dann stiegen sie die weiteren Stufen hinauf.

Ich ging in das Wohnzimmer und auf die Holzkiste an der Tür zu. Ich öffnete den Deckel, holte das Futter heraus und schüttelte es in der Packung hin und her.

Taps, taps, taps hörte ich es auf den Treppenstufen und danach im Flur.

Als Mars und Maler mich erblickten, blieben sie stehen.

Ich ging in die Hocke, schüttete Futter in ihre beiden Näpfe und nahm ein wenig Abstand. Maler kam bereits angelaufen.

Um Mars nicht noch mehr zu verängstigen, setzte ich mich hin.

»Du kennst mich. Ich war schon mal hier.«

Ganze leise sprach ich weiter. »Ich bin die mit den extra Kuchenstreuseln. Wenn ich hier einziehen darf, stibitze ich euch öfter mal welche. Komm, Mars, ich bleibe hier sitzen und bin ganz still.«

Mars beobachtete mich noch einige Sekunden lang, dann eilte er zu seinem Napf und begann ebenfalls zu fressen.

Ich saß direkt neben der Couch, die aus dunkelbraunem Leder bestand. Ich blickte in den Garten. Draußen brannten Kerzen in Laternen, die Wacholder in die Baumwipfel und Büsche gehängt hatte. Der orangene Schein fiel auf gepflasterte Wege, die kreuz und quer durch den Garten verliefen. Über all gab es schmale Beete mit Sträuchern, Blumen und Kräutern.

Über mir hing eine Schnur, die einmal quer durch den Raum gespannt worden war. Daran waren Büschel mit Lavendel, Pfefferminze und weitere Zweige befestigt, die ich nicht kannte. Zu meiner rechten Seite stand ein tiefer, runder Holztisch, rundherum lagen Sitzkissen und an der Wand dahinter stand ein breiter Schrank.

Ich reckte den Hals über die Couch hinweg. Am Fenster stand ein Sessel. Die Couch war mit Blick zur Wand ausgerichtet und an dieser hing ein großes Gemälde mit abstrakten Formen in Neon-Farben.

Das Knabbergeräusch der Kater verstummte. Mars machte einen Satz auf die Couch. Maler schnupperte an dem zweiten Napf, kam auf mich zu und maunzte.

»War es zu wenig? Ich lerne das noch, weißt du.«

Ich streckte die Hand aus, doch da erklangen die Schritte auf der Treppe und auch Maler sprang auf die Couch, landete erst auf der Lehne und verschwand dann dahinter.

Ich stand auf, löschte das Licht und ließ die Tür einen Spalt offen. In der Küche rührte ich die Suppe um.

»Ihre Kunstsammlung ist sehr vielfältig«, sagte mein Vater.

Die drei blieben stehen. Vermutlich betrachteten sie die Bilder am ersten Treppenaufgang, die ich damals nur aus dem Augenwinkel wahrgenommen hatte.

»Ich würde Sie jetzt gerne mit Wissen über verschiedene Epochen und Stile beeindrucken, aber ich wähle die Bilder nur danach aus, ob sie mir gut gefallen. Vor allem hole ich mir welche von jungen Künstlerinnen und Künstlern. Jeder Kauf schenkt ihnen Bestätigung, in dem was sie tun und das halte ich für sehr wichtig. Ich bin sehr dankbar über die hohen Wände in diesem Haus, umso mehr Schönes kann ich auch anderen zeigen.«

Erneut erklangen Schritte.

Ich ging in die Mitte der Küche und blickte den Dreien entgegen. Sie blieben im Flur stehen, denn meine Mutter zeigte Richtung Wohnzimmer.

»Ist das einer Ihrer Kater?«

»Das ist Mars. Er ist eigentlich sehr schüchtern.«

Meine Mutter ging in die Hocke.

»Du bist ja ein Hübscher. Komm mal her.«

Sie streckte die Arme aus. Eine Sekunde später sah ich eine schwarze Fellkugel auf sie zufliegen.

Mars landete auf ihren Beinen. Sie nahm ihn hoch und streichelte seinen Rücken.

»Na, du bist ja doch ganz schön mutig«, sagte meine Mutter.

Wacholder lächelte. »Es kommt wohl auf den Menschen an, bei dem wir plötzlich mutig werden.«

Meine Mutter streichelte Mars über den Kopf. »Ich hatte früher immer Katzen, vielleicht hat er das ja gespürt.«

Sie setzte ihn durch das Geländer auf der Treppe ab und die Drei kamen in die Küche. Ich setzte mich und studierte dabei so unauffällig wie möglich die Gesichter meiner Eltern. Meine Mutter lächelte immer noch und mein Vater hatte seine Krawatte gelockert.

»Sie haben wirklich ein schönes Haus«, sagte meine Mutter, während die beiden sich ebenfalls setzten und Wacholder die Suppe umrührte.

»Vielen Dank. Ich zog vor zwanzig Jahren hier ein, da war ich gerade dreißig geworden. Eine gute Freundin verkaufte mir das Haus, als sie sich wegen eines neuen Jobs entschied wegzuziehen. Über die Jahre habe ich es bei ihr abbezahlt. Ich bin gelernte Kosmetikerin, aber schon während der Ausbildung mit sechzehn Jahren, begann ich mich für Alternativen zu den normalen Produkten zu interessieren, da wohnte ich noch zuhause.«

Sie nahm einen Löffel aus der Schublade, probierte die Suppe und wandte sich uns wieder ganz zu.

»Ich pflanzte Kräuter auf unserem damaligen Balkon, experimentierte damit und tauschte mich mit anderen über deren Wirkung und Geschmack aus. Bei meinen Recherchen, in vielen verschiedenen Büchern, stieß ich auf die Kraft der Hexenkünste und nahm irgendwann Kontakt zu anderen Hexen und Hexern auf. Ich bekam den Rat, mein Wissen über Kräuter und Heilpflanzen weiter zu vertiefen. Ich hatte wohl ein ganz gutes Händchen.«

Während Wacholder erzählte, stellte sie den Topf mit einem Untersetzer auf den Tisch, verteilte Teller und anschließend die Suppe.

Sie roch nach allerlei Kräutern und Gewürzen. Kartoffeln und Wurzelgemüse in leuchtendem Orange, Rot und Weiß gab es darin.

Mein Blick fiel auf den Sirup. Vieles, mit dem Wacholder sich umgab, war in leuchtenden und kräftigen Farben. Ich mochte das.

Wacholder setzte sich ebenfalls und wir wünschten uns einen guten Appetit.

Meine Mutter begann noch nicht zu essen. »In der Zeitung stand, Sie seien eine Heilkundlerin.«

»Ja, so nennt man es wohl auch manchmal. Wissen Sie, die Behörden können mit dem Begriff *Hexe* nicht so viel anfangen. Aber der größte Teil meiner Künste basiert auf altem und neuem Wissen der vielen Hexenschwestern und -brüder dieser Welt und natürlich auf eigenen Erfahrungen. Ich arbeite nah mit den Menschen zusammen, wenn ich versuche ihnen zu helfen. Oft besuche ich sie zuhause und lerne sie über längere Zeit kennen. Ein Zauber ist oft etwas ganz Individuelles. Manchen hilft schon ein Glücksbringer, einigen eine Teemischung für den Tag, die sie stärkt oder beruhigt und manchen ein paar Rituale, um ihr Selbstbewusstsein zu wecken und ihren eigenen Kräften zu vertrauen. Ich bin auch mit vielen jungen Leuten zusammen.«

Sie lächelte mir zu.

Wacholder machte wegen mir Werbung für sich und ich fand das total nett. Anscheinend hatte sie schon gemerkt, dass meine Eltern mit vielen Fakten überzeugt werden mussten.

Um meine Eltern nicht mit zu neugierigen Blicken zu mustern und sie so vielleicht zu sehr zu einer Äußerung zu drängen, studierte ich weiterhin die Farben der Suppe.

Ob sie wohl schon eine Entscheidung getroffen hatten?

Ich schielte über die Nasenspitze hin zu meinem Vater. Doch wie so oft, verriet seine Miene nichts über seinen Gemütszustand.

Die Wangen meiner Mutter waren rosig und das bedeutete entweder, dass sie sich wohlfühlte oder sie die Suppe einfach nur besonders wärmte.

Die Suppe schmeckte so herrlich, wie sie aussah. Das unangenehme Zwacken in meinem Magen beruhigte sich.

Meiner Mutter entfuhr ein *hmm*.

»Wenn unsere Tochter demnächst bei Ihnen wohnt, können Sie ihr vielleicht ein wenig Ihrer Kochkunst beibringen. Bei uns hat sie nie Lust in der Küche zu stehen.«

Ich riss meine Augen weit auf und starrte meine Mutter an.

Hieß das etwa …?

Wacholder tupfte sich die Lippe mit der Serviette ab. »Nun, es wird einige Regeln geben, wenn wir zusammen unter diesem Dach leben.« Sie drehte sich zu mir. »Ein Ort ist nicht von alleine schön. Er wird das durch Pflege und Aufmerksamkeit. Wenn du hier wohnst, musst du mir bei der Hausarbeit helfen und vier hungrige Mägen brauchen ebenfalls mehr als nur ein einziges Paar fleißige Hände.«

Fragend und freundlich blickte sie mich an.

»Ja, natürlich«, sagte ich. »Ich helfe bei allem.«

Mein Vater hüstelte.

Meine Mutter beugte sich zu mir vor. »Wir telefonieren mindestens zwei Mal in der Woche. Richtig telefonieren, nicht nur Sprachnachrichten. Du nimmst dir Zeit für diese Telefonate und an jedem zweiten Wochenende kommst du zum Essen.«

In meinem Bauch fühlte es sich an, als sei ein Brausefass explodiert.

ch nickte, auch wenn ich telefonieren so gar nicht mochte.

Bald würde ich nicht mehr zuhause wohnen, sondern hier, in diesem Haus, mit Mars, Maler und Wacholder.

Diese aß inzwischen ihre Suppe weiter.

Ich betrachtete sie von der Seite.

Ob wir gut miteinander auskommen würden? Sie war sehr freundlich, aber oftmals lag auch eine gewisse Strenge in ihrem Blick. Immerhin entkam ich nun erst mal den ständigen Streitgesprächen zuhause und den Kontrollbesuchen meiner Mutter in meinem Zimmer.

»Könnte ich noch einen Nachschlag haben? Mein Teller ist schon leer.«

Wacholder lächelte. »Na, die Suppe schmeckt dir schon mal. Das ist doch ein guter Anfang, oder?«

Ich nickte ihr zu und konnte mir ein Grinsen nun doch nicht verkneifen.

Drei Regeln und ein Seemannslied

Wie jeden Morgen, wartete Isa am Haupteingang der Schule auf mich, denn sie war immer zu früh und ich kam stets eine Minute vor dem Klingeln an. Bis ich das Gebäude betrat, wollte ich alles in meinem Tempo machen. Doch heute zog sie mich nicht damit auf, sondern packte mich an den Schultern, warf ihr langes blondes Haar nach hinten und musterte mich von Kopf bis Fuß.

»Hey, hey, hey. Da kommt ja unsere Ausreißerin. Du siehst ganz verändert aus. So wild und frei.«

Sie kam mir ganz nah, so dass sich fast unsere Nasenspitzen berührten.

»Ich sehe ihn in deinen Augen, den Ruf der Freiheit. Dein Auszug ist nur der Anfang.«

Sachte wandte ich mich aus ihrem Griff.

»Nein, so ist das nicht.«

Isa war die Einzige, die von meiner Überlegung wusste, die Schule nach der neunten Klasse zu verlassen. Nun glaubte sie wohl, mein Auszug sei der erste Schritt dahin. Und wenn sie sich doch mal bei meinen Eltern verplapperte? Ich durfte nicht mehr so lange warten, bis ich es mit ihnen besprach. Aber erst mal musste ich beweisen, dass ich alleine gut zurechtkam. Nun ja, fast alleine.

»Wann geht es denn ins Hexenhaus?«

»Am Sonntag.«

»Ist diese Wacholder denn eine wirkliche Hexe?«

»Ich glaube schon. Es steht aber kein Kessel im Wohnzimmer über dem Feuer, wenn du das meinst.«

»Fragst du sie dann bald ganz viel zu der ganzen Zauberei?«

Ich ging etwas schneller die Stufen hoch.

»Mensch, Isa. Ich muss einen guten Eindruck bei ihr machen, da kann ich nicht gleich hundert Fragen stellen.«

»Bei wem musst du einen guten Eindruck machen?«

Tobi drängte sich zwischen uns und zog mich an sich.

»Guten Morgen, Tobias. Neugierig wie immer«, sagte Isa laut.

Tobi grinste verlegen und gab mir einen Kuss auf die Wange.

»Man wird ja wohl noch eifersüchtig sein dürfen.«

»Brauchst du nicht«, sagte ich leise. Das Zwacken in meinem Magen war unangenehm, denn das war nicht die Wahrheit.

»Wir haben über Wacholder geredet, du wirst sie ja bald kennenlernen.«

»Roger! See you later.«

Er zwinkerte Isa zu.

Sie verdrehte die Augen und legte den Kopf etwas schief.

Ich folgte ihrem Blick.

Tobi begrüßte Lars und Mehmet und die drei spurteten vor uns die nächste Treppe hoch.

»Hast du meinem Freund etwa auf den Po geschaut?«

Isas Wangen liefen zartrosa an.

»Nein, auf Mehmets.«

»Kannst ruhig auf seinen Po schauen, ist ja nicht mein Eigentum und ich sehe den oft genug.«

Wir kicherten und eilten in die Klasse.

* * *

»Das war der letzte Karton.« Mein Vater atmete laut aus und stemmte die Hände in die Hüfte.

Es war geschafft. Über zwei Wochen waren seit unserem letzten Besuch bei Wacholder vergangen. Nun stand ich mit meinen Eltern in meinem neuen Zimmer, in das wir an den letzten Abenden und am heutigen Sonntag einige meiner Möbel, meine Schulsachen, einen Teil meiner Kleidung und meine liebsten Gegenstände transportiert hatten.

Ich betrachtete unser Werk. Für den Platz rechts unter den Schrägen, hatte ich in der Gärtnerei zwei längliche Holzkisten erworben, in denen ich meine Kleidung und ein paar weitere Sachen verstauen konnte. Das Holz war für meinen Geschmack zu dunkel. Ich würde es bald noch anstreichen und mit Stickern bekleben. Der Schreibtisch stand nun nicht mehr an der Wand, wie ich es aus meinem alten Zimmer gewohnt war, sondern etwas vorgerückt im Raum, schräg neben dem Bett. Ich benutzte ihn gerne als Ablage für alles Mögliche. Der Schreibtischstuhl war eigentlich überflüssig, weil ich fast alles auf meinem Bett erledigte, aber das sagte ich meinen Eltern natürlich nicht.

Links neben dem Bett stand der kleine Nachttisch sowie die Stehlampe mit dem runden weißen Schirm und den Troddeln, welche ich beide als Andenken an meine Oma besaß. Das große Walposter lag noch eingerollt auf dem Bett.

Ich drehte mich zur Tür. Der hintere Teil des Dachbodens, dort wo die Treppe endete, war mit einer Holzverkleidung versehen. Vermutlich waren dahinter Rohre oder ähnliches. Vielleicht könnte ich das Poster an diese Wand hängen.

»Ist es dir nicht zu eng?« Meine Mutter stellte sich nah neben mich und betrachtete das Zimmer ebenfalls.

Eigentlich war der Raum doppelt so groß wie mein altes Zimmer, bloß die Dachschrägen, die ganz vom Boden in die Höhe ragten, nahmen dem Raum an den Seiten natürlich den Platz, Dinge so zu stellen, wie ich es gewohnt war.

»Ich finde es sehr gemütlich.«

Ich lächelte meiner Mutter zu und unterdrückte meine aufkeimende Freude, weil ich sie nicht verletzen wollte. Sie sah besorgt aus, aber ich wollte sie nicht schon wieder darauf ansprechen. In den letzten Tagen hatten wir viel geredet. Ständig hatte sie mich ermahnt, mich ja gut zu benehmen und stets wiederholt, dass sie mich sofort zurückholen würden, wenn meine Leistungen in der Schule noch schlechter werden sollten oder wenn es mit Wacholder nicht funktionierte.

»Die Kartons packe ich später alleine aus. Wacholder wollte heute noch einiges mit mir besprechen und zwar vor halb sieben.«

»Vor halb sieben?« Mein Vater schaute auf seine Uhr. »Dann machen wir uns jetzt wohl mal auf den Weg.«

Wir gingen nach unten und Wacholder kam aus der Küche. Im Haus duftete es nach Apfelkuchen. Sie reichte meinen Eltern eine Dose.

»Ich habe Ihnen zwei Stück Kuchen eingepackt. Hat alles gut geklappt?«

Meine Mutter nahm die Dose entgegen.

»Vielen Dank. Ja, wir sind fertig. Johanna muss nur noch ein paar Kisten auspacken.«

»Ich wünsche Ihnen einen schönen Abend. Kommst du gleich zu mir, Johanna?«

Ich nickte.

Meine Eltern verabschiedeten sich, Wacholder verschwand in der Küche und zog die Tür zu.

»Also«, sagte ich und streckte die Arme aus.

Meine Eltern umarmten mich gleichzeitig.

»Schreib mal morgen, wie die erste Nacht war«, sagte mein Vater.

Ich nickte. »Das mache ich. Tschüss. Schlaft gut.«

Sie zogen ihre Jacken an, die Wacholder schon über das Treppengeländer gehängt hatte und verließen das Haus.

Ich schaute ihnen hinterher, bis sie in das Auto gestiegen und losgefahren waren.

Nun war ich alleine mit Wacholder und den beiden Katern. Jetzt begann unser Zusammenleben.

In meinem Bauch kribbelte es, wie vor zwei Jahren bei der Ankunft im Feriencamp in Österreich. Aber das hier waren keine Ferien. Ich war in meinem neuen Zuhause und ich durfte das einfach nicht vermasseln.

Ich atmete tief ein und langsam wieder aus und öffnete die Tür zur Küche.

Wacholder saß am Tisch und warf einen Blick auf die Kuckucksuhr neben einem der Regalbretter in der Höhe.

»Setz dich, bitte. Wir haben noch fünfzehn Minuten Zeit, dann müssen wir ins Wohnzimmer.«

Mussten wir das?

Ich setzte mich Wacholder gegenüber.

»Wie geht es dir?«

Mit dieser Frage hatte ich nicht gerechnet. Ich dachte, sie würde mir einen Vortrag halten.

Ich schaute sie an und wusste nicht, was ich antworten sollte.

Sie beugte sich zu mir: »Frag einfach, wie es mir geht, danach kannst du dich mir vielleicht anschließen.«

Ich lächelte. »Sag mir bitte zuerst, wie es dir geht.«

Sie lehnte sich zurück und legte ihre Hände ineinander verschränkt auf den Tisch.

»Ich mag die neuen Geräusche im Haus.«

Ich zog eine Augenbraue hoch.

»Also mache ich bisher gute Geräusche?«

»Sehr wunderbare.«

Ich grinste. »Ich freue mich, endlich hier zu sein und bin sehr aufgeregt.«

»Wir werden uns bestimmt gut verstehen, doch selbst sich einander zugewandte Menschen brauchen Absprachen. Deshalb erkläre ich dir nun die Regeln für unser Zusammenleben.«

Ich schluckte.

Regeln? Das klang streng.

»Erstens: es ist wichtig auszusprechen, was man sich wünscht. Deshalb werden wir beide uns stets sagen, was wir uns wünschen. Findest du das in Ordnung?«

Ich nickte.

Ich sprach so gut wie nie aus, was ich mir wünschte, aber das würde Wacholder ja nicht merken, oder doch?

»Sonntags ist die Welt stiller als sonst. Wir sollten sie dabei nicht stören.«

Ich nickte erneut, als sei mir diese Tatsache längst bewusst.

»Um halb sieben treffen wir uns im Wohnzimmer, jetzt gleich und dann jeden Abend.«

Sie schaute auf die Uhr.

»Machst du uns zwei Kamillentee? Ich füttere die Kater, danach kannst du dazukommen.«

Sie stand auf.

»Gut«, sagte ich nur.

Ich schaute ihr hinterher.

Ich musste mir bei Wacholder anscheinend angewöhnen, immer sofort nachzufragen, sonst würde ich öfter so zurückbleiben, wie jetzt – irritiert und ratlos.

Ich schaute mich in der Küche um. Auf der Arbeitsplatte standen eine Kaffeemaschine und ein Wasserkocher. Ich befüllte ihn und drückte den Knopf.

Die Tassen waren im Schrank darüber, das wusste ich noch von unserem Besuch. Ich machte die Türen auf. Tassen gab es nur wenige, dafür zahlreiche Gläser mit orientalischen Verzierungen. Ich nahm zwei heraus, die in Gold, Grün und Blau glänzten und wandte mich danach den Regalbrettern zu. Dort hatte Wacholder den Tee hergenommen. Viele kleine Gläser mit Beschriftungen standen neben- und übereinander. Ich konnte *Brennnessel*, *Eisenkraut* und dann endlich auch *Kamille* entziffern. Wacholder hatte eine geschwungene und verschnörkelte Handschrift und die Buchstaben tanzten übereinander.

Ich drehte das Glas auf, stellte es ab, öffnete eine der länglichen Schubladen, die sich nur schwer aufziehen ließ und lächelte. Ich hatte die Kramschublade erwischt. Auf den ersten Blick sah ich vor allem eines: Steine und Äste.

»Die Teesiebe sind in der Schublade daneben.«

Ich zuckte zusammen und drehte mich um.

Wacholder stand in der Tür.

»Du hast noch fünf Minuten.«

Ob ich nun eine Minute später kam, oder nicht, was machte das schon?

Sie hatte meine Miene wohl bemerkt, denn sie schaute mir streng in die Augen. Ihre wurden gerade ganz schmal.

»Du hältst das wohl für übertrieben?«

Ich schüttelte den Kopf, wusste aber, dass ich nicht sehr überzeugend wirkte. Lügen hatte ich noch nie gut gekonnt.

»Wenn man etwas vorhat, darf man sich durch nichts davon abbringen lassen. Da muss man streng mit sich sein und manchmal auch mit anderen. Der Tee muss drei Minuten ziehen. Und nimm dir einen Stein.«

Schon war sie wieder weg.

Ich sah in die Schublade daneben. Darin befand sich das Besteck und die Siebe. Ich goss den Tee auf, prüfte die Uhrzeit und betrachtete die Steinsammlung. Sie war wunderschön; weiße und bläuliche Steine, graue, mit weißen Streifen und weiße mit rötlichen Maserungen waren zu sehen. Einen dieser Farbmischung nahm ich mir und steckte ihn in die Hosentasche. Ich ließ den Tee genau drei Minuten lang ziehen, legte die Siebe in die Spüle, nahm mir ein Frühstücksbrettchen von der Arbeitsplatte, stellte die Tassen ab und balancierte sie ins Wohnzimmer.

Wacholder stand am Fenster.

Mars und Maler fraßen noch.

Ich blieb kurz stehen, doch sie futterten weiter.

Wacholder kam mir entgegen und nahm mir eine Tasse ab.

»Vielen Dank«, sagte sie und zeigte auf die Couch.

Sie hatte den Tisch näher Richtung Wand geschoben und mir ein Fußbänkchen vor die Couch gestellt.

Sie ließ sich in den Sessel sinken und legte die Beine auf ihr Bänkchen.

Ich setzte mich und stellte den Tee auf den Tisch.

»Um halb sieben lege ich die Beine hoch«, sagte Wacholder. »Dann ist es Zeit, den Abend zu begrüßen und dem Magen mit einer Tasse Kamillentee für all sein Wirken zu danken.«

Ich lehnte mich nach hinten und legte ebenfalls die Füße auf das Bänkchen. Meine Beinmuskeln entspannten sich.

»Das machst du jeden Abend?«

»Ja, Pausen müssen gut geplant sein. Ebenso braucht es viel Organisation, um manchmal es ungewöhnliches zu tun.«

Ich nahm einen Schluck Tee und zog ausversehen eine Grimasse.

Wacholder lachte. »Gib morgen Honig dazu. Du kannst ihn natürlich auch durch Apfeltee ersetzen.«

Ich lächelte nicht. Ich würde also morgen wirklich wieder hier sitzen?

»Welchen Stein hast du dir ausgesucht?«

Ich griff in meine Hosentasche und reichte ihr den Stein. Wacholders Armreife klimperten, als sie ihn entgegennahm.

»Das ist ein Quarzstein mit Zinnober. Wie interessant, dass du ihn gewählt hast. Er fördert die Beharrlichkeit. Ich weiß leider nicht mehr, wie er mich gefunden hat. Ich bin manchmal etwas vergesslich. Vermutlich habe ich ihn getauscht. Ich tausche gerne mit Anderen. Nun schenke ich ihn dir.« Sie legte ihn zurück in meine Hand. »Halt ihn gut fest.«

Ich umschloss ihn mit den Fingern. »Danke.«

Wacholder nahm einen Schluck Tee.

Mars sprang auf ihren Schoss und kuschelte sich in ihren Wollpullover.

»Ich werde heute noch auspacken.«

»Mach das morgen. Verrate mir lieber, wie sich der Stein anfühlt.«

Ich schaute sie an und studierte ihr Gesicht. Es war entspannt. Sie schien immer alles so zu meinen, wie sie es sagte. Doch ihre direkte Art überrumpelte mich oft.

Ich legte meine Finger noch fester um den Stein. »Seine Oberfläche ist weich und er wird jetzt ganz warm.«

»Wenn wir so manchem unsere Zeit widmen, kann es uns überraschen.«

Ich behielt den Stein in der Hand und schaute in den beleuchteten Garten.

»Morgen habe ich bis vier Uhr Schule. Danach würde ich gerne meinem Freund Tobias das Zimmer zeigen. Ist es in Ordnung, wenn ich ihn mitbringe?«

»Du musst mich deswegen nicht fragen. Um halb sieben treffen wir uns hier. Morgen mache ich den Tee.«

Ich setzte die Füße auf den Boden.

Sie meinte es ernst. Ich sollte nun jeden Abend hier mit ihr sitzen. Und wenn ich das nicht wollte?

Wacholder schaute zu mir.

»Es ist ungewohnt, nicht wahr?«

»Was meinst du?«

»Dieser Moment, ganz für sich.«

»Es ist nur, ich würde heute wirklich gerne noch auspacken.«

»Lass dir morgen von deinem Freund dabei helfen. Andere freuen sich, wenn sie gebraucht werden.«

»Das hier gehört zu den drei Regeln?«

»Lehn dich nach hinten«, sagte Wacholder leise.

Nur zögerlich ließ ich mich wieder nach hinten sinken.

Wacholder schob langsam ihre Hände unter Mars Bauch, hob den Kater an und legte ihn auf meinen Schoß.

Ich hielt den Atem an.

Mars hob den Kopf und blickte mich einige Momente lang an. Er stand auf, drehte sich einmal im Kreis und legte sich auf meine Oberschenkel.

»Manchmal braucht man nicht nur einen Stein in der Hand, sondern auch eine Katze auf dem Schoß.«

»Und wenn man keine Katze hat?«

»Dann geht man dorthin, wo welche sind. Zum Beispiel in ein Tierheim, da freuen sich alle, Mensch und Tier, wenn man zum Streicheln vorbeikommt. «

Über diese Möglichkeit hatte ich noch nicht nachgedacht.

Mars schloss die Augen. Seine Wärme drang durch den Stoff meiner Jeans.

Okay. Blieb ich eben hier sitzen.

»Er spürt gerne eine Hand auf seinem Rücken«, sagte Wacholder, dann fing sie an zu summen.

Sachte legte ich meine Hand auf das weiche Fell. Mars öffnete kurz die Augen und drückte seinen Körper gegen meine Hand. Sein Atem wurde gleichmäßiger und er schnurrte leise.

Ich lauschte Wacholder. Dass sie sich traute, einfach so vor mir zu summen. Wir kannten uns ja kaum.

Ich traute mich sowas vor anderen nicht. Isa war auch so. Sie konnte vor anderen singen und tanzen. Ich wollte nie auffallen und erst recht nicht im Mittelpunkt stehen.

Ich würde noch ein wenig sitzen bleiben. Es war sehr lieb von Wacholder gewesen, dass sie mir Mars anvertraut hatte.

Wacholders Klänge waren tief und klar. Es war eine schöne Melodie. Vor mir erschienen Bilder vom Meer, von ziehenden Wolken am Himmel und Segeln von alten Schiffen, die im Wind tanzten. Die Melodie klang, als würde jemand an einem Hafen seiner Arbeit nachgehen und sie dabei summen.

Ich rutschte tiefer in das weiche Polster.

Im Garten flackerte das Licht der Laternen. Das sanfte Vibrieren von Mars Körper kitzelte angenehm meine Beine. Meine Muskeln zwackten von der Anstrengung der letzten Tage. Wenn ich nun schon mal hier saß, konnte ich mich auch ausruhen. Ich schloss die Augen. Nur kurz. Bis das Lied zu Ende wäre.

Küsse und Kühlschranknotizen

»Johanna.«

Ich machte die Augen auf.

Was war das für eine Stimme?

Mama?

Mein Blick fiel auf einen Teller mit Kuchen und einer Möhre sowie einer Tasse, die auf einem dunklen Holztisch standen. Ach ja, ich war nicht mehr zuhause. Ich war bei Wacholder. Ich blickte hoch und in Wacholders Gesicht. Ihre langen Haare standen zerzaust in alle Richtungen und ich unterdrückte ein Grinsen.

»Guten Morgen«, sagte sie.

Ich setzte mich auf.

»Guten Morgen. Ich bin ja im Wohnzimmer.«

»Du bist gestern auf der Couch eingeschlafen und ich wollte dich nicht wecken.«

Ich streckte meine Arme in die Höhe. »Wie viel Uhr ist es?«

»Es ist sechs Uhr. Ein wenig zu früh für dich, ich weiß, aber du hast ja lange geschlafen und ich brauche das Zimmer.«

»Oh, ich …«

»Nein, nein, du kannst ruhig bleiben. Aber ich rede morgens nicht gerne. Nur mit dem Wind, aber der bleibt nicht lange. Falls du mir morgens etwas sagen möchtest, musst du bitte bis sieben warten.«

»In Ordnung. Ist der Kuchen für mich?«

»Ja, du kannst ihn zum Frühstück essen, oder packe ihn dir ein für später. Jeder braucht sein Stück Kuchen zu einer anderen Tageszeit. Ich habe dir Kaffee eingegossen. In der Küche findest du sonst auch Brot und Toast. Bis gleich.«

Sie lächelte mir zu, dann ging sie zum Fenster, an dem sie sich ihr Frühstück bereitgestellt hatte, öffnete es, begann zu essen und blickte hinaus.

Ich nahm einen Schluck Kaffee, stand auf, fuhr mir durchs Haar, trug meinen Kuchen und die Tasse in die Küche und lauschte.

Um diese Uhrzeit erklang sonst bereits das Geräusch des Rasierapparates meines Vaters aus dem Bad. Ich stand immer gegen halb sieben auf, weil ich es nicht mochte zu hetzen. Mit einem Manga saß ich am Küchentisch und genoss es, wie meine Eltern hektisch umhereilten. Es war die einzige Tageszeit, zu der sie sich gegenseitig Kritik zuwarfen und nicht mir, weil immer der jeweils andere zu oft den Wecker weitergestellt hatte. Wenn sie viel zu spät dran waren, schmierte ich ihnen Brote und erntete dafür Lob. Danach machte ich mich fertig, damit ich um fünf nach halb acht den Bus zur Schule nehmen konnte.

Hier war es ruhiger.

Ich blickte aus der Küche hinaus Richtung Wohnzimmer.

Wacholder hatte nun auch die Terassentüren geöffnet. Der Wind fuhr mir über die Wangen.

Ich zögerte. Konnte ich wohl einfach so an den Kühlschrank und die Schränke gehen?

Es wäre sicher in Ordnung, schließlich wohnte ich ja nun auch hier.

Diese Erkenntnis erfüllte mich mit Stolz. Das war nun auch meine Küche.

Eilig holte ich alles, was ich noch für das Frühstück brauchte aus den Schränken, schmierte mir zwei Toasts mit Frischkäse, verpackte den Kuchen in Folie und setzte mich wieder ins Wohnzimmer.

Wacholder ging ihren morgendlichen Beschäftigungen nach, als sei ich nicht da.

Eine halbe Stunde später huschte sie ins Bad, kam eine viertel Stunde später wieder hinunter und blieb im Türrahmen stehen.

»Heute Abend um halb sieben reden wir über unser Zusammenleben. Gestern war Sonntag, der Tag erschien mir nicht günstig dafür.«

Die Regeln von gestern waren also noch nicht komplett gewesen. Natürlich nicht. Drei Regeln wären wohl auch zu wenig für einen Teenager.

Ich nickte.

»Deinen Haustürschlüssel habe ich dir auf die Kommode gelegt. Ich wünsche dir einen schönen Tag.«

»Den wünsche ich dir auch.«

Ich hätte sie gerne gefragt, wo sie jetzt hinging, aber ich traute mich nicht. Ich wollte sie nicht nerven oder zu neugierig wirken. Aber vielleicht würde sie sich freuen, wenn ich nachfragte?

Wacholder drehte sich um und verließ das Haus.

Mist. Immer war ich so zögerlich.

Ich trank meinen Kaffee aus und holte mir aus dem Kühlschrank noch Saft. Als ich die Tür schloss, fiel mein Blick auf die vielen Zettel, die darauf geklebt worden waren. Ich las mir die Notizen durch.

Jeden 2. Mittwoch Mülltonne vor das Haus

Blumen gießen! (Drinnen und draußen!)

In den Geburtstagskalender schauen!

Dieses Jahr schon beim Zahnarzt gewesen? (Und die Steuer gemacht?)

Herd aus?

Hexenzirkel – 5. November bei mir!

Das waren sehr viele Erinnerungsnotizen.

Wacholder wirkte eigentlich gar nicht zerstreut.

Ich las den letzten Zettel noch einmal. Ein Hexenzirkel. Sowas gab es also wirklich. Und er würde hier stattfinden? Wenn ich das in der Schule erzählte, würden die Anderen aus dem Staunen sicher nicht mehr herauskommen. Aber vielleicht wollte Wacholder auch nicht, dass ich zu viel über sie erzählte?

Ich ging Richtung Treppe, blieb stehen und las die Zettel an der Haustür.

Schlüssel?

Tasche?

Sind die Kater wirklich dringeblieben? (Sicher sind sie das. Schau trotzdem nach!)

Kühlschrank geschlossen?

Jacke?

Du meine Güte.

Vorsichtig nahm ich die letzten beiden Zettel ab, steckte sie in die Hosentasche und ging ins Bad.

* * *

In der Pause saß ich mit Isa, Charlotte und Sandra in der großen Halle und wartete auf die Jungs, die zur Cafeteria gesprintet waren, um uns einen Kakao zu kaufen.

Ein älterer Junge schlenderte mit einem Mädchen, was ungefähr in meinem Alter war, durch die Halle. Ich kannte die beiden nicht.

Isa folgte meinem Blick und neigte sich zu mir. »Das sind zwei Neue, Geschwister, wohl gerade erst hergezogen. Er macht Abi, sie ist in unserem Jahrgang.«

Ich zog beide Augenbrauen hoch und blickte Isa bewundernd an.

»Ich fahr morgens Straßenbahn, da gibt es die News direkt am Bahnsteig.«

Ich betrachtete die beiden. Sie gingen sehr nah nebeneinander her und wirkten dadurch wie ein Liebespaar. Beide waren groß und schlank und liefen etwas nach vorne gebeugt. Das Mädchen sah mit neugierigem Blick zu uns.

Sie flüsterte ihrem Bruder etwas ins Ohr, er nickte und blieb stehen. Sie kam auf uns zu und streckte die Hand aus.

»Hallo. Ich bin Leonie. Ich habe euch heute Morgen vor einem der Klassenräume gesehen.«

Leonie lächelte freundlich.

Die anderen zögerten.

Ich streckte meine Hand aus und ergriff Leonies.

»Hallo. Ich bin Johanna. Das sind Isa, Charlotte und Sandra. Willkommen in unserem Jahrgang.«

Meine Hand verweilte für einige Augenblicke in ihrer.

Leonie ließ nicht los, so wie Wacholder bei unserer ersten Begegnung.

Eine Sekunde verging. Zwei.

Sie sah mir direkt in die Augen.

Ihr Händedruck war fest, aber nicht unangenehm.

»Vielen Dank.«

Den anderen gab sie nur kurz die Hand, drehte sich um und ging wieder zurück zu ihrem Bruder.

Isa und Sandra kicherten.

»Meine Güte, die hat es wohl nötig sich so aufzudrängen, kommt wohl bisher nicht so gut an«, flüsterte Isa.

Ich starrte Isa an.

»Sie war doch nur höflich.«

»Wie die schon aussieht. Ihre Klamotten sind viel zu kurz, hat sie wohl zu heiß gewaschen. Mit solchen Glubschaugen kann man die Etiketten sicher schwer lesen.«

Die beiden prusteten los.

Ich blickte Leonie hinterher, die mit ihrem Bruder weitergelaufen war, sich nun aber noch mal umdrehte.

Ich schnappte mir meinen Rucksack. »Ich gehe schon mal hoch.«

»Meine Güte. Was hast du denn? Willst du etwa mit der befreundet sein?«, fragte Sandra laut.

Ich drehte mich nicht mehr um, ging die Treppen hoch, stellte mich neben die Klassentür und verschränkte die Arme.

Man. Wie peinlich dieses blöde Gelaber war. Hoffentlich hatte Leonie das nicht gehört.

Warum wollte Isa jetzt bloß ständig die Pausen auch mit Sandra und Charlotte verbringen? Charlotte war ja noch ganz okay, aber Sandra ging mir wirklich auf die Nerven.

Einige Minuten später kam Isa und stellte sich neben mich.

»Bin auch schon los.«

»Muss Sandra immer so rumschnattern?«

Isa winkte ab. »Ach, du kennst sie doch. Sie ist halt manchmal etwas direkt.«

Dass sie selbst gerade auch unhöflich gewesen war, ignorierte sie einfach.

»Ich muss das ja nicht gut finden.«

»Sonst lachst du doch auch über ihre Sprüche.«

»Ja, wenn es um die bekloppten Jungs geht.«

»Du kennst die Neue doch noch gar nicht.«

»Eben. Man sollte ihr vielleicht erst mal eine Chance geben.«

Isa ließ ihre Schulter gegen meine sinken.

»Du hast doch eh mich. Scher dich doch nicht um die ganze Sache.«

Ich sah Isa an und versuchte ein Lächeln, doch in meinem Magen rumorte es. Hoffentlich dachte Leonie nicht, ich hätte auch mitgelästert. Was wäre, wenn wir einen der Grund- oder Erweiterungskurse miteinander hätten, oder sogar eine AG? Die Tür zum Treppenhaus ging auf und Leonie erschien. Oh man.

Sie blickte mich an. Ich lächelte, doch sie sah gleich wieder weg.

Das Blut schoss mir in die Wangen.

Na toll, sie hatte die blöden Sprüche bestimmt gehört.

Leonie ging etliche Klassenräume weiter, zog ihr Smartphone hervor und blickte darauf.

Vielleicht hatte ich Glück und sie war in der anderen Hälfte des Jahrgangs untergekommen, mit dem wir uns die Kurse nicht teilten.

Ich schaute wieder zu Leonie, doch sie sah nicht mehr her.

»He. Da erobert dein Ritter dir einen Kakao und du wartest nicht mal auf mich.«

Ich blickte Tobi ins Gesicht, der einen Schmollmund zog.

Mehmet streckte Isa eine Packung entgegen.

»Die Neue hat sie abgelenkt.« Isa grinste.

Tobi runzelte die Stirn.

»Quatsch. Sandra ging mir auf den Keks.«

»Bekomme ich wenigstens einen Kuss für meine Heldentat?«

Ich gab ihm einen Kuss auf die Wange. Über seine Schulter hinweg sah ich, dass Leonie zu mir blickte.

Schnell ließ ich mich wieder nach hinten gegen die Wand sinken.

Mein Herz klopfte schneller.

Ich wünschte mir, ich wäre Leonie allein begegnet. Nun wusste sie, dass ich eine große Clique um mich hatte und sie würde bestimmt nicht noch mal auf uns zukommen.

* * *

Mit einer fahrigen Bewegungen steckte ich den Schlüssel in die Haustür. Ich hatte Wacholder ja gefragt, ob ich Tobi mitbringen konnte, aber ich wollte sie trotzdem nicht stören. Es hing von ihr ab, ob ich bleiben durfte, deshalb wollte ich sie auf keinen Fall verärgern.

Ich rief ein »Hallo« in die Luft. Es kam keine Antwort.

Ich sah Tobi an und zuckte mit den Schultern.

»Sie scheint noch nicht da zu sein. Wir müssen ganz nach oben. Magst du was trinken?«

Er schüttelte den Kopf. »Hab was mit.«

»Ach ja, deinen Zaubertrank.«

Wir gingen in mein Zimmer.

Tobi zog sein Cap hinunter und pustete sich seinen langen Pony aus dem Gesicht. Er pfiff durch die Zähne.

»Cooles Ambiente.«

Ich grinste.

Wir legten unsere Rucksäcke neben der Tür ab und zogen die Schuhe und Jacken aus. Aus seiner Tasche holte Tobi die große Trinkflasche hervor.

»Probiere mal, neue Rezeptur.«

Ich öffnete den Deckel und nahm einen kleinen Schluck.

Bei Tobis Sportdrink Mischungen wusste man nie genau, was einen erwartete.

Diese schmeckte scharf, fruchtig und süß.

»Irgendwas mit Grapefruit, oder?«

»Richtig. Frisch ausgepresst heute Morgen, dann noch Salat in den Mixer, Honig und Chili. Das gibt Power.« Er machte eine Superhelden-Pose. »Damit kann ich sogar fliegen.«

Tobi rannte einmal quer durch das Zimmer, auf mich zu, hebelte mich über die Schulter und wir fielen nebeneinander auf das Bett.

Ich lachte. »Na, neulich morgens warst du jedenfalls nicht schnell genug.«

»Wobei?«

»Als ihr die Treppe vor uns hochgegangen seid, da hat Isa dir in aller Ruhe auf den Po geschaut und als ich sie erwischt habe, hat sie behauptet, sie hätte Mehmet hinterhergesehen.«

»Nichts gegen Mehmets Figur. Aber er trainiert zu unregelmäßig. Mal hängt er ständig im Studio, dann hockt er doch lieber wieder nur im Kino. Meinst du Isa steht auf ihn?«

»Hat er dich darum gebeten, mich zu fragen?«

»Vielleicht.«

»Sie hat nichts gesagt, aber ich frage sie mal.«

»Ist doch komisch, Isa hatte noch nie einen Freund.«

Ich schluckte. Doch, Isa hatte mal einen Freund, von dem sie niemandem erzählt hatte. Vielleicht waren sie immer noch zusammen. Als wir uns vor einem Jahr mal bei ihr gestritten hatten und sie aus dem Zimmer gerauscht war, um frische Luft zu schnappen, da hatte ich mir ihr Tagebuch geschnappt. Er hieß Lukas, war ein Jahr jünger als sie und ihr Brieffreund. Sie hatten sich noch nicht getroffen, schienen aber verliebt ineinander zu sein.

»Sorry, habe ich etwas falsches gesagt?«

Tobis Frage riss mich aus meinen Erinnerungen. Ich schüttelte den Kopf.

»Gibt doch viele tolle Typen bei uns. Also, für Isa, du musst natürlich mich am besten finden.«

Tobi ließ seinen Pony vor die Augen fallen und grinste keck.

»Ich habe natürlich nur Augen für deinen Po und keinen anderen. Aber den Rest von dir finde ich auch gut.«

»Ich habe gestern die Gewichte erhöht.«

»Ach ja? Zeig!«

Tobi rutschte vom Bett, stellte sich vor mich und zog seinen Pullover über den Kopf. Darunter trug er ein T-Shirt mit einem Bild des Kriegers Ashitaka und der Prinzessin Mononoke.

Ich setzte mich in den Schneidersitz.

Tobi hob seine Arme in die Luft und spannte seinen Bizeps an.

Der kleine Muskelberg füllte den Ärmel des T-Shirts aus, so dass sich der Stoff darüber spannte.

»Beim nächsten Mal will ich, dass du den Stoff zerreißt.«

Er prustete los und schmiss sich neben mich.

»Du bist schwer zu beeindrucken. Nie ist es dir genug.«

Ich klimperte unschuldig mit den Wimpern. »Ich will dich nur anspornen.«

Langsam fuhr ich mit einem Finger über seinen Oberarm. Ich mochte es, wie sich der starke Muskelstrang unter der Haut anfühlte.

»Vielleicht komme ich das nächste Mal mit ins Studio.«

»Bitte nicht, neben dir sehe ich doch alt aus. Alle werden mich verspotten, so wie vor einem halben Jahr.«

Ich grinste.

Ich hatte Tobi bei einem Wettstreit in der Pause zwischen Jungen und Mädchen im Armdrücken geschlagen, danach waren wir zusammengekommen und er hatte noch härter trainiert. Hanteln stemmen fand ich nicht so toll, aber Liegestützen machte ich regelmäßig.

Ich ließ meinen Finger weiter über seinen Arm wandern. »Du hast dich wahnsinnig gesteigert in den letzten Wochen. Sicher kannst du mittlerweile viel mehr Klimmzüge als ich.«

»Danke«, sagte er und rutschte etwas näher.

In seinen Augen lag dieser eine Ausdruck.

Er wollte mich küssen, aber wir redeten doch gerade so schön.

»Ich weiß aber etwas, worin du mich nie schlagen wirst.«

»Ach ja?«

Ich ließ mich nach hinten fallen und zog ihn mit. Dann stopfte ich mein Kissen unter unsere beiden Köpfe.

»Schau, ich habe unseren Basketballkorb aufgehängt.«

Tobi reckte den Hals und blickte zu dem mittleren Holzbalken.

Aus dem Nachttischschrank zog ich die Kiste mit dem zusammengeknüllten Schmierpapier hervor und wir warfen abwechselnd die Kugeln in Richtung des Basketballkorbes.

»Wer als erster zehn Punkte hat, darf sich von dem anderen etwas wünschen.«

Oh nein.

Ich ahnte, was Tobi sich wünschen würde, wenn er gewann. In den letzten Wochen hatte er mich immer wieder darauf angesprochen. In den Herbstferien wollte er mit mir, seinen zwei besten Kumpels und ihren Freundinnen an einem See campen. Bisher hatte ich mich mit der angespannten Situation zuhause rausreden können, weshalb ich noch nicht gefragte hatte. Doch das Argument zog jetzt natürlich nicht mehr.

Wir waren zu sechst bereits mal im Kino gewesen und die anderen beiden Paare hatten während des ganzen Films nur geknutscht. Ich war gerne mit Tobi zusammen, auch ohne viele Küsse, doch er schien dann immer mithalten zu wollen.

Bei diesen Gedanken versemmelte ich jeden zweiten Wurf, allerdings war Tobi auch nicht besonders gut. Wir hatten Gleichstand. Ich warf daneben.

Verdammt.

Tobi setzte sich gerade hin, blickte konzentriert geradeaus, hob den Arm und warf.

Eine schwarze Pfote schnellte über die Bettkante und es folgte ein fliegender Schatten.

Die Papierkugel wurde aus ihrer Flugbahn gerissen und flog quer durch das Zimmer.

Tobi ließ sich nach vorne fallen.

»He! Was war das?«

Ich sah einen der Kater mit der Papierkugel im Maul aus dem Zimmer flitzen.

Lachend ließ ich mich ebenfalls nach vorne fallen.

»Tja, der schwarze Kater hat entschieden und dem Kater einer Hexe sollte man nicht widersprechen. Das Spiel ist vorbei. Sagen wir Gleichstand?«

»Manno.« Tobi setzte sich auf und verschränkte die Arme.

Ich rutschte neben ihn. »Hab wohl die Tür nicht richtig zugemacht, da muss er hier reingehuscht sein.«

»Kommt Wacholder auch hier hoch?«

Ich schüttelte den Kopf.

Also, ich hoffte es.

»Dann bleiben wir nun ungestört?«

Da war wieder dieser Blick.

Ich nickte.

Er rutschte noch näher. So nah, dass sich unsere Knie berührten.

Tobi lächelte und streckte seinen Kopf leicht nach vorne.

Ich gab ihm einen flüchtigen Kuss auf den Mund und grinste.

Er legte eine Hand auf meinen Oberschenkel, beugte sich vor und küsste mich einige Augenblicke lang.

Ich schloss die Augen. Vielleicht war es ja dieses Mal anders. Ich musste mich nur ganz und gar darauf einlassen.

Ich schlang meine Arme um Tobis Rücken und fuhr mit den Fingern an seinen Muskeln entlang, die sich unter dem Shirt ein wenig absetzten.

Es war nicht unangenehm ihm nah zu sein.

Aber es war auch nicht aufregend.

Warum grübelte ich nun schon wieder, anstatt den Moment zu genießen?

Ich spürte in meinem Körper nach, was passierte.

Es blieb ganz ruhig.

Warum war das so?

Warum kribbelte es nicht?

Es musste doch kribbeln.

Alle redeten immer von dem Gefühl, der Schmetterlinge, die im Bauch umherflogen. Bei mir sprang noch nicht mal ein Grashüpfer.

Tobi rückte weg.

»Du bist so nachdenklich.«

Meine Wangen wurden ganz warm. »Nein. Ich, also, ja. Wie viel Uhr haben wir?«

»Wie viel Uhr?« Er blies laut Luft durch die Lippen, stand auf und schaute auf sein Phone.

»Kurz vor sechs.«

»Dann musst du bald gehen.«

»Was? Warum?«

»Um halb sieben habe ich eine Verabredung mit Wacholder.«

»Man!« Er verschränkte die Arme. »Immer ist was, wenn wir … also, ich meine …«

Ich stand auf und ging zu ihm.

»Was meinst du?«

»Ach, gar nichts.«

Ich schluckte.

Er war sauer. Klar. Ich wusste, dass ich ihn nicht immer sehr lange küsste, hatte aber gedacht, dass es ihm nicht wirklich aufgefallen war. Wir verstanden uns doch sonst so gut.

Mist.

Tobi zog sich den Pullover über, rutschte gekonnt in seine Turnschuhe und schnappte sich seinen Rucksack.

»Soll ich dich noch Wacholder vorstellen?«

»Beim nächsten Mal. Bis morgen.«

Er gab mir einen Kuss auf die Wange und eilte die Treppe hinunter.

Ich setzte mich auf das Bett und starrte auf die Papierkugeln, die auf dem Boden verteilt lagen.

Warum war ihm das bloß so wichtig?

Und warum mir nicht?

In letzter Zeit dachte ich oft darüber nach, jemandem nah zu ein, aber nicht Tobi.

Mein Herz schlug mir bis zum Hals.

Ich stürmte die Treppe hinunter ins Bad, schloss die Tür und ließ mir kaltes Wasser über die Arme laufen.

Verdammt, Johanna. Das andere, das ist doch bloß eine Träumerei. Sie ist einfach nur eine interessante Frau, für die du ein wenig schwärmst. Wenn du mit ihr in einem Raum bist, wird dir ganz warm und einmal, als sich beim aneinander

Vorbeigehen zufällig eure Arme berührt haben, da hat deine Haut gekribbelt.

Ich starrte mein Spiegelbild an.

Ich hatte gehofft, dass meine Gefühle für die Referendarin in den Ferien abebben würden. Aber als ich sie am ersten Tag nach den Ferien wiedergesehen hatte, spürte ich ihn erneut, diesen wohligen Schauer, wenn ich in ihrer Nähe war. Und ich hatte ihn auch, wenn ich nur an sie dachte. Wenn ich abends die Augen schloss, erschien manchmal ihre Silhouette vor mir und eine Geschichte entspann sich, in der wir uns nach dem Unterricht trafen und ich ihr von meinen Sorgen erzählte und sie mich in den Arm nahm und festhielt. Ganz lange und sanft.

Ich schlug auf den Rand des Waschbeckens, so dass meine Finger zwirbelten.

Wut brandete in mir auf.

Nein. Ich durfte jetzt nicht wütend werden. Ich hatte ein wichtiges Gespräch mit Wacholder vor mir.

Hastig trocknete ich meine Hände und Arme ab und lief die Treppe hinunter.

Wacholder stand bereits in der Küche.

Reiß dich jetzt zusammen. Verbock es nicht!

Ich presste ein »Hallo« hervor.

Wacholder drehte sich zu mir.

»Ist dein Tobias schon weg?«

Mein Tobias.

Ich nickte und biss mir auf die Unterlippe.

Wacholder lehnte sich an die Arbeitsplatte. Sie trug einen Schal, obwohl es im Haus angenehm warm war.

Sie betrachtete mich.

Ich sah zu Boden.

»Wie geht es dir?«

Wenn ich jetzt antwortete, würde mich der Ton meiner Stimme sicher verraten. Ich erinnerte mich an eines unser letzten Gespräche. »Magst du mir erst sagen, wie es dir geht? Vielleicht kann ich mich einfach anschließen.«

Wacholder zuppelte an ihrem Schal.

»Es geht mir nicht sehr gut. Heute lief vieles schief. Mein Rad hatte auf halber Strecke einen Platten und jemand hat einen Besuch bei mir abgesagt, für den ich ein paar nützliche Dinge zusammengestellt hatte. Ich wollte ihm gerne helfen, aber er scheint wieder den Mut verloren zu haben, sich helfen zu lassen. Er ging mir schon mal verloren und diesmal kommt er vielleicht gar nicht mehr wieder. Seit ich das Rad eine halbe Stunde lang durch den Wind geschoben habe, ist mir ganz kalt.«

»Es tut mir leid, dass dir so blöde Sachen passiert sind. Mir heute irgendwie auch.«

»Du hast noch dein Stück Kuchen im Kühlschrank. Magst du das jetzt essen?«

Ich nickte.

»Ich wollte gleich ein paar Sachen mit dir bezüglich unseres Zusammenlebens besprechen. Aber vielleicht ist dir das heute nicht so recht?«

Ich dachte daran, wie unsicher ich mich hier bewegte und es mir komisch vorkam, dass ich einfach ohne zu fragen an Wacholders Kühlschrank ging, obwohl wir noch gar nicht über das Einkaufen geredet hatten und ich bis jetzt nichts beisteuerte.

»Ich würde gerne mit dir über ein paar Sachen reden.«

»Gut. Nimm du schon mal deinen Kuchen und ich bringe den Tee.«

Wir gingen ins Wohnzimmer und ich setzte mich auf die Couch. Wacholder stellte den Tee ab und lief zu dem großen Schrank hinter mir.

»Welches Bild würde wohl zu unserem Gespräch passen?«

Ich drehte mich um.

»Wie meinst du das?«

Wacholder zog die Schranktüren auf.

Oben auf einem Brett lag allerlei Kleinkram, doch untendrunter standen etliche Bilder, in Luftpolsterfolie eingepackt, hintereinander. Sie ging in die Hocke und kippte einige davon nach vorne.

Ich schaute auf das jetzige Bild an der Wand gegenüber der Couch.

Es war immer noch das mit den abstrakten Quadraten und Strichen die durcheinanderflogen.

»Das jetzige ist auf jeden Fall zu hektisch. Könntest du es mir bitte bringen?«

Ich stand auf, hob das Bild vorsichtig an und ging zu Wacholder. Sie reichte mir die zusammengefaltete Folie. Ich stellte das Bild ab und wickelte es ein.

»Ah!«

Wacholder zog ein Bild hoch und entfernte die Folie darum.

Darauf zu sehen waren ein Fuchs und ein Igel, die am Rand eines Waldes saßen. Es wirkte, wie die Illustration für ein Kinderbuch.

»Die besten Gespräche führt man in Gegenwart von Fuchs und Igel.«

Ich musste lachen. »Das klingt sinnvoll.«

Ich stellte das Bild in den Schrank und schloss ihn vorsichtig.

Wacholder hängte das Bild auf. Sie setzte sich auf den Sessel, ich mich erneut auf die Couch und aß ein Stück von dem Kuchen.

»Der ist sehr lecker.«

»Ich backe jeden Sonntag für die ganze Woche und friere den Kuchen ein. Weil das eine Zeit dauert und ich dann nicht auch noch groß kochen möchte, gibt es sonntags immer Resteauflauf. Alles was besser verbraucht werden sollte kommt da rein und Käse obendrüber. Mit Käse obendrüber schmeckt fast alles.«

Sie kicherte.

Ich mochte das. Isa kicherte auch immer über sich selbst.

»Sonntags wird das Haus vom Staub befreit und gefegt. Ich kehre die alte Woche hinaus und mache der neuen Platz, damit sie ihre eigenen Spuren hinterlassen kann. Außerdem sind diese Bewegungen gut für den Rücken. Ich mag keinen Sport. Magst du Sport?«

Ich nickte. »In Sport habe ich immer eine Eins. Aber nur da.«

Wacholder hob eine Augenbraue.

»Was heißt hier nur? Ich hatte nirgendwo nie eine Eins.«

»Der Rest sind dafür bloß Vierer und Dreier.«

»Das sind nur Zahlen.«

»Aber leider wichtige.«

»Nicht jeder kann alles gleich gut können. Du bist halt so gestrickt und damit ist es gut.«

Sie drehte sich um und nahm Stift und Notizzettel von der Fensterbank. »Was kochst du am besten?«

»Spaghetti mit Tomatensoße.«

»Ich auch. Wir würden das somit vier Mal in der Woche essen. Wenn ich koche, mache ich das für den nächsten Tag gleich mit. Dann ist an einem Tag mal Ruh. Willst du vier Mal in der Woche Spaghetti mit Tomatensoße?«

Ich schüttelte den Kopf.

»Wir nehmen uns vor, alle paar Wochen ein neues Gericht zu lernen. So könnten wir dem entgehen.«

In meinem Magen zwackte es.

»Ich kann mit neuen Rezepten nicht so gut umgehen. Ich bin bei neuen Sachen oft so nervös. Vielleicht könnten wir das am Anfang einige Male zusammen machen?«

»Das bekommen wir bestimmt hin. Mit dem Kochen werden wir uns abwechseln. Den Auflauf am Sonntag machen wir zusammen, bleiben sechs Tage, von denen an Dreien gekocht wird. Eine ist also zweimal die Woche dran, die andere einmal, in der nächsten Woche ist es dann umgekehrt.«

Ich versuchte es im Kopf zu überschlagen. Ich wäre also ungefähr alle vier Tage dran. Das war gar nicht so oft. Das müsste ich hinbekommen.

»Das klingt sehr gut. Samstags bin ich immer schon versorgt. Am Vormittag arbeite ich in der Gärtnerei und mittags kocht der Chef für uns. Er hat das mal eingeführt. Da arbeiten ein paar, denen geht es finanziell nicht so gut und deshalb kocht er von dem Gemüse, was so übriggeblieben ist, immer einen großen Eintopf. Mama und Papa fanden das gut, so hat jeder am Samstag immer sein Ding gemacht. Nach der Arbeit bin ich meistens bei Isa und übernachte dort.«

»Das passt doch ganz gut. Samstagsvormittags bin auch unterwegs. Da gehe ich auf den Markt und hole Gemüse, Obst und Fisch oder Fleisch. Wenn du auch noch einmal in der Woche einkaufen gehst und die Grundnahrungsmittel holst, dann müssten wir mit den Sachen an den sieben Tagen ganz gut auskommen. Deine Eltern geben mir für deine Verpflegung fünfzig Euro die Woche. Ich tue meine fünfzig dazu. Das Haushaltsportemonnaie lege ich auf den Kühlschrank, darin können wir auch die Kassenbons sammeln. Wir haben somit vierzehn Euro pro Tag für Lebensmittel und Haushaltssachen. Das wird knapp, aber wir kriegen das bestimmt hin.«

Mein Magen krampfte sich nun zusammen. Mit Geld konnte ich nicht so gut umgehen. Das lag an diesem blöden Mathe. Sobald es um Zahlen ging, fuhren innerlich meine Jalousien runter. Ich wollte mir vor Wacholder aber keine Blöße geben, schließlich war ich freiwillig ausgezogen und es sollte nicht unüberlegt wirken. Dass auch diese Verantwortung auf mich zukommen würde, hatte ich vorher nicht wirklich durchdacht.

»Wenn uns etwas auffällt, was fehlt, schreiben wir es auf einen gemeinsamen Zettel am Kühlschrank.«

Ich nickte.

Wacholder fuhr sich über den Nacken.

»Manchmal vergesse ich den Einkaufszettel mitzunehmen. Dann müssen wir mit dem Ergebnis etwas improvisieren.«

Ich lächelte. »In Ordnung.«

»Ich bin meistens so gegen halb fünf mit der Arbeit fertig und fange mit dem Kochen an. Wir essen also meist gegen viertel nach fünf und räumen danach zusammen die Küche auf. Passt das für dich?«

»Ja, das passt gut. Ich hänge meinen Stundenplan an den Kühlschrank, damit du siehst, wann ich Schule aus habe. Montags und donnerstags sind die längsten Tage, bis vier Uhr. Ich wäre dann auch gegen halb fünf zuhause und könnte mit dem Kochen anfangen. Wenn ich nachmittags mal noch jemanden besuche und woanders esse, gebe ich dir einen Tag vorher Bescheid. Ist das okay? Vielleicht könnten wir für solche Tage, wenn eine von uns mal nicht kochen kann, etwas einfrieren?«

Sie nickte und reichte mir Zettel und Stift. »Ich brauche deine Handynummer noch, so können wir uns erreichen, wenn mal etwas dazwischenkommt.«

Ich notierte meine Nummer und gab sie ihr rüber.

»Ich brauche die Waschmaschine zweimal in der Woche und du?«

»Also, ich weiß nicht so genau …«

»Du findest es heraus und gibst mir Bescheid. Wenn es nicht regnet, hänge ich die Wäsche noch so lange wie möglich im Garten auf. Ansonsten gibt es im Keller einen kleinen Trockenraum. Dort stehen auch die Putzsachen.«

Meine Muskeln entspannten sich.

Das Wacholder mir das alles zutraute, ohne genaue Vorschriften zu machen, war ein schönes Gefühl.

»Darf ich in der Küche immer überall drangehen?«

»Ja, natürlich. Aber bei den Kräuter- und Teegläsern frag mich lieber. Meine Handschrift ist nicht die Beste und ich habe selbst schon mal schwarzen Tee in die Suppe geschüttet, weil meine Handschrift mir vorgaukelte, es sei ein Gewürz.«

Wacholder schlug ihre Hände auf die Knie. »So, das haben wir doch schon mal gut hinbekommen, oder was meint ihr?«

Sie schaute zu Igel und Fuchs.

»Sie scheinen zufrieden zu sein. Komm, wir legen die Beine hoch.«

Wir streckten uns aus. Ich trank einen Schluck Tee und meine Gedanken schweiften zurück zu Tobi. Ich würde ihm gleich noch eine Sprachnachricht schicken.

Morgen war zum Glück nur kurz Schule und am Abend wollte ich Mama und Papa besuchen, weil ich noch ein paar Sachen dort vergessen hatte.

Wenn etwas Zeit verstrich, war Tobi vielleicht nicht mehr sauer.

Mittwochs Malereien

Der gestrige Abend bei meinen Eltern war gut verlaufen. Ich hatte ihnen von den Kochplänen erzählt, was die beiden schnell zufrieden gestimmt hatte und wir danach den Rest des Abends über eine neue Kochsendung im Fernsehen gesprochen hatten, in der Prominente gegeneinander antraten und die meine Eltern nun zusammenschauten.

Ich hatte mich darüber gefreut, dass die beiden abends nun anscheinend etwas miteinander machten, denn nach unseren Auseinandersetzungen, war ich meistens in meinem Zimmer verschwunden, mein Vater hinter seiner Zeitung im Wohnzimmer und meine Mutter ans Telefon, um mit einer ihrer Freundinnen zu sprechen.

Tobi war lieb zu mir gewesen, hatte aber nach keinem neuen Treffen gefragt. Ich wollte ihn heute nicht sehen. Erst wollte ich genau darauf achten, was in mir passierte, wenn *sie* ganz in meiner Nähe war.

Ich wollte mich diesem Gefühl endlich bewusst stellen, um zu verstehen, warum es mich so einnahm.

Heute gab es in der Dritten und Vierten eine Doppelstunde Kunst und in dieser die Möglichkeit, für zehn Minuten alleine mit Frau Lindqvist zu reden, wenn man zur Arbeit an seinem Bild konkrete Fragen hatte.

Wir malten gerade einen Wald mit Öl-Pastellkreidestiften und tatsächlich hatte ich damit so meine Schwierigkeiten. Durch die rundlichen Stifte und die dicke Farbe, bekam ich die feinen Äste der Baumstämme nicht ordentlich gezeichnet. Zwei Bäume waren deshalb so groß geraten, dass ich den gesamten Aufbau des Bildes hatte neu konzipieren müssen und die beiden Riesen nun im Vordergrund prangten, während die Bäume in der Tiefe noch auf ihre Entstehung warteten.

»Es hat geklingelt.«

»Was?«

Isa hakte sich bei mir unter und zog mich in Richtung der Kunsträume. »Träumst du mal wieder?«

»Quatsch.«

Ich lief rot an, als ob Isa ahnen könnte, dass ich an Frau Lindqvist gedacht hatte.

»Hat es mit einem gewissen Tobi zu tun?«

»Wenn man träumt, geht es nicht immer nur um Jungs.«

»Na, das musst du mir nicht sagen, was eine Verschwendung. Träumen brauchste von denen nicht, die sind ja eh überall.«

Isa warf Lasse und David einen flüchtigen Blick zu, die lässig an der Wand vor dem Kunstraum lehnten und so taten, als würden sie einen Hut von ihren Köpfen heben.

»Die Damen!« Sie verbeugten sich.

Isa verdrehte die Augen und zog mich direkt vor die Klassentür. Sie war noch abgeschlossen.

»Wie weit bist du mit deinem Bild?«

»Nicht sehr weit und du?«

»Fast fertig. Vielleicht male ich einfach ein zweites. Ich kann dir später gerne helfen.«

»Das ist lieb, aber das merken die doch, dann gibt es Ärger.«

Unsere Kunstlehrerin Frau Berger und Frau Lindqvist kamen um die Ecke.

»Guten Morgen«, sagten Isa und ich im Chor.

Die beiden lächelten und begrüßten uns ebenfalls.

Frau Lindqvist trug einen eleganten dunkelblauen Blazer und hatte ihre lockigen, rotbraunen Haare hochgesteckt.

Schnell wandte ich den Blick von ihr ab. Vielleicht würde ich gleich doch nicht fragen, ob ich sie sprechen konnte.

Nein, ich musste es tun.

Mir wurde kodderig.

Im Klassenraum wankte ich Richtung Fenster, machte es einen Spalt auf und ließ mich davor auf den Stuhl fallen.

»Was machst du am Wochenende?«, fragte Isa, während zahlreiche Stuhlbeine über den Fußboden schabten.

»Fegen.«

Isa legte die Stirn in Falten. »Wofür steht *fegen*?«

Ich starrte sie an, bis ich begriff, weshalb Isa so verwundert war und musste lachen.

»Fegen heißt wirklich fegen. Wir beide machen oft ja sonntags noch etwas zusammen, aber da muss ich jetzt immer Auflauf machen und fegen, mit Wacholder.«

»Johanna, bitte Ruhe!«

Frau Berger schaute mich an.

Ich sank tiefer in meinen Stuhl, weil alle anderen mich anblickten.

»'Tschuldigung, wir sprachen über das Wochenende.«

»An einem Mittwoch? Na euren Optimismus möchte ich haben.«

Einige lachten.

Ich schaute zu Lasse und David, die erneut so taten, als würden sie sich vor uns verbeugen, in dem sie andächtig die Köpfe senkten und uns anschließend einen Handkuss zuwarfen.

Sie wären sicher nicht so übermütig, wenn Tobi auch hier wäre.

Isa streckte ihnen die Zunge raus, dann schob sie ihre Zeichenmappe auf den Tisch.

Ich tat es ihr nach und holte mein Bild hervor.

Isa betrachtete es. Außer in Sport, war ich in allem schlechter als sie und wenn es so offensichtlich war, schämte ich mich besonders.

»Die Farbe der Stämme ist wirklich schön. Hast du Braun und Gelb gemischt?«, flüsterte sie.

Ich nickte, dabei fiel mein Blick auf Frau Lindqvist, die neben der Tafel stand, uns ansah und nun einen Finger gegen die Lippen hielt, danach zwinkerte sie mir zu.

Mein Herz machte einen Hüpfer.

Verräter.

Ich sah erneut zu ihr. Sie schaute nun im Raum umher. Es war besonders ihr Blick, den ich so mochte. Er war freundlich, aber irgendwie auch neckisch.

Frau Berger wiederholte über welche Techniken sie in der letzten Stunde gesprochen hatte.

Ich setzte mich gerade hin. Gleich würde sie fragen, wer heute für den praktischen Teil eine Beratung brauchte.

Jetzt.

Ich wollte die Hand heben, aber sollte ich wirklich?

Ich schob die rechte Hand unter meinen linken Ellenbogen und drückte den Arm nach oben.

So. Es war geschafft.

Frau Berger teilte mich als Dritte ein.

Frau Lindqvist verließ mit Tanja den Raum und alle anderen fingen an zu malen.

»Musst du jetzt wirklich immer sonntags so viel Hausarbeit machen? Das kann sie dir doch nicht wirklich befehlen.«

»Sie befiehlt es ja gar nicht. Es gehört eben dazu, um das Haus zu pflegen und um unsere gemeinsame Woche vorzubereiten.«

Hatte ich das gerade gesagt?

Isa verschränkte die Arme und starrte auf den Tisch. Ich legte meine Hand auf ihre Armbeuge.

»Es wird sich bald alles einspielen. Ich will einen guten Eindruck bei Wacholder machen. Sie darf mich nicht sofort wieder rausschmeißen. Ich muss ihr und meinen Eltern beweisen, dass ich das hinbekomme«, sagte ich leise und doch so eindringlich wie möglich.

Isas tätschelte meine Hand. »Das verstehe ich.«

Ich nahm einen Bleistift, um die Äste vorzuzeichnen und beugte mich über das Papier.

Tanja kam aus dem Nebenraum und Holger ging hinein.

Noch zehn Minuten, dann wäre ich an der Reihe.

Meine Hände wurden kalt und meine Wangen heiß.

Ich zog ein paar Striche, damit es so aussah, als ob ich wirklich etwas tat. Ich reckte den Hals, um mehr von der frischen Luft zu erhaschen, die durch das Fenster strömte.

Die Tür ging auf und Holger kam zurück.

Ich stand ruckartig auf und steuerte auf die Tür zu.

Atmen. Ich durfte nicht vergessen zu atmen.

Ich ging in den Raum, der zum Trocknen der Bilder genutzt wurde. Aus zahlreichen Fächern schauten bunte Bilderkanten hervor. Es roch nach Wasserfarbe und ihrem Parfüm, fruchtig und süß.

Ich schloss die Tür.

»Hallo Johanna.«

»Hallo.« Ich legte das Bild auf den Tisch in die Mitte.

»Wie gefällt dir das Malen mit den Stiften?«

Ihre Stimme war sanft. Sie schaute mir direkt in die Augen. Wenn ich diesen Blick doch mal länger genießen dürfte.

»Ich habe Schwierigkeiten damit.«

Na toll. Jetzt klang es, als wenn ich rummeckern wollte.

»Also, es macht Spaß, aber ich bekomme die feinen Konturen nicht hin. Die Stifte sind zu dick.«

Wie zum Beweis, hielt ich den grünen Stift in ihre Richtung.

Sie stellte sich nah neben mich und zog ihn mir aus den Fingern.

Ihre Bewegungen waren immer so fließend und leicht. Wie es sich wohl anfühlte, wenn sie einen umarmte? Ich schloss kurz die Augen und riss sie sogleich wieder auf.

Sie betrachtete den Stift.

»Angespitzt hast du ihn schon.«

Ich nickte.

»Es gibt noch einen Trick.«

Sie nahm eine Dose sowie einen Pinsel aus dem Regal.

»Schnell, halte dir die Nase zu.«

Sie öffnete die Dose und ich nahm einen beißenden Geruch war.

Ich hielt mir die Nase zu, so wie sie. Eilig tunkte sie einige Male den Pinsel in die Flüssigkeit und schloss den Deckel dann wieder.

»Terpentin.«

Sie beugte sich über mein Bild.

»Wenn du das Lösungsmittel vorsichtig auf die dicke Farbschicht aufträgst, kannst du damit etwas von den Partikeln abheben und mit der Farbe, die am Pinsel haften bleibt, die feinen Äste zeichnen. Probiere es mal.«

Ich nahm den Pinsel und fuhr damit über einen der dickeren Schichten.

»Nicht zu lang, sonst hast du ein Loch im Stamm.« Sie schaute auf die Stelle. »Na, wäre aber nicht schlimm. Du könntest in das Astloch ein Eichhörnchen setzen.«

Ich lächelte. »Das war aber nicht die Vorgabe. Wir sollten nur Bäume malen.«

»Stress dich nicht so. Kunst ist Interpretation. Es geht darum, dass du dir die Technik zunutze machst, um das auszudrücken, was du empfindest und wenn dann in die Bäume noch Eichhörnchen gehören, dann ist das so. Die beiden Bäume im Vordergrund sind dir gut gelungen. Sie wirken wie ein Tor.«

»Sie waren so gar nicht geplant. Es war mehr ein Unfall.«

»Als angehende Lehrerin sollte ich das vielleicht nicht sagen, aber du darfst auch mal flunkern. Wenn Frau Berger dich danach fragt, sag, es sei so geplant gewesen.«

Sie lachte und drückte mir die Dose in die Hand.

Ob sie mit den anderen auch so rumalberte?

»Sonst alles gut?«

»Ja, vielen Dank für Ihre Hilfe.«

»Sehr gerne, Johanna. Hier im Trockenraum ist Küchenrolle. Du musst dein Bild nachher damit abdecken und es mit Pappe beschweren. Das Küchenpapier zieht dann die Terpentinreste heraus, die sich von der Farbe absetzen werden. Schickst du bitte Marcel zu mir?«

Ich nickte, verließ den Raum und rief nach Marcel.

Für einen Moment blieb ich im Klassenraum stehen und sah auf das Bild.

Ich hatte keine große Lust, mir nach Schulschluss den Schlüssel für den Raum holen zu müssen, um zuhause an dem Bild weiterarbeiten zu können, aber das Ergebnis sollte jetzt natürlich besonders gut werden, also hatte ich wohl keine andere Wahl.

Isa blickte zu mir, als ich zurück zu unserem Tisch ging. »Was hast du da in der Hand?«

»Terpentin.«

»Zum Malen?«

»Für Baumlöcher.«

»Aha.« Isa hatte es für heute wohl aufgegeben, genauer nachzufragen, aber mir war das ganz lieb.

Ich blickte auf die Dose in meiner Hand. Ich war ganz froh, mich daran festhalten zu können. Ob mir nach dieser Begegnung gleich die filigranen Arbeiten gelingen würden, war mir allerdings noch nicht wirklich klar.

* * *

Während alle anderen zu den Bussen eilten, musste ich nun noch mal ins Sekretariat und mir den Schlüssel für den Trockenraum holen.

Der Sekretär, Herr Torres, schaute mich über seine runde Brille hinweg an.

»Vor wenigen Minuten ist erst eine andere Schülerin zu dem Raum vorgegangen. Entweder wartest du hier, oder du versuchst, sie dort zu erwischen. Sie ist aus deinem Jahrgang, Leonie Scholz.«

Leonie?

»Danke. Ich gehe hin.«

Ich eilte aus dem Sekretariat.

Wäre es gut ihr zu begegnen? Die Situation neulich war mir immer noch sehr unangenehm. Seitdem hatten wir uns zwei Mal im Flur gesehen und sie hatte immer schnell weggeschaut.

Vielleicht könnte ich ihr nun zeigen, dass ich mich nicht so blöd verhielt, wie meine Freundinnen.

Mit großen Schritten ging ich zu den Kunsträumen, öffnete die beiden Durchgangstüren und sah Leonie gerade den Raum abschließen.

»Leonie!«

Sie drehte sich zu mir und der Schlüssel fiel ihr aus der Hand.

Leonie bückte sich und ich stellte mich neben sie.

Als sie wieder gerade stand, sah sie mich mit erschrockenem Blick an.

Vielleicht war sie in Gedanken gewesen?

Oder hatte sie neulich doch die Sprüche von Isa und Sandra mitbekommen?

»Ich müsste auch mein Bild rausholen. Könntest du noch mal aufschließen und kurz warten?«

Ich wollte irgendwie Zeit gewinnen. Wenn sie mir den Schlüssel jetzt einfach gab, dann war es vielleicht ein Zeichen dafür, dass sie nichts mit mir zu tun haben und mich schnell loswerden wollte.

»Ich schließe dir auf«, sagte sie.

Leonie öffnete die Tür, ich betrat den Raum und sie folgte mir.

Ich blickte auf die Mappe, die sie sich unter den Arm geklemmt hatte.

»Brauchte dein Bild auch eine Sonderbehandlung?«

Ich bemühte mich, meine Stimme besonders freundlich klingen zu lassen.

»Wieso, was musstest du denn mit deinem Bild machen?«

Ich zog es hervor und legte es auf den Tisch. Plötzlich begann mein Herz schneller zu schlagen. Meine Malkünste waren nicht die besten und ich wollte vor Leonie einen guten Eindruck machen.

Ich entfernte die Pappe und die Küchenrolle und stopfte alles in den Mülleimer unter dem Tisch, dann zeigte ich auf die bearbeiteten Stellen.

»Ich musste Terpentin verwenden, um damit etwas Farbe abzutragen und um die feineren Äste fortzusetzen.«

Leonie sah mich an und nicht auf das Bild. Nun war ihr Blick forschend.

Ob sie meine Mimik prüfte, um mein Verhalten einordnen zu können?

Ich hielt ihrem Blick stand.

Ihre Augen waren blau. In einem ganz hellen Blau, wie der Himmel an einem Sommertag ohne Wolken.

Wieso fiel mir das auf?

Sowas fiel mir nie auf.

Leonie schob mein Bild an den Rand des Tisches und nahm ihres hervor.

»Ich musste noch das erste Bild nachholen, was zu Beginn des Schuljahres gemalt wurde. Mein Lehrer hatte es schon benotet, aber letzte Woche war ich zwei Tage krank und muss es deswegen jetzt mal mitnehmen. Sie räumen die Fächer hier ja so schnell aus und dann muss man wohl irgendwo in den Schulkeller, um sie wiederzubekommen.«

»Ja, da ist Herr Torres echt streng und der Schulkeller soll sehr gruselig sein, gut, dass du dem entkommen bist.«

Sie grinste. Zwischen ihren Schneidezähnen war eine kleine Lücke.

Ich war froh, dass Leonie ganz normal mit mir redete.

Gründlich betrachtete ich ihr Bild. Es war eine Collage. Die würden bei uns auch bald noch drankommen.

Sie bestand aus unendlich kleinen Papierschnipseln, die zum Teil Motive zeigten wie Augen oder Hände, die ganz eng aneinandergeklebt worden waren.

Ich ging ein kleines Stück zurück. Leonie hatte die Motive farblich so kombiniert, dass man mit Abstand eine Blume erkennen konnte.

»Der Effekt ist echt cool. Was war das Thema?«

»Wir sollten ein Gefühl ausdrücken.«

»Das hier scheint ein schönes zu sein.«

Sie schob sich ihre kinnlangen, blonden Haare hinter die Ohren.

»Es ist das Glück.«

Sie packte ihr Bild wieder ein und sah dann auf meines.

»Ich mag dein Bild. Es macht viel Arbeit die Farbnuancen so hinzubekommen.«

»Es wird trotzdem irgendwie nie so, wie ich es eigentlich will.«

»Du gibst dein Bestes, das ist doch gut und viele Stile und Techniken brauchen ganz viel Übung, dafür reicht ein einziges Bild nicht.«

»Ich bekomme immer nur eine Drei für meine Ergebnisse.« Ich zog eine Grimasse.

Sie lächelte. »Noten sind was Fieses, oder?«

In ihrem Blick lag nun etwas Schelmisches. Das war süß.

Wo kam der Gedanke her?

Dieser Tag schien mich sehr durcheinander gebracht zu haben.

Fahrig packte ich mein Bild ein. »Eine Schule ohne Noten wäre wirklich was tolles.«

Wir gingen vor die Tür und Leonie schloss ab.

»Für das Bild hast du bestimmt eine Eins bekommen, oder?«

Leonie nickte. »Eine Eins minus. Ich bin eigentlich ganz gut in der Schule.«

Was meinte sie wohl mit dem *eigentlich*?

Wir liefen nebeneinander her. Sie hielt mir die Türen auf.

Ich mochte diese Geste.

Ich könnte zum Bus gehen, aber ich wollte den Schlüssel noch mit ihr zurückbringen.

Sie schien nicht sauer auf mich zu sein, aber sollte ich mich vielleicht doch für meine Freundinnen entschuldigen?

Zeitgleich griffen wir beide nach der Klinke der nächsten Tür.

Ihre Hand lag auf meiner.

Sie zog ihre weg und sah zu Boden.

Leonie war redegewandt, aber doch irgendwie schüchtern.

Ich grinste. »Sorry, ich wollte dir nun auch mal die Tür aufhalten.«

»Nichts dagegen.«

Im Sekretariat gab Leonie den Schlüssel ab.

Ich sah auf die Uhr. »Mein Bus kommt gleich. Kommst du mit zur Haltestelle?«

Leonie schüttelte den Kopf.

»Muss noch mal ums Eck.«

Ich nickte.

So eine Chance würde so schnell bestimmt nicht wiederkommen. Ich sollte mich für das Verhalten der anderen entschuldigen.

»Leonie … ich.«

Sie sah mich mit neugierigem Blick an.

»Ich finde es schade, dass wir keinen Unterricht zusammen haben.«

Was sollte denn nun dieser Satz? Der würde ihr bestimmt merkwürdig vorkommen.

»Das finde ich auch, Johanna.«

Ich lächelte.

Dass sie meinen Namen noch wusste, berührte mich auf sonderbare Weise.

»Tschüss.«

»Tschüss. Und noch viel Glück mit dem Bild.«

»Danke.«

Ich ging Richtung Treppe und drehte mich zu ihr um.

Leonie stand noch an der gleichen Stelle und hob zum Abschied die Hand.

* * *

Ich schaute abwechselnd zu den beiden Dachschrägen, die über meinem Kopf zu einem Dreieck zusammenliefen. Es war schon nach Mitternacht, aber ich konnte nicht einschlafen. Nun grummelte auch noch mein Magen.

Ich stand auf und versuchte, so leise wie möglich die Treppe hinunterzugehen.

Auf Zehenspitzen ging ich in die Küche, goss mir ein Glas Milch ein und nahm meinen eingepackten Kuchen hoch mit ins Zimmer.

Ich saß im Bett, während draußen vor dem Fenster dicke, bauschige Wolken am Nachthimmel entlangzogen.

Der Wind ließ einige der Dachziegel klappern.

Die Geräusche waren hier noch sehr ungewohnt, aber schön. Zuhause wohnten wir im dritten Stock eines Hauses mit sechs Parteien und meistens war es erst gegen Mitternacht ganz still. Dann schlief auch endlich der kleine Kläffer von Nachbar Willi, der zwar ganz süß war, aber oft auch sehr zornig, weshalb er stets die Müllabfuhr, die Tauben oder mitten in der Nacht eben auch mal Willi anbellte.

Ich trank die Milch aus und ließ mich wieder nach hinten sinken. Doch ich wollte nicht die Augen schließen, denn umso stärker kamen die Erinnerungen an den heutigen Tag zurück. Mein Herz begann schnell zu klopfen und ich wurde immer noch wacher, anstatt schläfriger.

Die beiden Begegnungen hatten mich aufgewühlt.

Ich machte das Licht aus. Der Basketballkorb warf gruselige Schatten an die Wand.

Tobi hatte ihn mir geschenkt, als wir drei Monate zusammen gewesen waren.

Seit heute wusste ich, was mir bei ihm fehlte. Wenn ich ihn sah, war ich aufgekratzt, aber nicht aufgeregt, ich entspannte mich, aber ich kam nicht zur Ruhe. Ich mochte ihn sehr, aber ich war nicht in ihn verliebt.

Ich zog mir einen Zipfel des Kissens über die Augen. Vielleicht könnte ich damit auch meine Gedanken zudecken.

Die Seele macht blau

Als mein Wecker klingelte, hatte ich das Gefühl, gerade erst eingeschlafen zu sein. Regen trommelte auf das Dach und ein gräuliches Licht fiel durch die Fenster. Mein Nacken schmerzte. Ich zog Socken über, ließ aber meinen Schlafanzug an und tapste langsam die Treppe hinunter.

Wacholder saß in der Küche. Warum war sie nicht im Wohnzimmer?

Ich blieb im Türrahmen stehen. »Guten Morgen.«

»Ist es ein guter?«

Ich zog eine Schnute. »Nicht so wirklich. Ich habe wenig geschlafen. Und du?«

»Manchmal erzählt der Regen zu viele Geschichten. Ich habe auch kaum ein Auge zugetan.«

Ich lehnte mich an den Türrahmen.

Was Wacholder wohl bedrückte?

»Schreibst du heute in der Schule eine Arbeit?«

Ich schüttelte den Kopf.

»Wir bleiben heute hier. Ich rufe deine Eltern an. In Ordnung?«

»Aber, ich bin ja nicht wirklich krank.«

»Aber deine Seele braucht heute Ruhe. Oder würde es dir in der Schule gutgehen?«

Ich würde Tobi sicher kaum in die Augen blicken können und Mathe hatten wir heute auch, in den Stunden war mir eh immer kodderig. Isa könnte mir morgen erklären, was wir gemacht haben.

»Eher nicht so.«

Wacholder griff nach ihrem Telefon und wählte.

»Guten Morgen Frau Richter, hier ist Jutta Kleinschmitt. Ich wollte Ihnen Bescheid geben, dass Johanna und ich heute zuhause bleiben. Es scheint der Anflug einer Erkältung bei uns beiden zu sein. Ich kümmere mich um sie. Sie liegt noch im Bett.« Wacholder hörte einige Augenblicke lang zu. »Ich richte es ihr aus. Sie meldet sich später. Ihnen einen guten Tag.«

Wacholder legte das Telefon weg.

»Du hast meine Eltern angelogen.«

»Nein. Ich habe unseren Zustand bloß so beschrieben, damit sie ihn verstehen. Manche sehen es als Schwäche an, wenn man sich mal einen Tag lang die Decke über den Kopf ziehen muss. Aber du weißt am besten, was dir hilft und ich weiß auch was mir guttut und deshalb ziehst du im Wohnzimmer jetzt die Couch aus und ich bringe das Frühstück.«

* * *

Wacholder hatte nicht nur das Frühstück, sondern auch zwei dünne Decken und zwei große Kissen geholt. An diese angelehnt, die Beine ausgestreckt, hielten wir jeweils unser Glas, ich gefüllt mit Kaffee, sie mit Tee in den Händen und sahen auf das Bild von Fuchs und Igel.

»Worüber sie wohl sprechen?«, fragte ich.

»Vielleicht reden sie über den zurückliegenden Sommer. Es tut mir leid, dass deiner nicht so gut war. Bedrückt dich das immer noch?«

Ich schüttelte den Kopf.

»Seit ich hier bin, ist es besser. Der Abstand zu meinen Eltern tut mir gut.« Ich schluckte. »Da sollte nicht gemein klingen.«

»Ich verstehe schon«, sagte Wacholder. »Manchmal klappt es einfach nicht mehr mit den Menschen, die man gerne hat. Mein letzter Sommer war auch nicht so schön.«

Sie nahm einen Schluck Tee.

»Wieso nicht?«

»Ich hatte lange Zeit eine liebe Freundin. Sie bekam auf der Arbeit einen neuen Chef und war sehr unzufrieden. Plötzlich fing sie an, mein Lebenskonzept in Frage zu stellen. Weißt du, ich habe keinen Freund und damit geht es mir momentan ganz gut. Ich erlebe so viele schöne Dinge in der Natur und mit den Menschen, die mich um Rat fragen, so dass es mich mit viel Liebe erfüllt. Sie konnte das nicht nachvollziehen.«

Ich stellte meine Tasse ab und sah Wacholder an. Ihre Stimme war leiser geworden und ihre Augen schmaler.

»Sie wollte mir nicht glauben, dass ich glücklich bin. Manchmal meinen andere, uns besser zu verstehen, als wir uns selbst. Aber oft spricht aus ihnen nur der eigene Wunsch nach Veränderung.«

Wacholder rutschte etwas tiefer in das Kissen und lächelte mich an. »Wir sehen uns seit acht Wochen nicht mehr. Vielleicht irgendwann wieder.«

»Sie fehlt dir bestimmt, oder?«

»Ja, das tut sie. Aber die Entscheidung war richtig.«

Ich überlegte, wie es mir gehen würde, wenn ich ohne Isa oder ohne Tobi sein müsste.

Ich schluckte und zog die Decke fest über meine Beine.

Wacholder tat es mir nach, dann holte sie aus ihrer Hosentasche einen runden Gegenstand.

»Ich kenne jemanden, der uns heute etwas Freude ins Zimmer bringen kann.«

Wacholder drehte sich um, hob ihre Hand und warf.

Ich schaute ebenfalls über die Lehne.

Ein Flummi titschte geräuschvoll einige Male auf dem Boden auf.

Nur wenige Sekunden später hörte ich Getrappel auf den Stufen. Mars schoss ins Zimmer, schnellte auf den Flummi zu und warf sich darauf. Er legte sich zur Seite, krallte seine Pfote in das Gummi und gab ihm dann mit seinen Hinterbeinen einen ordentlichen Schub.

Der Flummi knallte gegen das Sofa, prallte gegen den Schrank und kullerte wieder zu uns zurück. Mars sprang im Zickzack hinterher.

Wacholder lachte. »Das ist so süß. Er sieht aus wie ein Hase.«

»Ein fliegender schwarzer Hase.«

»Vielleicht auch eine Fledermaus mit Fell.«

Ich grinste.

»Schnell!« Wacholder griff nach meiner Schulter und drückte mich nach unten, so dass wir hinter der Lehne verschwanden.

»Er kommt gleich zu uns und will bewundert werden. Wir müssen dann ganz ernst und würdevoll sein.«

Wir setzten uns wieder ordentlich hin.

Wacholder betrachtete ihre Fingernägel. »Schönes Wetter heute, nicht wahr?«

»Ja, ganz allerliebst dieser Regen.«

Mars landete zwischen uns auf der Lehne. Er reckte seinen Hals und machte sich groß, dann gab er ein helles Maunzen von sich.

Wacholder beugte sich zu ihm. »Mars. Mein Lieber. Hast du den Flummi aufgehalten, bevor er das ganze Haus zerstört?«

Mars maunzte erneut.

»Das hast du gut gemacht.«

Mars landete zwischen uns und ließ sich von Wacholder den Kopf kraulen, dann legte er sich hin und putzte sein Fell.

Ich konnte ein Gähnen nicht unterdrücken.

»Ich bin auch noch sehr müde«, sagte Wacholder. »Ich mache das Licht aus, dann können wir noch ein wenig schlafen, ja?«

Ich nickte, rutschte tiefer, streckte meine Hand vorsichtig aus und legte sie neben Mars Bauch. Er fuhr seine Pfote aus und berührte meinen Handrücken. Es ziepte ein wenig, doch dann fuhr er die Krallen wieder ein.

Wacholder kam zurück und schlüpfte unter ihre Decke.

Der Wind pfiff um das Haus und die Regentropfen prasselten an die hohen Terassentüren. Jetzt gerade musste ich keine Entscheidung treffen und musste mich um nichts kümmern. Ich durfte einfach hier liegen und dem Regen zuhören.

Der Schmerz in meinem Nacken ließ nach. Ich kuschelte mich in das weiche Kissen und schloss die Augen.

* * *

Ich wurde von einem Geräusch geweckt. Die Couch war leer. Wacholder schien in der Küche zu sein.

Ich setzte mich auf, streckte mich und fuhr mir mit den Fingern durch das zerzauste Haar. Dann musste ich über mich selbst lachen. Wacholder hatte regelmäßig zerzauste Haare, es würde ihr sicher nichts ausmachen mich so zu sehen.

Ich ging in die Küche.

Wacholder rührte in einer Schüssel.

»Hi!«

Sie drehte sich um.

»Hi! Ich mache uns Pfannkuchen mit Apfelmus zum Mittag. An solchen Tagen braucht die Seele viel Zucker.«

»Pfannkuchen mag ich gerne, aber sie brennen mir immer an, wenn ich sie selbst mache.«

»Pfannkuchen sind nichts für nebenbei, man muss in die Pfanne starren wenn man sie brät und den Teig immer wieder anheben.«

»Das ist es wohl leider. Ich lasse mich schnell ablenken beim Kochen.«

»Weil andere Dinge spannender sind?«

Ich grinste.

»Als Belohnung hast du aber ein spannendes Essen. Das ist doch auch was Tolles, oder?«

»Ja, da hast du recht. Kann ich dir helfen?«

»Gerne, ich gieße den Teig in die Pfanne und du starrst ihn an.«

»Okay.«

Wir sahen dem Pfannkuchen beim Backen zu.

»Wenn sie anfangen zu duften, sollte man sie umdrehen.«

Sie griff nach dem Wender.

»Und jetzt ist der Trick, ganz angstfrei vorzugehen. Man tut einfach so, als sei man eine italienische Pizzabäckerin, deren Handgelenke seit dreißig Jahren Teig wenden. Und hepp!«

Der Pfannkuchen landete auf der anderen Seite.

»Gleich würde ich es gerne versuchen. Es gibt nicht so viele Möglichkeiten *hepp* zu rufen. Das Wort mag ich.«

»Der Ofen ist leicht erhitzt. Stapel die fertigen Pfannkuchen einfach auf dem Teller darin. Ich bringe schon mal den Saft und das Geschirr ins Wohnzimmer. Wenn dir einer nicht gelingt, ist das nicht schlimm. Ich habe extra etwas mehr Teig gemacht.«

Wacholder zwinkerte.

Ich starrte wieder in die Pfanne und stellte mir vor, ich sei eine italienische Pizzabäckerin. Und hepp!

* * *

Wir saßen auf der Couch und hatten jede drei Pfannkuchen gegessen. Mars und Maler durften sich einen kleinen teilen, ohne Apfelmus.

»Die sind dir sehr gut gelungen«, sagte Wacholder.

»Du hast die Zubereitung ja auch gut erklärt.«

»Vielen Dank.« Wacholder tupfte sich die Lippen mit einer Serviette ab.

Ich nahm unsere Teller und stellte sie in die Küche. Als ich wiederkam, hatte Wacholder zwei dicke, runde Kerzen auf bunten Untertellern auf den Tisch gestellt und angezündet.

»Wenn es draußen nicht heller wird, dann wenigstens hier.«

Ich ließ mich wieder in meine Ecke sinken und starrte in die Flammen. Sie flackerten ganz sachte. Das dunkelgrüne Wachs begann zu fließen und bildete einen schimmernden Kranz um den Docht.

Morgen würde ich Tobi wiedersehen und Samstagabend wollten wir in die Stadt zum Pizzaessen.

Konnte ich stundenlang bei ihm sein, mit all den Gedanken, die mir momentan durch den Kopf schwirrten?

»Ist bei dir alles okay?«

Ich nickte, doch dann schüttelte ich den Kopf.

Wacholder pustete gegen die Kerze, die vor ihr stand, so dass die Flamme in eine Richtung tanzte und das zu schnell erhitzte Wachs über den Rand floss und eine Spur zog.

»Wenn ich ausspreche, was in mir vorgeht, dann spüre ich besser, wie es sich wirklich anfühlt. Im Kopf sind Gedanken oft so ein Knäul. Mir muss dann auch keiner was dazu sagen, aber dann sind sie mal raus.«

Ich drehte mich so zu ihr, dass ich nun an der Seitenlehne der Couch Halt fand. Wacholder machte es mir nach. Ihre Arme ließ sie über die angezogenen Knie hängen, so dass ihre Armreife über ihre Handrücken rutschten.

»Es ist wegen Tobi. Als er am Montag hier war hatten wir Streit. Wir sind nun fast ein halbes Jahr zusammen und wir haben echt viel Spaß miteinander. Ich habe ihn sehr gern. Er ist stark und witzig und er findet Sport genauso toll wie ich.«

Wacholder lächelte mir zu.

»Wir können rumtoben und miteinander reden, bloß … bloß, wenn ich ihn küsse, dann kribbelt es einfach nicht.«

So. Jetzt war es raus.

Wacholder neigte den Kopf etwas zur Seite. »Darf ich dich dazu etwas fragen?«

Ich nickte.

»Er merkt wahrscheinlich, dass es bei ihm kribbelt, aber bei dir nicht und deshalb versteht ihr euch nicht mehr so gut?«

»Ja, ich denke, er merkt es und das verletzt ihn.«

»Weißt du, jeder sollte die Möglichkeit haben, nach dem Menschen zu suchen, der zu einem passt. Das geht aber nur, wenn man nicht bei denen verweilt, die das nicht sind, obwohl sie einen das glauben lassen.«

»Wir verstehen und so gut, wir empfinden nur unterschiedlich füreinander. Ich würde mir einfach wünschen, dass ihm das zwischen uns reicht.«

»Reicht dir das denn?«

Ich erschrak.

»Du musst dazu nichts sagen. Man sollte überhaupt nicht immer zu allem etwas sagen. Manchmal muss man erst mal ein bis drei Nächte über etwas schlafen. Ich mache uns mal einen Kaffee.«

Wacholder stand auf und verließ den Raum.

Ich rutschte tiefer nach unten und ließ meinen Hinterkopf auf die Lehne sinken. Meine Schläfen pochten.

Wacholder hatte natürlich recht. Es war nicht fair von mir, Tobi in dem Glauben zulassen, ich sei genauso verliebt in ihn, wie er in mich.

Als er mich damals gefragt hatte, ob ich mit ihm gehen wolle, war ich geschmeichelt gewesen und weil ich mich so wohl mit ihm fühlte, hatte ich sofort ja gesagt.

Ich rieb mir mit den Händen über das Gesicht.

Wacholder kam zurück und betrachtete mich.

»Zieh dir was Dickes über, wir gehen in den Garten.«

Ich setzte mich auf und schaute nach draußen.

»Es regnet noch.«

»Dafür gibt es Schirme.«

»Den Kaffee nehmen wir mit?«

Wacholder nickte.

* * *

Unter unseren Füßen schmatzte der Boden. Wir liefen über die von Pfützen durchzogene Wiese. In Wacholders Garten standen fünf Bäume, es gab zahlreiche Büsche und ein kleines, altes Gewächshaus.

Die Regentropfen trommelten auf unsere Schirme und der Saum meiner Hose war bereits nach wenigen Metern nass, doch die kühle Luft klärte meine Gedanken.

Wenn ich mit Tobi Schluss machte, wäre es für uns beide am besten. Ich musste mir keine Ausreden mehr überlegen und er würde hoffentlich ein Mädchen finden, was seine Küsse zu schätzen wusste.

Die anderen würden mir Fragen stellen, aber ich hatte zum Glück Isa, die gut darin war, Neugierige abzuwimmeln.

Wir betrachteten die Bäume.

»Zwei Pflaumen- und drei Apfelbäume«, sagte ich.

Wacholder pfiff durch die Zähne. Sie trug gelbe Gummistiefel und einen grünen Regenmantel.

Sie berührte den schiefsten Baum am Stamm.

»Das ist einer meiner besten Freunde. Er kann zwar nicht sprechen, aber das macht nichts. Man muss ja nicht nur mit etwas befreundet sein, was sprechen kann, oder?«

Ich lächelte.

»Wenn du noch mal schlecht schläfst, so wie letzte Nacht und ich sehe, dass bei dir noch Licht brennt, darf ich dann bei dir klopfen?«

Ich nickte.

»Manchmal hilft dann eine heiße Milch mit Honig und Zimt.«

»Darf ich denn auch bei dir klopfen, wenn bei dir noch Licht brennt? Ich kann dir auch eine heiße Milch machen.«

Wacholder blickte über ihre Brille hinweg zu mir. »Das wäre sehr schön.« Sie stellte sich neben mich und berührte mich sanft an der Schulter.

»Morgen den Tag, den schaffen wir beide.«

»Ja, es wird schon gehen.«

Ich würde das schaffen.

Ich musste.

Ich hatte schon zu viel lange gewartet.

Dieses eine Wort

Tobi hatte die Hände tief in seinen Jackentaschen vergraben und lief über den Schulhof neben mir her. Die anderen überholten uns auf ihrem Weg zum Bus.

»Ich muss doch gleich zum Sport.«

»Ich weiß, aber es ist wichtig.«

Wir stiegen die kleine Anhöhe des Schulhofes hoch, auf der es ein paar Bänke gab und setzten uns.

Mir war schlecht und doch war ich froh, dass es gleich vorbei sein würde.

Ich drehte mich zu Tobi. Als sich unsere Knie berührten, zog ich mein Bein weg.

»Wenn es wegen unserem Streit ist …«, sagte Tobi.

Doch ich machte eine Geste mit meiner Hand, die ihn unterbrach.

»Du hattest allen Grund, sauer auf mich zu sein.«

»Ich war nicht sauer, eher enttäuscht.«

»Tobi, bitte, lass mich ausreden, sonst schaffe ich das nicht.«

Er starrte mich an. »Nein, Johanna. Du machst mit mir Schluss?«

Ich schwieg und nickte.

Tobi stand auf.

Ich hielt seinen Arm fest.

»Geh jetzt nicht. Ich will es dir erklären.«

Er wandte sich aus meinem Griff, drehte mir den Rücken zu, machte einen Schritt nach vorne und blieb dann stehen.

Ich stand auf. »Bitte, hör mir zu.«

Er blickte in die Ferne.

»Ich habe dich wahnsinnig gern. Wir lachen so viel zusammen und ich verbringe total gerne Zeit mit dir.«

»Aber du magst es nicht, wenn wir uns nah sind.«

»Doch, aber es bedeutet dir mehr als mir.«

Er sah mich an. Seine Augen waren zusammengekniffen.

»Ich hätte auf Chris hören sollen.«

Chris? Meinen Ex?

»Was hat der damit zu tun?«

»Er hat mir gesagt, dass sowas passieren wird.«

»Chris hat damals mit mir Schuss gemacht.«

»Ja, weil du ihn eigentlich nur als Kumpel haben wolltest, nicht als Freund. Er hat das einfach nur schneller gecheckt, als ich.«

»Tobi. Es tut mir leid. Ich kann doch nichts dafür, wie es sich in mir anfühlt.«

»Nein. Aber du warst nicht ehrlich zu mir.«

Verlegen schaute ich auf den Boden. »Ich wollte dir nie wehtun. Du bist mir sehr wichtig.«

»Du hättest früher wissen sollen, was du willst, dann wäre es jetzt nicht so ätzend schwer für mich. Ich muss zum Bus.«

Er lief den Hügel hinunter, ohne sich noch mal umzudrehen und verschwand um die Biegung.

Mein Herz schlug mir bis zum Hals.

Zittrig zog ich mein Phone aus der Tasche und rief Isa an.

»Isa? Kann ich am Wochenende bei dir schlafen? Ich habe gerade mit Tobi Schluss gemacht.« Meine Stimme versagte. Es auszusprechen, fühlte sich mies an. »Kannst du mir ein paar Sachen von dir geben? Ich muss eben nur noch Wacholder und meine Eltern anrufen.«

Ich legte auf und schaute über den Schulhof, hin zu dem Gebäude.

Es war vorbei.

Jetzt war erst mal Wochenende und ich musste Tobi und die anderen nicht sehen. Er fehlte mir jetzt schon, aber ich musste mir auch keine Sorge mehr machen, ihn immer wieder zu verletzen.

* * *

Isa und ich hatten das ganze Wochenende über Filme geschaut und viel Eis und Chips gegessen. Ich war froh, Tobi nichts mehr vormachen zu müssen, aber dass ich ihn als Freund verlor, tat weh. Am Sonntag hatten mich immer wieder Wellen der Nervosität überflutet. Sobald es sich im Jahrgang rumgesprochen hatte, würde mich heute sicher ständig jemand darauf ansprechen. Ich wollte nicht im Mittelpunkt stehen und schon gar nicht wegen so einer Sache.

Ich stieg aus dem Bus. Mein Phone vibrierte.

Es war eine Nachricht von Wacholder. Sie schickte ein Bild vom Einkaufszettel am Kühlschrank.

Hallo Johanna, da du am Wochenende nicht hier warst, habe ich alle Reste verarbeitet. Könntest du heute bitte einkaufen gehen? Vom Auflauf ist noch genüg übrig, den können wir heute Nachmittag essen.
Viele Grüße,
Wacholder

Auf dem Weg zum Klassenzimmer überholten uns Sandra und Charlotte und blieben vor uns stehen, so dass wir unweigerlich anhalten mussten.

Sandra legte den Kopf schief uns sah mich mitleidig an.

»Ich habe es gestern von Patrick erfahren, das mit dir und Tobi. Ich wollte dich aber nicht anschreiben, warst ja bestimmt eh bei Isa.«

Ich nickte.

»Er hatte nicht genug Zeit für dich, oder? Ich habe ihm gesagt, er soll nicht so viel im Gym abhängen.«

Ich schüttelte den Kopf. »Wir passten einfach nicht richtig zusammen.«

»Du musst ihn nicht in Schutz nehmen. Er und seine Clique, die sind doch alle so, denken nur an sich und ihren Sport.«

Sie tätschelte meine Schulter, dann drehten sich die beiden zeitgleich um und liefen vor uns her.

Ich atmete laut aus.

Zum Glück war der Klassenraum bereits aufgeschlossen. Mit gesenktem Blick setzte ich mich, holte meine Sachen heraus, schlug das Heft auf und tat so, als würde ich darin lesen. Ich erschrak, als ich jemanden hinter mir wahrnahm. Lasse stand direkt neben mir und beugte sich runter.

»Hi. Wie geht es dir?«

»Danke, es geht schon.«

»Sollen David und ich den Typen für dich versemmeln?«

Ich lächelte schwach. Die beiden fühlten sich wie die Bodyguards unserer ehemaligen Klassengemeinschaft und freuten sich über jeden neuen Grund, sich mit anderen anlegen zu können.

»Das ist lieb von euch, aber es ist alles gut.«

Er nickte mir zu. »Okay, aber gib Bescheid, wenn du uns brauchst.«

Ich lächelte und hob dann mein Heft vor das Gesicht. Dieser Tag fühlte sich jetzt schon viel zu lang an.

* * *

In der Fünf-Minuten-Pause bog Isa zur Toilette ab und ich machte mich auf den Weg in den Physik-Raum.

Auf dem ersten Absatz der Treppe hörte ich plötzlich ein Mädchen hinter mir meinen Namen rufen.

»Johanna. Warte mal.«

Ich blieb stehen und drehte mich um. Bianca kam auf mich zu. Wir waren früher in einer Klasse gewesen, redeten aber mittlerweile selten miteinander.

Bianca warf ihr langes, rotgefärbtes Haar mit einer lässigen Kopfbewegung über ihre Schultern.

»Du hast mit dem Tobi Schluss gemacht?«

Ich nickte.

»Das ist doch voll der Schwarm von vielen.«

Ich zuckte mit den Schultern. »Für mich halt nicht mehr.«

»Ist es, weil du lesbisch bist?«

Lesbisch.

Meine Kehle schien sich zuzuschnüren.

Ich starrte Bianca an. Ihr Blick war prüfend und kühl.

»Wie kommst du darauf?«

»Einige sagen es. Passt irgendwie auch besser zu dir. Bist ja auch mehr wie die meisten Jungs, mit deinem Sport und den Klamotten und so. Ich finde das gut, so ist der Tobi wieder frei für andere.« Sie zwinkerte. »Muss nun dringend noch wohin.«

Sie eilte die Treppe hinunter und verschwand durch die Doppeltür zur großen Halle.

Mich rempelte jemand von hinten an.

»Kannst du nicht woanders rumstehen?« Ein großer Junge blaffte mir mitten ins Gesicht.

»Geh doch einfach auf der anderen Seite entlang.«

Er verdrehte die Augen und quetschte sich unwirsch an mir vorbei.

Ich machte einen Schritt nach hinten, bis ich die kalten Backsteine in meinem Rücken fühlte. Ich musste zu Physik. Aber meine Beine wollten nicht gehorchen. Ich schien kaum noch Blut im Körper zu haben. Alles fühlte sich hohl und unbeweglich an.

Lesbisch.

Das Wort hallte in meinem Kopf und schien von dort aus in den Magen zu titschen und erneut nach oben zu schnellen.

Mir wurde schwindelig.

Es klingelte.

Mit einem Ruck setzte ich mich in Bewegung.

Einfach in die Klasse gehen. Mich hinsetzen. Schweigen. Ich würde behaupten, ich hätte meine Tage, dann ließen die anderen mich vielleicht für heute in Ruhe.

* * *

Auf dem Weg nach Hause, fingen meine Beine an zu zittern. Nach meiner Lüge, hatten Isa und die anderen nicht mehr viel mit mir geredet. Umso mehr schwirrte dieser eine Satz in meinem Kopf herum und wollte einfach nicht verschwinden.

So schnell es in meinem jetzigen Zustand ging, eilte ich die Treppe zum Haus hoch, hastete durch die Tür, in mein Zimmer, ließ meinen Rucksack zu Boden sinken und setzte mich auf das Bett.

Lesbisch.

In der Oberstufe, da gab es eine Lesbe. Das wusste die ganze Schule, weil sie offen damit umging. Trotzdem wurde viel über sie geredet, auch, weil sie so auffällig war, mit ihren kurzen

Haaren und der Lederjacke und weil sie meistens mit den Jungs abhing.

War ich denn wirklich so anders, wie Bianca es behauptete?

Und selbst wenn. Wieso steckte sie mich wegen meiner Art mich zu kleiden und meiner Freude am Sport einfach in diese Schublade? Alle taten immer so offen und tolerant und dann wurde hinter meinem Rücken einfach so etwas über mich behauptet.

Ich hatte nie mit jemandem über meine Gefühle für Frau Lindqvist gesprochen.

Hatten die anderen mir es etwa angemerkt, wie ich sie im Unterricht angesehen hatte?

Plötzlich rannen Tränen über meine Wangen.

Ein Knarzen war vor der Tür zu hören. Wacholder kam die Treppe hoch.

Oh nein.

Eilig wischte ich mir über das Gesicht, stand auf und tat so, als würde ich in einer Ecke nach etwas suchen.

»Hallo, Johanna.«

Ich sah über meine Schulter, versuchte aber, mein Gesicht so gut wie möglich vor Wacholder zu verbergen.

»Hi.« Meine Stimme war kratzig.

»Ich bin gerade nach Hause gekommen und wollte mir das Essen von gestern warm machen, da habe ich gesehen, dass du noch nicht einkaufen warst.«

Das Einkaufen. Verdammt.

»Ich war noch nicht, es tut mir leid. Ich kann gleich noch gehen.«

Sie machte einen Schritt in den Raum hinein.

»Du weinst ja.«

Ich schüttelte den Kopf, doch im gleichen Moment stiegen mir die Tränen wieder in die Augen und kullerten über meine Wangen.

Hastig wischte ich mir mit dem Handrücken darüber.

»Ist es wegen Tobias?«

»Es geht um was ganz anderes.« Ich schluchzte auf und drehte mich weg. »Es geht gleich wieder. Ich gehe dann Einkaufen.«

»Ist schon okay. Ich mache das.«

»Nein, das war meine Aufgabe heute.«

Ich hörte, wie Wacholder einen weiteren Schritt auf mich zu machte.

»Ich will nicht, dass du mich so siehst.«

Wacholder legte mir eine Hand auf die Schulter.

»In Ordnung. Ich gehe eben einkaufen. Wenn du mich brauchst, ich bin in einer Stunde wieder da.«

Sie drehte sich um, verließ das Zimmer und zog die Tür zu.

Ich ließ mich auf den Boden sinken, verschränkte die Arme über den Knien und ließ die Tränen in meinen Pullover sickern.

Eine meiner wichtigen Aufgaben hier hatte ich nun vergeigt. Alles wegen dieser blöden Kuh Bianca. Wacholder war nun bestimmt enttäuscht von mir.

Warum hatte Bianca mich überhaupt angesprochen? Um mich zu ärgern, mich zu demütigen, oder mir irgendwas Spannendes zu entlocken, mit denen sie vor den anderen tratschen konnte?

Wieso konnte ich die blöde Schule nicht endlich verlassen?

Ich wischte mir erneut über das Gesicht und starrte die Dachschräge gegenüber an.

Ich war sauer darüber, dass sie mir einfach so einen Begriff überstülpten, obwohl sie überhaupt nicht wussten, wie es in mir aussah.

War ich gleich lesbisch, nur weil es mit zwei Jungs nicht geklappt hatte?

Vielleicht waren es einfach nicht die beiden Richtigen gewesen, weil unsere Vorstellungen einer Beziehung einfach anders ausgesehen hatten? Und natürlich mochte ich Frau Lindqvist sehr, aber ich mochte viele Frauen. Ich bewunderte Sängerinnen und Schauspielerinnen und stellte mir vor, wie es wäre, sie zu treffen, Zeit mit ihnen zu verbringen und mit ihnen über ihre Kunst zu reden.

Ich schlug mit beiden Fäusten auf den Boden.

So ein Mist!

Wieso hatte ich auf der Treppe nicht ganz anders reagiert? Warum hatte ich Biancas Aussage nicht ins Lächerliche gezogen? Weil ich nichts gesagt hatte, dachte sie nun vielleicht, dass es stimmte.

Ich sprang auf, warf mich auf das Bett, drückte mir das Kissen auf das Gesicht und trommelte dagegen.

Warum hatte ich nicht anders reagiert?

Weil es doch stimmte?

Ich schleuderte das Kissen durch den Raum.

Es traf meinen Schreibtischstuhl, er rollte los und krachte gegen den Holzbalken.

Verdammt.

Hoffentlich war Wacholder schon weg.

Ich setzte mich auf und atmete tief ein und langsam wieder aus.

Ich musste mich beruhigen.

Isa hätte es mir doch bestimmt erzählt, wenn jemand in dieser Art über mich sprach, oder?

Allerdings, über ihren Brieffreund Lukas hatte sie ja auch nicht mit mir gesprochen. Isa sagte mir also nicht immer die Wahrheit und seit sie so viel mit Sandra abhing, hatte ich sowieso das Gefühl, dass sie mir gegenüber distanzierter wurde.

Bald würde Gras über die Sache gewachsen sein und dann war wieder jemand anderes das Top-Thema. Bianca und ihre Clique mussten einfach Abstand von meinen Freundinnen halten und wenn mich wieder jemand darauf ansprach, würde ich es einfach ins Lächerliche ziehen.

Auflodern

In der großen Pause lief ich mit Isa eine Runde über den Schulhof. Leider war das Wetter sehr schön und viele waren auf diese Idee gekommen. Ich hatte gehofft, den anderen aus dem Weg gehen zu können.

Sandra und Charlotte kamen uns entgegen.

»Na, genießt ihr auch die Sonne?«, fragte Sandra.

»Wir wollten schon wieder reingehen«, antwortete ich.

Isa sah mich fragend an.

Sandra zeigte ihr falsches Lächeln. »Wir haben gerade Bianca getroffen. Sie hat uns auf dich angesprochen.«

Bitte was?

Das Blut schoss mir in die Wangen.

»Sie wollte wissen, ob es da jemanden gäbe, für den du Tobi hast sitzen lassen«, sagte Sandra.

»Sie fragte nach einem Mädchen«, ergänzte Charlotte. Sie grinste.

Das Blut sackte aus meinen Wangen in die Tiefe. Es pulsierte innerhalb weniger Sekunden durch meine Arme in die Fingerspitzen und die Finger wurden zu einer Faust und mein rechter Arm schnellte nach vorne.

Ich traf Charlotte in den Magen.

Ein Schmerzensschrei entfuhr ihr. Sie krümmte sich nach vorne.

Sandra stieß mich gegen die Schulter. »Sag mal, spinnst du?«

Ich ging einen Schritt auf Charlotte zu. »Ach komm, das war doch gar nicht fest.«

Charlotte liefen Tränen über die Wangen.

Mir wurde schlecht.

Ich hatte Charlotte geschlagen, richtig fest geschlagen.

Scheiße, verdammt.

Ich drehte mich um und rannte los.

»Jo!«

Ich hörte Isas Stimme, doch ich drehte mich nicht mehr um.

Ich rannte den breiten Weg hinunter zur Bushaltestelle, bog ab und folgte der Hauptstraße.

In meinem Körper loderte Hitze. Mein Hals war ganz trocken und mein Brustkorb begann zu schmerzen, doch ich rannte weiter, bis ich die Haltestelle der Straßenbahn erreicht hatte.

Zu dieser Uhrzeit waren hier noch keine Schüler, trotzdem zog ich mir die Kapuze über die Augen.

Ich starrte auf meine Faust. Sie kribbelte, tat jedoch nicht weh. Charlottes Magen war ganz weich gewesen.

Ich sah ihr schmerzverzerrtes Gesicht vor mir.

Warum hatte sie diesen Mist zu mir gesagt und so gemein gegrinst? Und dann auch noch vor Isa. Was würde die denn jetzt denken?

Mein Herz schlug mir bis zum Hals.

Das alles ging doch niemanden etwas an.

Die Straßenbahn fuhr vor und ich setzte mich nach hinten.

Ich wippte mit meinem rechten Bein auf und ab. Die Wut fraß sich in meine Muskeln und ich fing an zu schwitzen.

Die Schule würde sicher bei meinen Eltern anrufen.

Tränen rannen mir über die Wangen. Mit dem Handrücken wischte ich sie weg, so fest, dass es wehtat, als könne ich damit auch die vergangenen Momente wegwischen.

Schuld war Bianca.

Warum tat sie das nur?

Am Bahnhof stieg ich aus und eilte zur Toilette. Hastig wusch ich mir am Waschbecken das Gesicht und atmete einige Male tief durch.

Erneut stiegen mir die Tränen in die Augen.

Ich huschte in einen der Ein-Euro-Läden und kaufte mir eine Sonnenbrille. Ich schob sie auf, zog die Kapuze wieder über und nahm den Bus bis nach Hause. Hoffentlich war Wacholder nicht da.

Am Haus angekommen öffnete ich die Tür und rief ein »Hallo?« in den Flur.

Mars rannte mir entgegen und maunzte.

»Pssst«, machte ich.

Ich ging in die Küche, nahm eine Flasche Wasser und trank einige Schlucke.

Mein Hals brannte und mein Brustkorb tat weh.

Was sollte ich Isa zu dem Ganzen sagen? Und meinen Eltern erst, wenn sie von meinem Wutausbruch erfuhren?

Nun hatten sie den Beweis, dass ich mich immer noch unreif verhielt. Ich würde sicher wieder zu ihnen ziehen müssen und die ganze Streiterei ging von vorne los.

Mir wurde schwindelig.

Luft, ich brauchte Luft.

Mit großen Schritten eilte ich durch das Wohnzimmer, trat in den Garten und schloss die Tür hinter mir.

Das Gewächshaus!

Ich eilte darauf zu und schob die Tür auf. In dem schmalen Häuschen war es warm und es roch nach Rindenmulch und Lavendel. Ich ließ die Tür einen kleinen Spalt offen.

Wenn ich mich hier versteckte bis morgen früh? Wenn sich die anderen erst mal Sorgen um mich machen würden, dann wäre die andere Sache vielleicht nur noch halb so schlimm.

Nein. Ich hatte Charlotte geschlagen.

Das würde mir niemand so schnell verzeihen.

Ich zog einen alten Schemel hervor, ließ mich darauf sinken und vergrub mein Gesicht in den Händen.

Scham überflutete meinen Körper wie eine eisige Welle. Mir wurde kalt und meine Muskeln fingen an zu brennen.

Die Tränen rannen zwischen meinen Fingern hindurch und liefen mir in die Ärmel.

Warum war ich nicht einfach mit Tobi zusammengeblieben? Scheiß Gefühle. Scheiß Sehnsucht. Warum war ich ihnen gefolgt?

Alles war nur so weit gekommen, weil ich meinen blöden Träumereien näherkommen wollte.

Ein Schauer packte mich und ich fing an zu zittern. Ich schluchzte auf und kniff fest die Augen zusammen.

Dunkelheit, versteck mich bitte.

Der schwarze Tunnel vor mir wurde tiefer und tiefer. Ich ließ mich fallen in diesen dunklen Sog und spürte nur noch meinen Brustkorb, wie er mit jedem Atemzug gegen meine angewinkelten Arme drückte.

»Johanna?«

Ich schreckte auf und drehte mich um.

Wacholder schob die Tür des Gewächshauses auf.

O nein.

Ich schüttelte sachte den Kopf. »Wacholder, bitte.« Ich stand auf und hob abwehrend die Hände.

Nun sah sie mich schon wieder so, weinend.

Sie kam auf mich zu.

Ich senkte den Blick.

»Bitte«, wiederholte ich.

Sie griff vorsichtig nach meinen Händen.

»Was ist los?«

Ich schüttelte den Kopf.

»Deine Eltern haben angerufen und sagten, es hätte einen Vorfall in der Schule gegeben. Ich bin sofort hergekommen.«

Sie wussten es also.

Ich zog meine Hände weg und schob mich an ihr vorbei.

»Bleib bitte hier.« Sie griff sachte nach meinem Arm.

Ich verharrte, aber drehte mich nicht um.

Die Tränen rannen mir erneut über die Wangen.

»Was ist passiert?«

Ich schluchzte auf. »Ich habe jemandem wehgetan. Ich wollte das nicht …« Meine Stimme versagte.

»Ganz ruhig. Für alles findet sich eine Lösung.«

Ich riss mich los. »Nein! Dafür nicht!«

»Du bist wütend.«

In meinem Hals brannte es. »Sie erzählen in der Schule Lügen über mich!«

»Was sagen sie?«

Ich sah Wacholder in ihre hellen Augen, die voller Sorge waren.

»Ich …«, meine Lippen bebten. »Sie sagen, ich sei lesbisch.«

Wacholder griff nach meiner Hand. »Komm, wir gehen rein und setzen uns.«

Wacholder führte mich durch den Garten in das Wohnzimmer und ich setzte mich auf die Couch.

Wacholder ging in die Küche und kam mit einer Flasche Wasser und einem Glas wieder. Sie goss mir ein und reichte mir ein Taschentuch.

»Danke«, sagte ich leise.

Mit dem Tuch wischte ich mir über die Wangen. Meine Haut glühte.

Wacholder setzte sich und sah mich einige Augenblicke lang an.

»Ich lernte vor langer Zeit mal eine Frau kennen, mit der ich mich sofort gut verstand. Vom ersten Moment an, schien es so, als würden wir uns schon ewig kennen.«

Ich knüllte das Taschentuch in meine Hosentasche. Wacholder zuzuhören, stoppte meinen eigenen Gedankenstrom.

»Wir trafen uns immer nur zufällig, bei Freunden, doch es war stets so, als wäre keine Zeit dazwischen vergangen. Irgendwann verabredeten wir uns.«

Sie sah mich an und lächelte. »Ihr gehörte dieses Haus. Es war ein schöner Abend. Wir haben viel gelacht und uns oft umarmt. Am nächsten Morgen erzählte sie mir, dass sie bald wegen eines Jobs umziehen werde und fragte mich, ob ich nicht hier einziehen wolle. Wir küssten uns zum Abschied. Danach habe ich sie nie wiedergesehen.«

»Das ist traurig.«

»Nein, es war eine innige und schöne Zeit. Das haben wir beide gespürt und genauso hat es gereicht. Mögen geht auf sehr viele Arten. Es muss nicht immer in Liebe münden oder in Leidenschaft, in eine Beziehung, oder Freundschaft. Durch diese Frau wurde mir bewusst, dass sich nicht jedes Gefühl in eine bestimmte Schublade stecken lässt und dass jede neue Begegnung mit einem anderen Menschen etwas in uns auslösen kann, was wir vorher so noch nie gefühlt haben.«

Ich trank einen Schluck Wasser.

»Wie hat sich deine Zeit mit Tobi für dich angefühlt?«

Ich dachte daran, wie es mir bei unseren Treffen immer gegangen war und versuchte, die passenden Worte dafür zu finden.

»Ich mochte Tobi sehr. Ich denke, ich war in ihn verguckt, aber halt auf meine Art.«

»Und hast du sowas schon mal für ein Mädchen empfunden?«

Meine Kehle schnürte sich zu. »Ich bin nicht lesbisch.«

»Das sage ich ja auch gar nicht. Du hast vielleicht unterschiedliche Gefühle für verschiedene Menschen, Jungs und Mädchen. Anderen fällt es nicht leicht das zu verstehen, weil sie sowas nicht kennen. Jeder empfindet unterschiedlich. Die einen nur für das eine Geschlecht und andere vielleicht für beide. Der Mensch hat den Drang, allem immer einen konkreten Namen zu geben. Aber vor allem bei Gefühlen, kann das gar nicht immer genau passen. Gefühle sind vielschichtig und einzigartig. Du musst dich nicht für deine Empfindungen rechtfertigen.«

»Doch, vor den anderen.«

»Aber das ist ihre Art, damit umzugehen. Es muss nicht deine sein.«

»Ich weiß nicht, ob ich stark genug bin, das so sehen zu können.«

Wacholder rutschte näher zu mir. »Natürlich bist du das. Du hast schon so vieles geschafft. Erinnere dich an all die Prüfungen, die du schon gemeistert hast und wie vielen neuen Dingen du schon entgegengetreten bist. Du hast dir einen Job besorgt, du bist hierhergekommen, um nach dem Zimmer zu fragen. Du hast dich von Tobi getrennt, weil du ihm ehrlich gegenüber sein wolltest. Du hast ganz viel Mut in dir.«

»Heute war ich einfach nur wütend. Ich … ich habe eine Freundin von mir geschlagen.«

Die Erinnerung an den Vorfall kam zurück und mein Magen zwackte schmerzhaft.

»Wut kann sehr mächtig in einem werden.«

»Ich wollte Charlotte nicht verletzen. Es ist einfach so passiert.«

»Es ist gut, dass du deinen Fehler erkennst und es dir leidtut.«

Meine Hände begannen zu zittern. »Ich schäme mich so, wegen allem.«

Wacholder sah mich an. »Wie kann ich dir helfen?«

»Ich weiß gerade gar nichts mehr. Meine Eltern werden so sauer sein. Was ist, wenn ich wieder von dir weg muss? Ich kann das einfach noch nicht. Ich habe alles kaputt gemacht.«

Ich vergrub mein Gesicht in den Händen.

Plötzlich spürte ich, wie Wacholder sie sanft nach unten zog.

»Es ist okay, wenn du weinst.«

»Kannst du ... kannst du mich festhalten?« Meine Stimme zitterte.

Wacholder schob ihre Hände unter meine Arme und zog mich an sich. Sachte legte sie ihre Hände auf meinen Rücken.

Ich zögerte für einen Moment.

Es ist okay wenn du weinst, hörte ich Wacholders lieben Satz erneut in meinem Kopf.

Ich schlang meine Arme um ihren Rücken und vergrub mein Gesicht in dem dicken Stoff ihres Pullovers.

Sie drückte mich sachte an sich und strich mit einer Hand über meinen Rücken.

Es tat gut, wie sie mich festhielt. Ihre Berührung war sanft.

Meine Muskeln entspannten sich.

Für einen Moment dachte ich, sie würde mich wieder loslassen, aber sie hielt mich weiterhin fest.

Mein Atem wurde ruhiger.

Sie war für mich da, immer noch, obwohl ich vor ihr weinte und obwohl sie wusste, dass ich meine Wut an einer Freundin ausgelassen hatte. Diese Erkenntnis ließ Wärme durch meinen Körper fließen. Meine Tränen versiegten.

Ich löste mich langsam von ihr.

Wacholder sah mir in die Augen und lächelte.

»Ich komme heute mit zu deinen Eltern. Magst du vorher deine Freundin anrufen und dich entschuldigen?«

Ich atmete laut aus. »Wie soll ich ihr das Ganze bloß erklären?«

»Sag ihr, was du mir gesagt hast. Erkläre ihr, dass dich dieses Gerede verletzt hat.«

»Und wenn sie fragt, ob es stimmt, was Bianca erzählt?«

»Du musst da nicht drauf antworten. Du kannst sie ja mal fragen, wie es ihr gehen würde, wenn jemand plötzlich so etwas über sie erzählen würde, nur weil sie mit einem beliebten Jungen Schluss gemacht hat.«

Ich nickte.

»Soll ich bei dir bleiben während des Telefonats?«

»Danke. Das bekomme ich hin.«

Wacholder stand auf und ich tat es ihr nach.

»Wacholder?«

Sie drehte sich um. »Ja?«

Ich umarmte sie noch mal.

»Danke dass du für mich da bist.«

* * *

Wacholder und ich saßen in dem kleinen Café mit den roten, weichen Sesseln, an dem ich schon einige Male vorbeigekommen war, seit ich bei Wacholder wohnte. Synchron pusteten wir in unsere Tassen mit dem Milchkaffee.

»Wie geht es dir jetzt?«

Ich setzte meine Tasse ab und dachte an die vergangenen Stunden.

»Ich bin erschöpft, aber es war gut mit allen zu reden. Ich bin so froh, dass Charlotte mir verziehen hat.«

Wacholder zog die Brille aus ihrem Haar, setzte sie auf die Nasenspitze und widmete sich ihrem Stück Kuchen. Nach einigen Bissen davon sagte sie: »Wegen dir bin ich bei deinen Eltern nun auch auf Bewährung.«

Über den Rand ihrer Brille sah sie mich an.

Ich schluckte.

Sie grinste. »Ist okay, ich komme damit klar.«

Es war lieb, dass sie mir gegenüber fröhlich sein wollte, aber in meinem Magen zwackte es trotzdem.

Meine Eltern waren erschrocken und enttäuscht über mein Verhalten gewesen. Aber sie hatten tatsächlich Wacholder um ihre Meinung gebeten, ob es wohl besser wäre, wenn ich wieder zurückziehen würde. Wacholder hatte gesagt, jeder habe eine zweite Chance verdient. Und die hatte ich nun. Eine zweite und letzte Chance.

»Du hattest bisher nicht viel Freude mit mir, eigentlich hattest du nur Ärger.«

Wacholder ließ die Gabel sinken.

»Das stimmt nicht, Johanna.«

»Ich bessere mich.«

»He!« Sie legte ihre Hand auf meine und drückte sie kurz.

»Es ist alles gut, wie es ist. Ich bin auch nicht ohne Fehler. Niemand von uns ist das. Lass mich lieber von deinem

Marmorkuchen probieren und sei bitte nicht mehr so streng mit dir selbst.«

Wir sahen uns noch einen Augenblick lang an, dann lächelte ich. »Einverstanden, mit beidem.«

Neue Verbündete

Am nächsten Morgen nahm ich einen Bus eher zur Schule. Soweit ich es aus einem unserer Gespräche richtig in Erinnerung hatte, kam Charlotte immer mit dem Neuner um halb acht an. Als er hielt, stellte ich mich in die Nähe der Türen, um sie nicht zu verpassen.

Sie sah mich bereits durch das Fenster und nickte mir zu. Als sie ausstieg, vergrub sie die Hände in den Jackentaschen.

»Hi.«

»Hi«, antwortete ich. »Können wir übers Eck laufen? Ich würde gerne mit dir reden.«

Charlotte sah hinüber zu der langen Kurve, die einmal um das Schulgebäude, hoch zum Parkplatz und zum Lehrereingang führte.

»In Ordnung.«

Wir liefen einige Schritte schweigend nebeneinander her. Ich atmete tief ein. »Ich wollte mich noch mal persönlich bei dir entschuldigen. Also, nicht nur über Telefon.«

Charlotte blickte zur Seite. »Das ist nett.« Ihre Stimme war leise.

»Ich schäme mich total für meine bescheuerte Reaktion.«

Charlotte blieb stehen und drehte sich zu mir.

»Ich habe dich provoziert, das war scheiße.«

»Das stimmt, das war voll scheiße.«

Wir sahen uns an. Charlottes eingesunkene Haltung löste sich und zeitgleich lachten wir los.

»Hast echt einen heftigen Schlag. Tut jetzt noch etwas weh.«

»Es tut mir total leid.«

»Vielleicht solltest du über eine Boxkarriere nachdenken. Mein Bruder war mal im Boxverein, die suchen immer Mädchen, die auch Bock darauf haben.«

Ich hob meine Hand und boxte ihr leicht gegen die Schulter.

»Ach man, ey, scheiß Gefühle immer.«

Charlotte sah zu Boden. »Ich habe mich in das Gelaber von Bianca und Sandra reinziehen lassen. Dabei ist mir das eigentlich alles total egal, wer mit wem und so.«

Sie sah hoch und mir direkt in die Augen.

»Sandra ist seit der Fünften meine beste Freundin. Ich habe sie echt gern, aber in letzter Zeit sucht sie immer Stress mit anderen und lästert so viel.«

Ich dachte an Isa. Auch sie hatte sich sehr verändert.

Ich nickte, um ihr zu zeigen, dass ich sie verstand.

Wir gingen weiter.

»Danke, dass du gestern noch angerufen hast.«

»Ich … ich hatte Schiss, dass du mich noch mal darauf ansprichst.«

»Worauf?«

»Auf das mit dem lesbisch sein.«

Charlotte war gerade sehr ehrlich zu mir gewesen, jetzt wollte ich es auch zu ihr sein.

»Es geht mich nichts an.«

»Ich weiß es nicht genau«, platzte es aus mir heraus.

Charlotte sah zu mir.

»Deswegen war ich auch so wütend, weil jemand anderes etwas ausgesprochen hatte, womit ich mich selbst noch gar nicht richtig beschäftigt habe, vielleicht auch nicht wollte.«

»Das verstehe ich.«

Ich betrachtete Charlottes Gesichtszüge, die sehr mild waren.

»Weiß Isa, wie es dir momentan geht?«

Ich schüttelte den Kopf. »Sie hat sich irgendwie auch verändert …«

Charlotte senkte erneut den Blick. Schweigend liefen wir zum Lehrereingang und blieben davor stehen.

Charlotte drehte sich zu mir, hob die Arme und zögerte, doch plötzlich zog sie mich kurz an sich. Wir hatten uns noch nie umarmt. Für einen Moment versteifte sich mein Körper, doch dann erwiderte ich diese Geste.

»Ich wünsche dir viel Glück, bei deiner weiteren Suche. Ich geh schnell rein, muss noch zur Caféte.«

Sie lächelte und spurtete los.

Ich blickte ihr hinterher. Wieso hatte ich vorher so wenig mit ihr geredet? Sie war total nett. Ich genoss noch das draußen sein. Erst als es klingelte, betrat ich das Gebäude.

Leonie

Es war Freitag. Eineinhalb Wochen waren vergangenen und die Neugierde der anderen in Bezug auf Tobi und mich und wegen meines heftigen Verhaltens waren zum Glück abgeflaut.

In der großen Pause lief ich mit Sandra, Charlotte und Isa zur Cafeteria. In dem länglichen Raum gab es neben den viereckigen Tischen, alte massive Heizkörper entlang der Wände, auf denen man bis November gut sitzen konnte. Nur drei der zehn Tische waren belegt. In der Nähe der Tür saßen mehrere Jungs und ein Mädchen. Es war Leonie. Sie spielte mit ihrem Bruder und den anderen aus seiner Clique ein Würfelspiel.

Sie hatte sich auf ihre Jacke gesetzt. Ihr Halstuch war auf den Boden gefallen.

Eilig zog ich Kleingeld aus meiner Hosentasche und drückte es Isa in die Hand. »Bringst du mir bitte ein Brötchen und einen Kakao mit? Ich halte uns hier schon mal den Tisch frei.«

Isa betrachtete die Gruppe und neigte sich zu mir. »Neben denen?«

Sandra zog eine despektierliche Miene.

»Das sind wenigstens keine Chaoten, oder wollt ihr da drüben zu den Fünftklässlern?«

Isa zuckte mit den Schultern. »Na gut.«

Ich wartete, bis die anderen genügend Abstand von mir hatten, dann ging ich auf die Bank zu, bückte mich, hob das Tuch auf und berührte Leonie an der Schulter.

Sie blickte zu mir.

»Hey. Dein Tuch ist runtergefallen.«

Ich hielt es hoch.

Sie nahm es entgegen und lächelte. »Vielen Dank.«

»Was spielt ihr?«

»*Extra*.«

»Willst du mitspielen? Hi. Ich bin Richard.« Leonies Bruder streckte mir die Hand entgegen.

Ich drückte sie kurz. »Ich heiße Johanna. Danke, aber meine Freundinnen kommen gleich zurück.«

»Dann vielleicht beim nächsten Mal.«

»Ja, gerne.«

Ich ging zu dem Tisch und setzte mich so ans Fenster, dass ich zwischen Richard und einem seiner Kumpels direkt zu Leonie sehen konnte.

Leonie schaute in Richtung der Schlange an der Kasse, dann sah sie zum Geschehen auf dem Tisch. Ihr Blick war aber nicht mehr so fokussiert wie vorher. Nach einigen Momenten sah sie zu mir.

Wie vor über zwei Wochen im Kunstraum fiel mir ihr lieber Blick auf.

Mein Herz begann schneller zu schlagen.

Wieso tat es das?

Hastig machte ich meinen Rucksack auf und tat so, als würde ich etwas suchen. Als ich wieder aufblickte, war Leonie etwas nach vorne gerutscht, so dass ich ihr Gesicht nicht mehr sehen konnte.

Isa, Sandra und Charlotte kamen wieder und stellten sich vor mich.

»Wir wollen zum Essen nun doch in die große Halle, da gibt es mehr zu gucken.«

Mein Brustkorb zog sich zusammen.

»Nein«, rutschte es mir heraus.

Isa warf mir einen fragenden Blick zu.

»Also, mir ist das oben gerade zu voll und laut. Ich würde gern hierbleiben.«

»Ach, komm schon«, sagte Isa.

»Lasst sie doch einfach.«

Alle drehten sich zur Seite. Leonie hatte sich nach hinten gebeugt und sah in unsere Richtung.

»Wieso mischt die sich denn da ein?« Isa blickte zu mir und dann wieder zu Leonie.

»Ihr habt doch ihre Antwort gehört, oder?«, sagte Leonie.

Isa warf die Brötchentüte und den Kakao in meinen Schoß.

Der Pappkarton landete hart auf meinem Oberschenkel und ich zuckte zusammen.

»Dann bleib halt alleine hier sitzen. Kommt.«

Sie hakte sich bei Sandra unter. Charlotte sah zu Boden und folgte den anderen aus dem Raum.

Ich starrte ihnen hinterher.

Man, wieso hatte ich denn *nein* gesagt? Jetzt war Isa sauer.

Aber eigentlich wusste ich, warum es mir über die Lippen gerutscht war. Ich wollte bleiben, weil Leonie hier war.

Seit unserer Begegnung am Kunstraum hatten wir uns nur zwei Mal auf dem Schulhof zugenickt, ansonsten hatte ich sie auf den Fluren und in den Pausen nicht gesehen und das hatte ein merkwürdiges Gefühl in mir ausgelöst. Ich hatte mir Sorgen gemacht.

Ob sie wieder krank gewesen war?

Ich legte das Brötchen und den Kakao auf den Tisch.

Sollte ich fragen, ob ich doch noch mitspielen konnte?

Aber das wäre jetzt komisch, ich hatte ja schon abgelehnt.

Ich sah erneut zu ihr.

Unsere Blicke trafen sich.

Leonie stand auf und sagte zu den Jungs »ich steige aus.«
Sie kam auf mich zu und blieb vor dem Tisch stehen.

»Hey.«

»Hi.«

»Darf ich mich zu dir setzen?«

»Ja, klar.«

Sie blieb stehen und blickte erst zu der Bank vor ihr und dann zur Heizung.

»Darf ich vielleicht neben dich? Von dort aus kann man die Beine so schön ausstrecken.«

Ich nickte, rutschte ein Stück und Leonie setzte sich so nah neben mich, dass sich fast unsere Beine berührten.

Sie ließ sich nach hinten sinken und lehnte sich gegen die Wand.

Ich tat es ihr nach.

»Sind deine Freundinnen jetzt sauer?«

Ich winkte ab. »Schon okay. Die kriegen sich wieder ein.«

Hoffentlich, ergänzte ich in Gedanken. Isa konnte sehr nachtragend sein.

»Ich habe gerade nur was gesagt, weil ich es nicht gut fand, dass sie dich so gedrängt haben.«

Ich schaute Leonie an.

Sie lächelte, dann wich sie meinem Blick aus. Ihre kinnlangen Haare fielen ihr vor das Gesicht.

»Jetzt können sie mich sicher noch weniger leiden.«

Hitze stieg in mir auf.

Sie hatte also doch mitbekommen, wie die anderen über sie gesprochen hatten.

»Sie waren total unhöflich, als du dich vorgestellt hast. Das tut mir leid.«

»Du musst dich nicht für sie entschuldigen.«

»Ich fand es sehr nett, dass du uns begrüßt hast und es war sehr mutig.«

Leonie lächelte und schaute umher. »Ich mag die Cafeteria übrigens auch lieber als die Halle. Hier riecht es vor allem immer nach heißem Kakao und oben ... nun ja.« Sie grinste und sah wieder zu mir. »Irgendwie immer nach nassen Turnschuhen.«

Ich musste lachen.

»Stimmt doch, oder? Sogar, wenn es nicht geregnet hat.«

»Du hast leider recht. Es gibt aber noch einen Teil in der Halle, der ist ganz okay. Da wo die ganzen Kunstwerke hängen und es zu den Sportplätzen nach draußen geht.«

»In dem Bereich war ich bisher kaum. Wir sind fast immer hier.«

»Ich kann dir den ja mal zeigen.«

Warum hatte ich das gesagt? Isa würde sich sehr wundern, wenn ich eine unserer Pausen plötzlich mit Leonie verbringen würde.

Leonie sagte nichts. Hatte sie meinen erschrockenen Gesichtsausdruck bemerkt?

Wir schwiegen eine Weile.

Leonies Magen grummelte. Sie drückte eine Hand darauf und lächelte mich verlegen an. »Scht«, sagte sie zu ihrem Bauch.

»Hast du Hunger?«

»Nein, nein.«

Ich betrachtete ihr Gesicht. Ihre Haut war ganz blass, ihre Wangen fast weiß und am Hals hatte sie mehrere entzündete Stellen.

Ich zog die Tüte zu uns. »Du kannst gerne die Hälfte von meinem Brötchen haben.«

»Ist schon okay.«

»Warte kurz.«

Ich stand auf, holte einen weiteren Strohhalm, riss die Kakaopackung auf, steckte beide Halme hinein und hielt sie ihr hin.

Sie sah verlegen zu Boden, dann nahm sie den Kakao jedoch entgegen. »Danke.«

Ich setzte mich wieder neben sie, riss das Brötchen in zwei Hälften und reichte ihr eine.

»Ich gebe dir das Geld dafür bald wieder.«

»Brauchst du nicht.«

»Ich würde mich aber gerne revanchieren. Dann zeige ich dir am Montag etwas. Hast du um sechzehn Uhr nach der Schule Zeit?«

Ich war eigentlich mit Isa verabredet.

»Ja«, sagte ich.

Isa sah ich so häufig, da war es doch auch mal okay, mit jemand anderem etwas zu machen.

Trotzdem musste ich mir eine wirklich gute Ausrede einfallen lassen. Isa würde es sicher nicht verstehen, warum ich Leonie treffen wollte und dann auch noch nach dem Vorfall von eben. Das konnte ich ihr auf keinen Fall sagen.

»Dann treffen wir uns am Seiteneingang bei den Fahrradständern um sechzehn Uhr.«

»In Ordnung.«

Ich dachte, Leonie würde nun aufstehen, aber sie streckte die Beine aus und nahm einen großen Bissen von dem Brötchen.

Nachdem sie den Bissen hinuntergeschluckt hatte, neigte sie sich zu mir.

»Ist schön hier bei dir. Ich kann mal vernünftig die Beine ausstrecken. Die Jungs haben alle so riesige Füße.« Sie lachte.

Wenn sie lachte, schienen ihre blauen Augen noch heller zu werden.

Wieso fielen mir so viele Kleinigkeiten an ihr auf?

Ich griff nach dem Kakao auf dem Tisch. In dem Moment streckte Leonie ebenfalls ihre Hand aus.

Wir sahen uns an.

»Ich bin schneller.« Leonie zog die Packung zu sich und neigte den Kopf.

»Nein ich.«

Ich griff ebenfalls nach der Packung, zog sie etwas zu mir und schnappte nach dem Strohhalm.

Sie tat es mir nach.

Unsere Münder waren sich plötzlich ganz nah.

Leonie nahm einen großen Schluck und ich ebenfalls.

Sie ließ sich nach hinten sinken und lachte erneut.

»Du gewinnst, du gewinnst. Ich bekomme schon Bauchweh.«

Ich ließ den Kakao sinken und grinste.

»Ich finde es schön, dass ihr jetzt in unserem Jahrgang seid.«

»Du meinst, im Gegensatz zu all den anderen.«

Leonies Lachen war mit einem Mal wie weggewischt.

Ich schluckte. »Alle kennen sich halt schon so lange, da ist es für Neue doppelt schwer.«

Leonie winkte ab, doch in ihrem Blick lag auf einmal etwas Ernstes. »Ich kenne das schon. Wir mussten oft umziehen. Außerdem will ich auch gar nicht von jedem gemocht werden, aber von manchen eben schon.«

Sie strich sich ihre Haare hinter die Ohren und lächelte mich an.

Ihre Ärmel rutschten nach unten und gaben ihre Handgelenke frei. Auch dort war ihre Haut entzündet.

Schnell wandte ich meinen Blick ab.

Leonie senkte die Arme, biss hastig erneut in ihre Brötchenhälfte und sagte mit vollem Mund: »Du rettest mich gerade damit.«

Ich lächelte. »Wenn man jemanden mag, kann man auch seinen Kakao teilen.«

Wo kam dieser Satz auf einmal her? In Leonies Nähe purzelten die Worte einfach so aus meinem Mund, ohne dass mein Gehirn wirklich Einfluss darauf hatte.

Wir aßen auf.

Sie neigte den Kopf leicht zur Seite.

»Dann sehen wir uns am Montag?«

Ich nickte.

»Hand drauf!«

Sie streckte die Hand aus.

Ich griff danach.

Sie stand auf, ließ meine Hand aber nicht los und machte eine leichte Verbeugung. »Deine Gesellschaft war mir eine große Freude.«

Sie hielt meine Hand immer noch fest. Ihre Haut an meiner, das fühlte sich schön an.

»Mir auch«, sagte ich leise.

Sie ließ los.

»Bis Montag.«

Ich nickte.

Leonie ging zu ihrem Bruder, flüsterte ihm etwas ins Ohr, verließ dann alleine die Cafeteria und ging davon.

Ich blickte auf die Hand in meinem Schoß. Sie kribbelte angenehm. Mein Körper fühlte sich plötzlich ganz leicht an.

Was passierte denn da gerade?

Ich brauchte Ablenkung.

Schnell schnappte ich meine Sachen, verließ die Cafeteria, eilte über den Pausenhof und hinein in die Halle, dorthin, wo ich die anderen vermutete.

Sie saßen auf der langen Bank am großen Fenster. Dort konnte man die Leute drinnen und draußen gut beobachten. Als Isa mich sah, verschränkte sie die Arme.

»Wo ist denn deine neue Freundin?«

In ihrem Blick und Gesichtsausdruck, lag eine Mischung aus Hohn und Unverständnis.

Ich blieb vor ihr stehen.

»Wie meinst du das?«

»Na, diese Leonie, sie wollte uns anscheinend loswerden, um mit dir zu reden.«

»Das stimmt doch gar nicht. *Ich* wollte in der Cafeteria bleiben, weil es da ruhiger ist.«

Ich ließ mich neben Isa fallen und verschränkte ebenfalls die Arme.

»Und, hat sie noch mit dir geredet?«

»Ja, stell dir vor und sie ist sehr nett.«

»Pfff«, machte Isa.

»Du kennst sie doch gar nicht.«

»Und ich will sie auch nicht kennenlernen. Wie die schon rumläuft und hängt immer nur bei den älteren Jungs ab. Soll sie doch bei denen bleiben.«

Isa ließ sich leicht gegen meine Schulter sinken.

»Man, Johanna. Die will sich doch nur irgendwo dranhängen und du fällst drauf rein. Keiner, mit dem sie Unterricht hat, will was mit ihr zu tun haben, da quatscht sie halt dich an.«

In meinem Magen zwackte es.

Klar suchte Leonie Anschluss. Das war doch normal, wenn man irgendwo neu war. Aber warum Leonie ausgerechnet mich nett fand, war schon komisch. Ich fiel nie besonders irgendwo auf und das war mir eigentlich auch recht so. Warum Isa sich damals bei dem Klassenfoto in der Fünften neben mich gestellt hatte, war mir bis heute nicht klar.

»Jetzt schmoll nicht. Lass doch die Neue einfach bei ihren Jungs sein und dich nicht von ihr einwickeln.«

Ich blickte Isa an und versuchte ein Lächeln.

Vielleicht hatte ich Leonie doch zu schnell vertraut und jetzt war ich auch noch mit ihr verabredet.

»Du hast gerade was verpasst.«

»Ach ja? Was denn?«

»Bianca wurde mit deinem Ex gesehen und sie hatte den Arm um ihn gelegt.«

Alle drei sahen mich an.

Ich zuckte mit den Schultern.

»Ist doch schön für die beiden.«

»Stört dich das gar nicht?«, fragte Sandra.

Ich spürte in mich hinein. Es blieb ruhig. Nur meine Hand, an der Leonie mich berührt hatte, schien immer noch zu kribbeln.

Ich schüttelte den Kopf. Meine Gefühle für Tobi waren vielleicht wirklich nie sehr stark gewesen.

Ich neigte den Kopf zu Isa.

»Du, wegen Montag. Also … Wacholder hat sich vorhin gemeldet. Sie braucht dringend Hilfe bei irgendwas im Haus. Wir können dann nach der Schule nicht zusammen weggehen.«

Isa runzelte die Stirn. »Die nimmt sich aber sehr wichtig.«

Warum war Isa neuerdings immer so schnippisch? Mir ging das auf die Nerven.

Trotzdem war es nicht gut, dass ich sie anlog. Aber nach den Sprüchen eben über Leonie, wollte ich Isa erst recht nicht sagen, dass ich mich mit ihr treffen würde.

War das wirklich so eine gute Idee? Und wenn Leonie mich tatsächlich nur gefragt hatte, um irgendeinen Anschluss im Jahrgang zu bekommen?

Es klingelte.

Hoffentlich sprach Leonie mich vor den anderen nicht mehr auf Montag an.

Mit weichen Knien folgte ich den anderen hoch zu den Klassenräumen.

Berg- und Talfahrt

Leonie hatte mich am Freitag nicht mehr angesprochen. Ich hatte am Wochenende oft an unsere Begegnung gedacht und mit jeder Stunde, die es auf Montag zuging, nahm meine Nervosität zu.

Wie würde es sein, Leonie außerhalb der Schule zu treffen? Ob wir überhaupt Gesprächsthemen haben würden?

Als es nach der letzten Stunde klingelte, ließ ich die anderen vorgehen und tat dann so, als hätte ich ein Buch vergessen.

»Nehmt ruhig schon mal den Bus.«

Ich wartete einige Minuten, bis der Menschenstrom versiegt war und ging dann mit langsamen Schritten zum Seitenausgang. Immer wieder drehte ich mich um, aber niemand den ich kannte, schien auch diesen Ausgang zu nehmen.

Leonie stand schon an den Fahrradständern. Der Wind zerrte an ihren Haaren. Sie blickte mir entgegen und lächelte.

Ich betrachtete ihr Gesicht und ihre Augen, während ich auf sie zuging. Sie schien sich wirklich zu freuen mich zu sehen.

»Hi.«

Ich krallte mich an dem Träger meines Rucksackes fest.

»Hi.« Meine Stimme klang nicht so fröhlich wie ihre.

Isa hatte mich mit ihrem Gerede sehr verunsichert. Vielleicht hatte Leonie ja schon ganz viele andere nach einem Treffen gefragt und ihr war es eigentlich egal, wer letztendlich ja sagte.

»Hattest du einen guten Tag?«, fragte Leonie mit leiser Stimme. Verunsicherung lag darin.

Ich blickte sie an.

Man, warum hatte ich sie nicht freundlicher begrüßt?

»War ganz okay und bei dir?«

»Ich habe mich darauf gefreut, dich zu sehen.«

Ich lächelte nun und blickte auf ihr Rad.

»Fahren wir etwa damit?«

Leonie zog ihr Fahrrad zwischen den anderen zu sich und zeigte mit einer Hand auf den Gepäckträger, auf den ein Kissen geschnallt war.

»Ich fahre dich.«

Ich kräuselte die Nase.

»Es ist nicht weit und ich fahre eh sehr langsam, weil ... na, damit du nicht runterfällst.«

»Tsss.« Ich umklammerte meinen Rucksack noch fester.

»Das werde ich schon nicht.«

Leonie legte den Kopf etwas schief. »Dann können wir ja los.«

Sie schwang sich auf den Sattel und blickte über die Schulter.

Ich stieg auf und nickte ihr zu.

Noch nie war ich hinten auf dem Gepäckträger bei jemandem mitgefahren und ich war mir nicht sicher, ob ich das konnte.

Wo sollte ich mich festhalten?

Leonie trat in die Pedale.

Der Ruck erfasste meinen Körper. Meine Arme schnellten nach vorne und meine Hände landeten auf Leonies Taille.

Aber ich konnte sie dort doch nicht einfach anfassen.

Langsam zog ich meine Hände wieder weg, doch Leonie löste eine Hand von dem Lenkrad, griff nach meiner rechten Hand und zog sie über ihre Hüfte.

»Halt dich fest, gleich geht es bergab.«

Ich blickte über ihre Schulter nach vorne.

Sie bog nach links vom Schulparkplatz ab auf die Straße. Irgendwann war ich hier mit meinen Eltern mal langgefahren. Ja, gleich würde es bergab gehen, ziemlich steil sogar.

Ich griff nach Leonies Hüfte.

Einen kurzen Moment hielt sie meine Hand noch fest, dann umklammerte sie wieder den Lenker.

Die Wölbung der Straße erschien vor meinen Augen.

Ich senkte meinen Kopf und drückte meine Wange an Leonies Schulterblatt.

»Los geht's«, rief sie.

Das Rad neigte sich nach vorne und ich rutschte mit meinem Oberkörper an Leonies Rücken.

Ihre Haare berührten meine Wangen.

Das Rad klapperte unter mir und die Halterung des Gepäckträgers drückte durch das Kissen in meine Pobacken.

Jeder Muskel meines Körpers vibrierte.

Himmel, warum ich hatte ich mich dazu bloß überreden lassen?

Ich presste mein Gesicht in den Jeansstoff von Leonies Jacke und nahm ihren Körperduft wahr. Sie roch nach etwas minzigem. Sehr angenehm

Mir wurde schummerig.

»Jetzt bergauf.«

Ich öffnete ein Auge und blickte über ihre Schulter.

Nun ging es bergauf und Leonie stieg kräftig in die Pedale.

Nach einigen Minuten bog sie auf einen Schotterweg ab.

»Lass mich mal.«

»Was meinst du?«

»Wir tauschen.«

Sie fuhr noch ein kleines Stück und hielt dann an.

Ihre Wangen waren gerötet und ihre Haare zerzaust.

»Ich nehme deinen Rucksack«, sagte sie.

»Wo ist deiner eigentlich?«

»Ich habe ihn Richard mitgegeben und hole ihn nachher dort ab.«

»Wohnt dein Bruder nicht mehr bei euch?«

Leonie schüttelte zaghaft den Kopf.

»Beim letzten Umzug hat er sich hier gleich einen Job und ein eigenes Zimmer gesucht. Ich hätte auch gerne einen Nebenjob, aber Job und Schule, das schaffe ich nicht, ich … habe öfter mal Termine.«

Leonie blickte zu Boden.

Das Thema schien sie zu bedrücken.

Ich machte mich bereit. »Wenn ich mehr als fünf Minuten am Stück schaffe, dann gebe ich uns beiden zur Belohnung ein Eis aus.«

Sie sah mich an. »Ach quatsch, du bist doch sehr sportlich.«

Ich blickte an mir runter. »Bitte? Wo denn?«

Leonies Blick verweilte für einen Moment auf der Höhe meines Bauches, dann griff sie nach einer meiner Hände. »Zum Beispiel hast du sehr starke Hände.«

Ich blickte auf meine Hand, wie sie da so in Leonies lag und es schien, als ob der Wind verebbte und alles stiller wurde.

Da war es wieder, dieses Gefühl, was meine Muskeln ganz leicht und meinen Kopf leer werden ließ. Wie sollte ich denn jetzt bloß in die Pedale treten können?

Sachte zog ich meine Hand weg. »Ich arbeite in einer Gärtnerei, daher kommt das wohl, aber meine Kondition ist wirklich nicht die Beste.«

»Ja, gut, dann schiebe ich dich halt, wenn du dich doch drücken willst.«

»Ey, du bist ganz schön frech.«

Leonie grinste.

Ich schwang mich auf den Sattel. »Los jetzt, bevor ich mir das mit dem geschoben werden doch überlege.«

Leonie setzte sich.

Sie fand mich also sportlich, na dann.

Ich stemmte mich hoch, um erst mal Schwung zu bekommen und fuhr los, dann setzte ich mich.

»Ich wusste, dass du gut bist.«

Ich spürte ihre Hände auf meiner Hüfte.

Es war gar nicht schwer das Rad zügig vorwärts zu bringen, während Leonie sich an mir festhielt und mich lobte.

Sie löste etwas in mir aus, was mir Energie gab.

Nach ungefähr zehn Minuten rief Leonie »da kannst du rechts abbiegen, ab hier sollten wir besser zu Fuß gehen.«

Wir stiegen vom Rad und ich nahm ihr meinen Rucksack wieder ab. Sie schob das Fahrrad.

Der Duft von Heu lag in der Luft und in der Ferne sah ich eine Koppel.

»Magst du Pferde?«, fragte Leonie.

»Ich weiß nicht.«

»Wieso weißt du das nicht?«

»Ich war nie reiten, du?«

»Nein. Aber gewünscht habe ich es mir.« Sie blieb stehen. »Ich wollte dir ein Pferd zeigen, was ich sehr mag, aber wir können auch wieder gehen.«

»Nein, bitte.« Ich legte meine Hand auf Leonies Unterarm.

Ich blickte in die Ferne zur Koppel, an der ein paar große Bäume standen. Der sanfte Wind wehte durch das Gras und ließ es wie rauschende Wellen wirken. »Es gefällt mir hier.«

Ein Lächeln huschte über Leonies Lippen.

»Ich bin gerne mit dem Rad unterwegs. Nie lange. Zuhause ist viel zu tun. Nachdem wir hierhergezogen waren, entdeckte ich die Koppel. Nach der Schule bin ich oft hier, solange es ruhig ist. Am späten Nachmittag beginnt der Reitunterricht.«

Ich blickte zur Weide, auf der an die zehn Pferde grasten. Die Vorstellung, dass Leonie nach der Schule ihre Zeit hier alleine verbrachte, während ich meistens in Gesellschaft von Isa, meinen Eltern, oder Wacholder war, hinterließ ein dumpfes Gefühl in meinem Magen.

In der Schule war Leonie immer nur mit ihrem Bruder zusammen. Ob sie sehr einsam war?

»Warum ich?«, rutschte es mir heraus.

Verdammt.

Zeitgleich blieben wir stehen.

Leonie sah mich an.

»Was meinst du?«

Ja, was meinte ich eigentlich?

»Warum bist du ausgerechnet mit mir hier? Wir haben ja noch nicht mal zusammen Unterricht.«

Leonie sah mich mit ihren hellen blauen Augen an.

»Ich mag dich.«

Wärme breitete sich in mir aus und das Gefühl der Leichtigkeit kehrte zurück.

Ich rieb mir über den Nacken. »Ich kann das nicht gut, ich meine, mit Freundschaften und so. Ich habe meine Leute in der Schule, aber mir fällt das nicht so leicht.«

Leonie sah mich weiterhin an. Für einen Moment versank ich in ihrem lieben Blick.

Wieso hatte ich das gesagt?

»Lass uns einfach nur hier sein. Ich erwarte gar nichts von dir.«

Und wenn doch?

Ich war mit Isa befreundet. Isa, die Leonie nicht mochte.

Aber ich mochte Leonie.

In ihrer Nähe war ich unbefangen, obwohl wir uns kaum kannten. Wie konnte das sein? Selbst bei Isa überlegte ich oft genau, was ich sagte und was ich von mir preisgab.

»Johanna?«

»Entschuldige, ich war in Gedanken.«

»Wir können echt wieder gehen. Ich wollte dich nicht in eine komische Situation bringen.«

»Das tust du nicht.«

»Du scheinst dich nicht wohlzufühlen.«

Ich drehte meinen ganzen Körper langsam in Leonies Richtung. Ich musste das wieder aus der Welt schaffen.

Der Satz formte sich in meinem Kopf, doch er kam mir nicht über die Lippen.

Leonie griff fester nach dem Lenkrad und drehte ihn etwas.

Nein, sie durfte nicht umkehren.

»Es ist sehr schön bei dir zu sein.«

Sie sah mich an.

Ich lächelte.

»Ich war nur verunsichert.«

»Du kannst mich alles fragen, aber wir können auch einfach schweigen.«

Ich nickte und wir sahen uns einige Wimpernschläge lang an.

In Leonies Augen lag ein Funkeln.

Ich mag dich, hatte sie gesagt, einfach so.

Manchmal war sie sehr direkt und dann wieder schüchtern. Vielleicht sollte ich ihr mehr von mir erzählen, damit sie mir wirklich vertraute?

Leonie wandte ihren Blick ab und begann das Rad erneut zu schieben.

Nach einigen Metern lehnte sie es an den Zaun der Koppel.

Ich blieb ebenfalls stehen.

»Sie haben zwölf Pferde hier auf dem Hof.«

Sie griff in ihre Jacke und zog einen Apfel hervor.

Einige Pferde in der Ferne hoben die Köpfe. Zwei von ihnen lösten sich aus der Menge und trabten auf uns zu.

»Loma«, rief Leonie und schnalzte mit der Zunge. Das Pferd mit dem weißen Fell begann zu galoppieren.

»Sie heißt Lomahongva. Ich hörte mal, wie ein Mädchen sie so rief.«

»Klingt indianisch.«

Leonie nickte. »Ich habe es nachgeschlagen. Der Name bedeutet *schöne entstehende Wolken*.«

Ich lächelte und betrachtete Leonie, während Loma am Zaun ankam.

»Hey du Wilde.«

Leonies Stimme wurde ganz sanft. Sachte streckte sie ihre Hand mit dem Apfel aus.

»Schnell, bevor dein Kumpel hier auftaucht.«

Das Pferd mit dem braunen Fell, welches Loma gefolgt war, hatte nun auch an Tempo aufgenommen.

Loma knabberte erst an dem Apfel und verschlang ihn dann ganz. Sie schnaubte und Leonie streichelte sie am Hals. Ihr Blick war nun ganz verträumt.

Ob sie nie reiten gewesen war, weil ihre Eltern es sich nicht hatten leisten können? Oder gab es einen anderen Grund? Sollte ich sie fragen?

Das andere Pferd war am Zaun angekommen.

»Seinen Namen kenne ich leider nicht.«

»Er ist jedenfalls sehr groß.«

Ich ging einen Schritt zurück.

»Er ist ganz lieb. Leider kann ich nicht Äpfel für alle mitbringen.«

Leonie wandte sich mir zu.

»Du kannst ihn ruhig streicheln.«

»Und wenn er meine Jacke auffuttert?«

Leonie lachte auf. »Ach, so ein Quatsch.«

Sie griff nach meiner Hand.

Langsam zog sie mich nach vorne und legte meine Hand an den Hals des Pferdes.

»Das mag er ganz gerne.«

Das weiche Fell war warm von der Sonne.

Mein Herz schlug mir bis zum Hals. Leonies Hand lag noch immer auf meiner.

Sachte zog ich meine weg.

Leonie tat es mir nach. Sie wirkte erschrocken.

Ob sie dachte, es sei mir unangenehm gewesen?

»Wohnst du weit weg von der Schule?«, fragte ich hastig, um von der Situation gerade abzulenken.

Leonie schüttelte den Kopf.

»Nur einen Stadtteil weiter. Ich fahre aber nicht immer mit dem Rad. Manchmal habe ich nicht genug Kraft.«

»Ich wohne bei einer Hexe.«

»Wie meinst du das?«

»Ich bin nach den Ferien ausgezogen, in das Haus von der Hexe Wacholder. Sie hilft vielen mit ihren Heilkünsten. Ich habe bei ihr ein Zimmer unter dem Dach.«

»Das klingt toll. Wie hilft sie denn anderen?«

»Sie kennt sich gut mit Kräutern und Zaubern aus.«

Leonie blickte für einen Moment auf ihre Hände und zog dann den Saum ihres Pullovers über ihre Handgelenke.

»Ich kann sie dir gerne mal vorstellen.«

Erschrocken sah Leonie mich an.

»Wieso?«

»Ich dachte, wegen deiner Haut ... also, vielleicht weiß sie, was da gut hilft.«

Leonie wandte den Blick von mir ab.

»Wir sollten jetzt gehen.«

»Schon?«

»Ja, du musst deine Zeit jetzt nicht mehr mit mir verbringen.«

»Aber, ich ...«

Leonie drehte sich um, eilte voran und griff nach dem Rad.

Verdammt. Sie war sauer. Ich war zu weit gegangen. Aber dachte sie wirklich, ich sei nur aus Mitleid mit ihr hier?

»Ich fahre«, sagte Leonie.

Vorsichtig setzte ich mich und überlegte, wo ich mich jetzt festhalten sollte.

Sie fuhr los und ich klammerte mich hinter meinem Rücken an den Gepäckträger.

Meine Arme verkrampften bereits nach wenigen Augenblicken. Kurz bevor wir den Berg erreichten, sagte ich laut: »Halt an!«

Sie stoppte und ich schwang mich vom Gepäckträger.

»Ich laufe ab hier.«

Leonie blickte den Berg hinunter.

»Wie du meinst. Tschüss.«

Ich schaute ihr hinterher.

Verdammt noch mal. Musste ich jetzt wirklichen diesen ätzenden Berg runter und dann wieder hochlatschen? Ich hatte es mit meinem Angebot in Bezug auf Wacholder gerade doch nur gut gemeint.

Leonies Silhouette wurde immer kleiner, bis sie schon bald hinter dem Hügel verschwand.

Ich stapfte los.

Wut loderte in mir auf.

Was bildete sie sich eigentlich ein? Sie hatte sich doch mit mir treffen wollen.

Ich tastete nach meinem Smartphone, da wurde mir bewusst, dass ich ihre Nummer gar nicht kannte.

Vor morgen hatte ich keine Chance mit ihr zu reden und wie sollte das gehen, vor all den anderen? Niemand wusste, dass wir uns getroffen hatten und eigentlich sollte das auch so bleiben.

Aus der Puste und verschwitzt kam ich an der Bushaltestelle an.

Zuhause holte ich mir etwas zu trinken aus dem Kühlschrank, spurtete in mein Zimmer, warf den Rucksack neben das Bett, nahm einige Schlucke Wasser und starrte dann auf meinen Ärmel, in dessen Stoff sich einige Pferdehaare verfangen hatten.

Die Erinnerung an Leonies Hand auf meiner kam zurück und mit ihr das Gefühl, was diese Berührung ausgelöst hatte.

Obwohl ich wütend auf sie sein sollte, konnte ich es nicht.

Sie hatte mich einfach so stehen lassen und doch war sie davor sehr lieb gewesen.

Vielleicht war ich zu weit gegangen. Aber nur weil ich ihr helfen wollte, hatte ich mich nicht nur aus Mitleid mit ihr getroffen. Wieso dachte sie so etwas?

Was sollte ich nun tun?

Ich blickte umher. Auf meinem Schreibtisch fiel mir der Stein auf, den Wacholder mir geschenkt hatte.

Ich ging zu ihm und nahm ihn in die Hand. Er steht für Beharrlichkeit hatte sie gesagt. Vielleicht war das nun das richtige, anstatt beleidigt zu sein, sollte ich auf Leonie zugehen. Es war mir wichtig, dieses Missverständnis aufzuklären.

Ich setzte mich an den Tisch, zog einen Block und Stift zu mir und schrieb:

Hallo Leonie,

Ich setzte den Stift wieder ab. Ich sollte nichts zu unserem Treffen schreiben. Wenn der Zettel in die falschen Hände geraten sollte, hatte ich keine Lust, irgendwie darauf angesprochen zu werden. Der Inhalt musste neutral bleiben, aber doch direkt genug.

Ich ergänzte:

ich würde gerne mit dir reden. Ruf mich bitte an.
Johanna

Ich schrieb meine Telefonnummer darunter, faltete den Brief zusammen und steckte ihn in meine Jackentasche.

Jetzt musste ich nur noch eine Möglichkeit finden, ihn Leonie unauffällig zu geben.

Hin und weg

In der Englischstunde vor der Pause konnte ich mich nicht konzentrieren. Immer wieder wanderte meine Hand zu dem Zettel in meiner hinteren Hosentasche.

Sobald es klingelte, würde ich aus der Klasse rausgehen, Isa sagen, ich würde schon mal schnell vorgehen, in der Hoffnung, dass Leonie auch zügig ihre Klasse verließ. Ich würde mich hinter ihr einreihen und sie dann ansprechen.

Doch was wäre, wenn sie den Zettel nicht entgegennahm, oder irgendetwas blödes zu mir sagen würde?

Mit wurde schummerig. Ich drückte die Hände auf meinen Bauch und atmete einige Male lange ein und aus.

Noch fünf Minuten.

Es klingelte.

Ich sagte Isa Bescheid, eilte aus dem Klassenraum und blickte zu Leonies.

Ein paar Jungs kamen heraus, dann sie.

Ich drehte mich kurz weg, nestelte an meinem Pullover herum, reihte mich in den Strom ein und lief hinter ihr her, bis wir das Treppenhaus verlassen hatten.

Ich zog den Zettel aus meiner Hosentasche und berührte sie an der Schulter.

»Leonie!«

Sie drehte sich um.

Ich streckte meine Hand aus und schob den Zettel in ihre.

»Du hast was verloren.«

Sie blickte kurz nach unten, schloss dann ihre Finger um den Zettel, sah mich einen Augenblick lang an und ging weiter.

Mir wurde schlecht.

Man, wieso war das so schwierig mit ihr und wieso war ich so aufgeregt deswegen?

Bevor ich weiter in die Halle lief, entschloss ich mich abzubiegen und eine der Seitentüren nach draußen zu nehmen.

Ich atmete die frische Luft ein.

Was wäre, wenn sie sich nicht meldete?

Du meine Güte, Johanna, warte doch erst mal ab.

Ich zwang mich wieder reinzugehen.

Also gut. Jetzt hieß es abwarten.

* * *

Es war viertel nach sieben am Abend als mein Handy klingelte. Ich war gerade oben in meinem Zimmer angekommen und hatte das Phone auf das Bett geschleudert. Ich sprintete zur Matratze, warf mich darauf und buddelte danach. Es war unter das Kissen gerutscht.

Eine unbekannte Nummer wurde angezeigt. Ich drückte auf den grünen Button.

»Hier ist Johanna.«

»Hi.«

»Hi.«

Ich hatte mir hundert Sätze überlegt, kluge und witzige, aber keiner davon war mehr in meinen Kopf. Weg, einfach aufgelöst.

»Danke, dass du anrufst.«

»Danke für deinen Zettel. Ich …«

Leonie stoppte.

Ich konnte ihren Atem durch den Lautsprecher hören.

»Johanna, kann ich vorbeikommen?«

Sie wollte zu mir? Jetzt?

»Es fällt mir schwer mit dir am Telefon zu reden.«

»Ja, okay. Ich schicke dir gleich eine Sims mit der Adresse. Der Elfer Bus Richtung Langenrade hält nur eine Straße entfernt. Du musst glaub ich einmal umsteigen von dir aus.«

»In Ordnung. Bis gleich.«

Sie legte auf und mein »bis gleich« blieb ungehört.

Ich speicherte Leonies Nummer ab und schickte ihr die Adresse, dann verließ ich das Zimmer und lauschte. War Wacholder noch im Wohnzimmer?

Ich ging nach unten. Sie saß im Sessel und las in einem Buch, dessen Einband ganz zerfleddert war.

»Wacholder?«

Sie ließ das Buch sinken.

»Eine Freundin von mir will gleich noch vorbeikommen, ich hoffe, das ist in Ordnung?«

»Ja, natürlich. Soll ich ihr aufmachen?«

Ich schüttelte den Kopf. »Danke, das brauchst du nicht.«

Sie lächelte mir zu und hob das Buch wieder an.

Aus der Küche holte ich zwei Gläser und eine Flasche Saft und brachte alles in mein Zimmer.

Eilig machte ich das Bett, warf die herumliegenden Klamotten in die Kisten und stapelte die losen Blätter auf dem Schreibtisch zu einem ordentlichen Turm.

Ich stellte mich vor den Spiegel und fuhr mir durch das Haar.

Strubbelig waren sie.

Ich eilte ins Bad, putzte mir die Zähne und kämmte mir die Haare.

Moment mal? Wieso machte ich das alles so gründlich?

Leonie war es sicher egal, wie meine Haare lagen. Außerdem wusste ich gar nicht, was sie mir sagen wollte. Vielleicht war sie immer noch sauer. Und wenn es gleich Streit gab?

Es klingelte. Ich zuckte zusammen.

Eilig lief ich die Treppe hinunter und öffnete die Tür.

Draußen blies ein starker Wind. Leonie sah blass und verfroren aus.

»Hi. Komm rein.«

Ich schloss die Tür hinter ihr.

Sie trug nur eine dünne Jacke.

»Die Jacke kann ich hier unten aufhängen.«

»Ich lasse sie noch an, danke.«

Wollte sie also doch schnell wieder gehen?

»Wir müssen nach oben.«

Ich ging vor. Sie folgte mir in mein Zimmer und blieb in der Nähe der Tür stehen.

Mir fiel zum ersten Mal auf, dass ich gar keine bequeme Sitzmöglichkeit hatte.

Mit Tobi hatte ich immer ganz selbstverständlich auf dem Bett gesessen.

Ich schob meinen Schreibtischstuhl in die Nähe des Bettes.

»Du kannst dich gerne hier hinsetzen. Magst du ein Glas Saft?«

Leonie nickte, nahm auf dem Stuhl Platz und das Glas entgegen.

»Danke.«

Ich setzte mich auf die Kante des Bettes.

Leonie stellte das Glas auf dem Schreibtisch ab und sah mich an.

Sie lächelte verlegen.

Ich lächelte ebenfalls. Sie schien also nicht mehr sauer zu sein. Oder doch?

»Danke für deinen Zettel. Ich weiß nicht, ob ich noch mal den Mut gehabt hätte, auf dich zuzugehen. Ich dachte, du willst bestimmt nichts mehr mit mir zu tun haben nach meiner Reaktion gestern.«

Sie senkte den Kopf.

»Ich bin zu weit gegangen. Ich hätte das mit … also, das mit deiner Haut, ich hätte das nicht erwähnen dürfen. Es geht mich gar nichts an.«

Leonie zog wieder ihre Ärmel über ihre Handrücken und blickte für einige Momente darauf.

»Ich bin so blöd, ich denke immer, ich könnte es verstecken.«

Ich rutschte etwas vor. »Das ist doch nicht blöd. Du hast sicher deine Gründe.«

Sie sah mir in die Augen. »Ich habe einfach keine Lust auf die Sprüche von den anderen, aber gestern bei dir … da war noch etwas anderes.«

Sie rieb sich mit dem Daumen über den Nasenrücken.

»Was meinst du?«

Leonie atmete laut aus.

»Ich hatte Angst, dass du es ekelig finden könntest.«

Ich schluckte. »Himmel, nein.«

Aus Reflex streckte ich meine Hand nach ihrer aus, doch ich zog sie wieder zurück.

»Ich finde überhaupt gar nichts an dir ekelig. Im Gegenteil. Ich schaue dich gern an.«

Die Hitze stieg mir in die Wangen. Wie bescheuert klang das denn?

Leonie hob eine Hand und schlug mir gegen die Schulter. »Veräpple mich nicht.«

Beschwichtigend hob ich die Hände in die Luft. »Ey. Das verdiene ich nicht. Du hast mich immerhin bereits mitten im

Nirgendwo stehen lassen. Das waren mindestens fünf Kilometer, die ich zur Bushaltestelle laufen musste.«

Leonie lachte. »Was? *Du* wolltest absteigen, ganz von alleine, da hatte ich gar nichts mit zu tun.«

»Ja, aber nur, damit du mich bittest, es nicht zu tun.«

»Ach, bei dir muss ich also ganz genau hinhören.«

»Klar. Ist nicht so leicht mit mir, weißt du.«

»Mit mir aber auch nicht.« Ihre Stimme wurde wieder leiser und sie trank noch einen Schluck Saft.

Ich rutschte ein kleines Stück näher zu ihr. »Sind wir halt beide doof, einigen wir uns darauf?«

Leonie lächelte. »Es war eigentlich sehr nett, dass du mir helfen wolltest. Ich habe Neurodermitis seit ich sechs Jahre alt bin und seit dieses ganze Pubertätszeug mit der Periode und so angefangen hat, ist es noch schlimmer geworden. Ich bekomme seit einem Jahr regelmäßig Cortison-Infusionen.«

Ich schluckte.

»Ich habe in den letzten Jahren schon so viel ausprobiert und immer wenn mir jemand etwas anbietet, was helfen könnte, habe ich Angst, dass ich mir erst Hoffnungen mache und dann enttäuscht werde.«

Ihre Stimme versagte und ihre Augen füllten sich mit Tränen. Leonie sah zur Seite und wischte sich mit dem Handrücken über die Augen.

Ich legte meine Hand auf ihren Unterarm.

»Vor kurzem hat Wacholder einen sehr schönen Satz zu mir gesagt. Du kannst ruhig weinen.«

Leonie versuchte zu lächeln.

»Du hast geweint?«

Ich nickte und zog meine Hand wieder weg.

»Warum?«

Sie war ehrlich zu mir gewesen, dann sollte ich das nun auch sein.

»Es gab einen Vorfall in der Schule. Eine Freundin von mir hat mich sehr wütend gemacht und ich … ich habe sie in den Magen geboxt.«

Leonie atmete laut aus. »Was hat sie denn zu dir gesagt?«

»Es gab Gerüchte, weil ich mit dem Jahrgangsschwarm Schluss gemacht habe. Sie hat mich gefragt, ob ich lesbisch bin.«

Leonie sah mich weiterhin an. »Nur deswegen wird sowas behauptet?«

»Nun ja, ich mache halt gerne Sport und schminke mich nicht und irgendwas ist wohl auch mit meinen Klamotten.«

Leonie blickte an sich hinunter. »Was haben bloß immer alle mit den Klamotten?«

Ich zuckte mit den Schultern und betrachtete Leonies Gesicht.

Bildete ich mir das ein, oder wich sie plötzlich meinem Blick aus? Hätte ich ihr das nicht sagen sollen? Vielleicht fühlte sie sich nun komisch in meiner Gegenwart? Wir kannten uns ja noch gar nicht richtig.

»Hast du Hunger? Wir könnten uns noch ein Brot machen.«

Wenn sie jetzt gehen wollte, dann hätte ich den Beweis.

»Ja, sehr gerne, wenn das auch für Wacholder in Ordnung ist, wenn ich hier etwas esse?«

Gut, sie wollte bleiben.

»Na, klar.«

Ich ging vor. »Ich stelle sie dir kurz vor, wenn sie noch im Wohnzimmer ist.«

»Okay.«

Unten angekommen klopfte ich an die Wohnzimmertür.

»Herein.«

»Hi«, sagte ich und ging einen Schritt in den Raum hinein.

»Ich wollte dir Leonie vorstellen.«

Wacholder stand auf und gab Leonie die Hand.

»Ich bin Wacholder. Willkommen in unserem Haus.«

Sie lächelte uns zu.

»Wir machen uns eben ein Brot, soll ich dir eins mitmachen?«

»Danke, ich bin total satt. Ich habe die ganze Schokolade aufgefuttert. Schreibst du welche auf? Du müsstest bitte einen neuen Einkaufszettel anfangen.«

»Klar.«

Ich ging in die Küche.

Leonie folgte mir und schloss die Tür.

»Ihr versteht euch sehr gut, oder?«

»Ja, sie hat mir schon ein paar Mal sehr geholfen.«

»Das klingt schön.«

Ich lächelte und holte einige Sachen aus dem Kühlschrank, stellte Teller und Brot raus und begann alles wieder wegzuräumen, nachdem wir uns jede eine Scheibe geschmiert hatten.

»Du musst noch die Schokolade aufschreiben.«

»Ach ja, danke. Kannst du mir den Notizzettelblock von der Fensterbank geben?«

Ich mochte es, dass Leonie so aufmerksam war.

»Hier.« Im Augenwinkel sah ich, wie Leonie mir den Block reichte, in der anderen Hand hatte ich gerade die Butterschale. Ich griff nach dem Block und streifte dabei über Leonies Hand.

Wir sahen uns an.

»Sorry ... ich ...«

Leonie senkte den Blick, dann zog sie ihr Phone aus der Hosentasche.

»Eigentlich müsste ich schon wieder zum Bus, wegen dem Umsteigen, sonst wird es zu spät. Darf ich das Brot einfach mitnehmen?«

»Ja, klar.«

Leonie beugte sich zu mir und drückte mich mit ihrer freien Hand kurz an sich.

»Bis morgen. Schlaf gut.«

»Du auch.«

Sie lächelte und eilte hinaus.

Ich starrte Richtung Flur.

Verdammt. Das wirkte nun sehr überstürzt.

Ich kritzelte das Wort *Schokolade* auf den Zettel, klebte ihn an den Kühlschrank und eilte in mein Zimmer.

Jetzt konnte ich nur schauen, wie Leonie sich mir gegenüber morgen verhielt.

Wieder warten. So ein Mist.

Über Scherben

Der Sommer bäumte sich noch mal auf und im Schulgebäude war es stickig.

Der Tag begann mit einer Doppelstunde Kunst, das gefiel mir aus zwei Gründen gar nicht, zum einen befanden sich die Kunsträume im Erdgeschoss, da würde ich Leonie auf keinen Fall über den Weg laufen und wenn ich nach dem Tag gestern nun auch wieder Frau Lindqvist wiedersah, würde das mein Gefühlschaos nur noch verstärken.

Ich betrat den Raum und betrachtete Frau Lindqvist dabei, wie sie auf dem Pult ihre Sachen ausbreitete. Heute würde sie die erste Stunde übernehmen.

Sie lächelte freundlich in die Runde.

Ich mochte ihr Lächeln sehr. Es war so eines, was mit voller Kraft aus dem Inneren kam. Ich verweilte mit meinem Blick für einen Moment auf ihrem Gesicht.

In mir blieb es ruhig.

Wieso war das so?

Normalerweise ergriff mich innerhalb weniger Minuten eine unangenehme Nervosität und es fiel mir schwer, ihr richtig zuzuhören, ohne von meinem starken Herzklopfen abgelenkt zu werden.

Heute wanderten meine Gedanken immer wieder zu Leonie und dem Moment, in dem sie so abrupt aufgebrochen war.

Hatte ich irgendwelche Zeichen von ihr übersehen? Hatte sie unser Gespräch zuvor vielleicht doch als unangenehm empfunden?

* * *

Als wir nach der Pause zum Klassenraum gingen, sah ich Leonie, drei Klassenräume weiter, wie sie neben der Tür an der Wand lehnte und die Hände auf die Knie gestützt hielt.

Sie sah uns nicht kommen. Ihre Augen waren geschlossen.

Ihr schien es nicht gut zu gehen.

Einige gingen an ihr vorbei, zeigten mit dem Finger auf sie und lachten.

Isa bemerkte meinen Blick und drehte sich in Leonies Richtung. Sie verdrehte die Augen. »Die simuliert bestimmt. Sie fehlt wohl sehr häufig.«

Für einen Moment starrte ich Isa an, dann drückte ich mich unwirsch an ihr vorbei und eilte zu Leonie.

»Hey.« Ich berührte sie am Arm.

Leonie schaute auf. Ihr Gesicht war rotgefleckt.

»Mir ist schwindelig.«

Einige ihrer Mitschüler kamen hinzu und einer rief: »Na, brauchst du wieder eine Ausrede für Sport?«

Ich griff nach Leonies rechtem Arm, zog ihn über meine Schulter und hielt ihre Hand fest. »Komm, ich gehe mit dir zum Schularzt.«

Ich schaute auf und sah den Jungen an. »Sag deinem Lehrer, dass wir beim Arzt sind.«

Er verschränkte die Arme und zog die Augenbrauen hoch.

»Komm, ganz langsam.«

Meinen anderen Arm legte ich um ihre Hüfte.

Zu Isa wollte ich nicht mehr schauen. Sollte sie unserem Lehrer Bescheid geben oder nicht, das war mir gerade herzlich egal.

Vorsichtig bugsierte ich Leonie durch die heranströmende Menge. Einige rempelten uns an.

»Man, macht doch mal Platz.«

Wir erreichten die Halle.

»Wir müssen nur zum Ende des Ganges. Schaffst du das?«

»Ich weiß nicht. Mir ist schlecht.«

»Ganz langsam, ich halte dich.«

Leonie wog nicht viel, aber mit jedem Schritt, drückte ihr Gewicht stärker gegen meinen Körper und meine Sorge um sie, begann sich durch meine Muskeln zu fräsen. Ein leichtes Zittern erfasste meinen Körper.

»Wir sind fast da«, sagte ich mehr zu mir selbst, als zu ihr.

Ich klopfte an die Tür und trat, ohne eine Antwort abzuwarten, ein.

Ein Mann mit kleiner, runder Brille und Schnauzbart kam mir entgegen. Ich hatte unseren Schularzt bisher immer nur von Weitem gesehen.

»Was ist passiert?«

»Meiner Freundin ist schwindelig.«

Er berührte Leonie an der Schulter. »Schaffst du es noch ein Stück?«

Sie nickte.

Er ging vor, machte eine weitere Tür auf und zeigte auf eine Liege in der Ecke.

Ich ging mit Leonie darauf zu, sie setzte sich langsam auf die Kante und ließ sich dann nach hinten sinken, dabei griff sie nach meinem Arm.

»Bleibst du hier?«

»Natürlich.«

Ich setzte mich auf den Stuhl neben der Liege.

Der Arzt hob Leonies Beine an und legte ein langes Kissen darunter.

Leonie kniff die Augen zusammen.

»Wie heißt ihr?«

»Ich bin Johanna und das ist Leonie.«

»Ihr macht das beide sehr gut. Ich bin Herr Mahlbach. Leonie? Weißt du, warum es dir nicht gut geht?«

»Ich … ich hatte heute Morgen Infusion. Ich bekomme regelmäßig Cortison und heute ist es so warm.«

Er nahm ihr Handgelenk und fühlte den Puls.

»Wogegen ist das Cortison?«

»Es ist …«, Leonies Hand umschloss fest meinen Arm.

Sie würde doch nicht ohnmächtig werden? Mein Magen schien sich auf links zu drehen.

»Sie hat Neurodermitis«, sagte ich.

»Ich komme sofort wieder.« Er ging in den Nebenraum.

Ich griff nach Leonies Hand und ihr Gesichtsausdruck entspannte sich etwas. Sie schloss die Augen.

Der Arzt kam mit einem weichen Kühlpad wieder und steckte es in einen Waschlappen.

»Kannst du ihr den bitte auf die Stirn legen?«

Ich zog vorsichtig meinen Arm weg.

»Es wird nun kurz kalt«, sagte ich leise und legte den Waschlappen vorsichtig auf ihre Stirn.

Leonie hob die Hand und tastete auf der Liege in meine Richtung. Ich schob meine Hand unter ihre und sie umschloss sie fest mit ihren Fingern.

Herr Mahlbach reichte mir einen Becher.

»Leonie, deine Freundin hält dir nun einen Becher mit Strohhalm hin. Es ist kalter Kräutertee. Kannst du versuchen etwas zu trinken?«

Leonie öffnete kurz die Augen und dann leicht die Lippen.

Ich hielt ihr den Becher hin und sie trank ein wenig.

»Ich muss deinen Blutzucker messen und dir einmal ganz kurz in den Zeigefinger piksen. Deine Freundin hält deine Hand fest.«

Er nickte mir zu und schaute auf Leonies Hand.

Ich nahm sie ganz fest in meine und er pikste ihr in den Zeigefinger.

Leonie zuckte zusammen.

»Schon vorbei«, sagte ich.

Er klebte ein Pflaster auf die kleine Wunde.

Das Zittern meiner Muskeln schwoll erneut an.

Herr Mahlbach blickte auf das kleine Gerät, in welches er den Streifen mit dem Blut geschoben hatte.

»Ihr Blutzucker ist sehr niedrig.«

Er griff in die Schublade eines Schränkchens am Fußende der Liege.

»Kannst du bitte für sie den Traubenzucker auspacken.«

Er hielt mir zwei Stück hin. »Du nimmst danach bitte auch eins.«

Ich packte sie aus.

Leonie öffnete leicht die Lippen und ich schob ihr das Stückchen in den Mund.

War es für sie in Ordnung, dass ich ihr so nah war?

Ich fand mich so blöd, für meine Gedanken. Leonie brauchte jetzt Hilfe und sie hatte mich gerade weder weggeschickt, noch sich von mir abgewandt.

Es klopfte.

Herr Mahlbach ging zur Tür und öffnete sie.

»Ich bin Frau Böhm. Leonie hätte jetzt bei mir Unterricht. Wie geht es ihr?«

»Johanna?«, sagte Herr Mahlbach.

Ich drehte meinen Kopf Richtung Tür.

»Ich gehe mit Leonies Lehrerin kurz raus. Wenn ihr mich braucht, kommst du zu mir, ja? Leonie muss viel trinken.«

Ich nickte.

Er schloss die Tür.

Leonie hob die Hand und zeigte auf den Waschlappen.

»Soll ich ihn runternehmen?«

Sie nickte.

Ich zog ihn langsam von ihrer Haut und legte ihn unter meinen Stuhl.

Leonie rutschte näher zu mir. Ihre Augen füllten sich mit Tränen.

»Es wird alles gut«, sagte ich.

Sie schüttelte den Kopf.

Leonie presste die Augen zusammen und eine Träne rann aus dem Augenwinkel.

Ich strich ihr mit dem Daumen über den Handrücken.

»Ich bin gerade allein zu Hause«, sagte sie leise. »Papa ist auf Montage und mein Bruder muss nach der Schule arbeiten. Er musste schon letzte Woche bei mir bleiben.«

Leonie konnte nicht allein zu Hause sein. Was wäre, wenn es ihr wieder schlechter ging?

Herr Mahlbach öffnete die Tür.

»Ich muss kurz etwas klären. Ich komme gleich wieder, ja?«

Sie nickte.

Ich zog meine Hände weg und stand auf.

»Kann ich Sie eben draußen sprechen?«

Herr Mahlbach folgte mir und wir gingen vor die Tür.

»Muss Leonie ins Krankenhaus?«

Er schüttelte den Kopf. »Wenn ihr nicht mehr schwindelig ist, würde ich sie nach Hause schicken und auch für morgen erst mal krankschreiben. Es ist wichtig, dass sie genügend trinkt und heute mehrere kleine Mahlzeiten zu sich nimmt. Wenn ihr später wieder schwindelig wird, sollte sie heute am späten Nachmittag noch mal zum Arzt.«

»Bei ihr Zuhause ist niemand.«

»Kann jemand zu ihr kommen?«

Ich schüttelte den Kopf. »Dürfte sie mit zu mir? Ich habe ein eigenes Zimmer in einem Haus, wo eine Erwachsene wohnt.«

»Leonie sollte heute und morgen jedenfalls nicht alleine sein. Ich würde dich ausnahmsweise auch krankschreiben. Du bist ja selbst ganz blass.« Er lächelte milde.

»Ich müsste eben jemanden anrufen.«

Er nickte und ging in das Zimmer zurück.

Ich zog mein Handy aus der Hosentasche und rief Wacholder an. Hoffentlich konnte sie drangehen.

Es klingelte vier Mal.

»Hallo Johanna.«

»Hi.«

Ich erzählte ihr was passiert war. Wacholder stimmte zu, dass Leonie mit zu uns kommen könne. Sie wollte aber den Arzt sprechen.

Ich eilte zurück in das Zimmer und gab Herrn Mahlbach das Telefon.

»Frau Kleinschmitt, die Frau bei der ich wohne, würde gerne mit Ihnen über ein paar Sachen sprechen, bevor Leonie mit zu uns kommt.«

Herr Mahlbach nahm das Telefon entgegen und ging erneut in das Nebenzimmer.

Ich setzte mich auf den Stuhl.

»Du kannst bei mir schlafen. Herr Mahlbach schreibt dich für morgen krank und mich auch. Also, wenn das für dich okay ist, dass du dann bei mir bist.«

Leonie lächelte. »Danke. Und danke, dass du vorhin zu mir gekommen bist.«

Ich wollte sagen *natürlich,* doch dann erinnerte ich mich an die anderen, die so gemein gewesen waren und Leonie ignoriert hatten.

Ich blieb stumm und lächelte nur.

Herr Mahlbach kam wieder zurück und gab mir mein Handy.

»Frau Kleinschmitt holt euch ab. Du sollst ihr Bescheid geben, wenn sie losfahren soll.«

Er wandte sich Leonie zu.

»Dein Blutdruck ist in Ordnung, bleib aber bitte noch etwas liegen. Wenn du dich besser fühlst, kannst du langsam aufstehen. Leg dich dann bitte aber wieder hin wenn ihr bei Johanna seid. Du musst viel trinken und heute versuchen alle zwei Stunden eine kleine Mahlzeit zu dir zu nehmen. Ich schreibe dir ein paar Sachen für deinen Hausarzt auf. Er soll mal ein großes Blutbild bei dir machen und den Langzeitzuckerwert testen.«

Leonie nickte.

Mein Magen zwackte.

Leonie sah so müde und geschafft aus.

»Ich mache noch ein wenig die Augen zu.«

Ich nickte.

Herr Mahlbach ging zum anderen Ende des Raumes, setzte sich an den Schreibtisch und begann zu tippen.

Ich betrachtete Leonies Gesicht. Sie war immer so lieb. Warum wollte die anderen nichts mit ihr zu tun haben?

Plötzlich erinnerte ich mich an Isas hämische Reaktion vorhin.

In meinem Magen brannte es. Ich zog mein Handy hervor und schaute darauf.

Noch war Unterricht, aber würde Isa danach fragen, wie es mir und Leonie ginge? Sie war jedenfalls nicht gekommen, um uns zu helfen.

Isa hatte sich so verändert in den letzten Wochen. Sie war sonst immer so freundlich gewesen und hatte zu mir gestanden.

Sollte ich ihr eine Nachricht schreiben und sagen, wie ich ihr Verhalten vorhin empfunden hatte? Nein, darauf hatte ich jetzt keine Lust. Ich würde bis heute Abend warten.

Leonie öffnete die Augen.

»Hey.«

Sie lächelte. »Ich würde gerne versuchen aufzustehen. Kannst du auf mich aufpassen?«

Ein sanfter Schauer ergriff meinen Körper. Es war schön, dass sie mir vertraute.

Leonie sah mich weiterhin fragend an.

Ich sprang auf.

»Klar. Ich passe auf.«

Ich hielt ihr meine Hand hin. Sie griff nach meinem Unterarm, rutschte langsam von der Liege und wir gingen ein paar Schritte nebeneinander her.

»Alles gut?«, fragte Herr Mahlbach.

Leonie nickte.

Ich ließ sie los, obwohl etwas in mir sich dagegen sträubte.

»Dann rufe ich mal Wacholder an.«

* * *

Wie Wacholder es mit mir am Telefon abgesprochen hatte, war sie in meinem Zimmer gewesen, hatte das Bett neu bezogen und den Boden gestaubsaugt. Dafür musste ich ihr gleich unbedingt noch danken. Ich würde Leonie ein paar Klamotten von mir geben und damit ich sie beim Umziehen nicht störte und sie sich ausruhen konnte, würde ich danach in die Küche gehen.

»Du kannst deinen Rucksack gern unter den Schreibtisch stellen. Wacholder hat das Bett bezogen. Ich schlafe heute Nacht auf einer Luftmatratze. Ich suche dir eben etwas Bequemes von mir raus.«

Ich ging zu einer der Klamottenkisten, nahm eine Jogginghose, ein T-Shirt und einen dünnen Pullover sowie dicke Socken daraus hervor und reichte Leonie den kleinen Stapel.

»Das ist total nett von dir, ich meine, das alles. Du überlässt mir sogar dein Bett.«

»Ich mache das sehr gerne. Ich hatte vorhin echt Angst um dich.«

Leonie beugte sich rüber und rempelte mir gegen die Schulter.

»Ich bin nicht aus Zucker, weißt du.«

Aber mindestens so süß.

Meine Wangen wurden rot.

Wo kam dieser Gedanke her?

Ich ging einen Schritt zurück und stemmte die Hände in die Seiten.

»Ich verordne dir trotzdem ab sofort, dass du dich hier umsorgen lässt. Wenn Wacholder eine Suppe kocht, fragst du nicht was drin ist und wenn ich witzig bin, so wie jetzt, wirst du herzlich lachen.«

Leonie zog eine Augenbraue hoch. Sie ging auf mich zu und stand plötzlich sehr nah vor mir, nur noch der Kleiderstapel trennte uns.

Ihre Wimpern waren ganz hell und fein, wie die Samen einer Pusteblume.

»Also, das mit der Suppe bekomme ich hin, aber ob du mich zum Lachen bringen kannst? … Ich weiß ja nicht.«

Sie grinste.

Ich klappte den Kleiderstapel nach oben, so dass er gegen ihre Brust gedrückt wurde.

»Na, bis morgen hast du Zeit, es zu lernen. Du stehst mir schon wieder viel zu lange. Abmarsch in die Koje.«

»Jawohl, Mam!«

»Ich gehe eben zu Wacholder.«

»Sag ihr bitte auch danke von mir. Ich habe es gerade ganz vergessen.«

Ich strich über Leonies Arm. »Schon okay.«

Sie hielt meine Hand fest und drückte sie kurz.

Mit starkem Herzklopfen verließ ich das Zimmer.

Als ich in der Küche ankam, roch es herrlich würzig. Wacholder schloss gerade den Topf, in dem eine Gemüsesuppe köchelte.

Sie drehte sich zu mir um. »Wie geht es Leonie?«

»Ganz okay. Sie zieht sich um und legt sich dann hin. Ich soll dir auch noch danke sagen, das hatte sie vorhin vergessen. Es tut mir leid, dass du jetzt Arbeit wegen ihr hast. Ich kann gerne weitermachen.«

Meine Stimme hörte sich komisch an, irgendwie dumpf.

»Ich hatte die Suppe aufgesetzt, nachdem du angerufen hast. Sie ist fertig.«

»Ich bringe ihr was hoch.«

Wacholder betrachtete mich.

»Na, lass mich mal zu ihr. Ich wollte noch mit ihr sprechen und ihr sagen, dass sie sich immer melden kann, wenn sie was braucht, auch bei mir. Du gehst so lange ins Wohnzimmer, atmest mal kräftig durch und nimmst dir auch einen Teller Suppe.«

»Aber ...«

Wacholder kniff die Augen zusammen. Sie sah dadurch nicht wirklich böse aus, aber ich verstand.

»In Ordnung. Danke, dass du hochgehst.«

Sie lächelte, holte zwei Schalen aus dem Schrank, befüllte eine für Leonie, gab mir die andere und verließ die Küche.

Ich nahm den Duft von Petersilie und Ingwer wahr. Die Suppe roch sehr gut, aber ich hatte keinen Appetit. Um jedoch Wacholder nicht zu verärgern, tat ich mir zwei Schöpflöffel auf und setzte mich auf die Couch. Ich probierte die Suppe, doch mein Magen schien wie zugeschnürt.

Ich ließ mich nach hinten sinken und starrte etliche Minuten auf den Tisch.

Leonie war nun da oben in meinem Zimmer.

Und wenn es ihr gleich doch wieder schlechter ginge?

Wacholder kam zurück, ging in die Küche, holte sich ebenfalls Suppe und setzte sich in ihren Sessel.

»Zu viel Ingwer oder zu wenig Möhren?«

»Was meinst du?«

Sie zeigte auf den Teller. »Du isst nichts davon.«

»Ich bin noch satt vom Frühstück.«

»Liebe Johanna, ich kenne dich nun schon ein bisschen und mittags warst du bisher nie mehr *satt noch vom Frühstück*.«

»Tut mir leid, ich esse später.«

»Du machst dir bestimmt Sorgen um Leonie.«

Ich nickte und meinen Körper packte ein kalter Schauer.

Oh nein, bitte keine Tränen.

Ich drehte mich von Wacholder weg.

Sie stand auf und setzte sich neben mich.

»Wir passen gut auf sie auf und Mars und Maler auch.«

Ich sah sie fragend an.

»Als ich Leonie die Suppe brachte, da huschten sie an mir vorbei. Ich habe mich mit Leonie unterhalten und da sprangen sie zu ihr aufs Bett und blieben dort als ich ging.«

Mir klappte die Kinnlade runter. Ich verschränkte die Arme und zog einen Schmollmund.

Wacholder nickte. »Ich habe zwei Monate gebraucht, bis ich sie streicheln durfte.«

»Sie sind noch nie auf das Bett gesprungen, während ich drin war.«

»Muss jemand besonderes sein, deine Leonie.«

Meine Leonie.

Bei dieser Bezeichnung kribbelte es in meinem Bauch.

Ich nickte ganz sachte.

»Ich will nicht, dass es ihr wieder so schlecht geht.«

»Ich habe vorhin mit dem Arzt gesprochen. Leonie scheint insgesamt sehr geschwächt. Weißt du, ob sie viel Stress hat?«

»Sie ist ja ganz neu auf unserer Schule und sie findet nicht so richtig Anschluss. Ich glaube, sie ist oft allein.«

Mein Hals schnürte sich zu.

Wacholder lächelte sanft. »Sie soll sich heute und morgen richtig ausruhen.« Sie hob eine Hand und fuhr mir sachte über die Wange. »Und du machst das bitte auch.«

Ich lächelte.

»Darf ich ihr und mir gleich noch Kuchen aus dem Tiefkühler holen? Ich backe auch mit dir am Sonntag zwei Bleche.«

»Natürlich.«

Wacholder setzte sich wieder in ihren Sessel und aß.

Ich nahm ebenfalls noch einige Löffel der Suppe, doch so richtig gut fühlte sich das in meinem Bauch immer noch nicht an.

Ich wollte wieder hochgehen zu Leonie und doch war mein Körper plötzlich ganz schwer. Ich wollte bei ihr sein, zugleich machte mich dieser Gedanke nervös, also wartete ich, bis Wacholder aufgegessen hatte.

Sie schaute auf die Uhr.

»Ich habe gleich noch zwei Hausbesuche und bin wohl so gegen sechzehn Uhr wieder da. Ich lasse aber mein Handy ausnahmsweise auf Vibrieren. Wenn ihr mich braucht, kannst du mich anrufen.«

»In Ordnung.«

Ich lächelte ihr zu.

»Ich schnapp mir dann mal den Kuchen und gehe nach oben.«

Wir standen gleichzeitig auf und brachten unser Geschirr in die Küche.

»Bis später.«

Wacholder war schon im Flur, da ging ein Impuls durch meinen Körper.

»Wacholder?«

»Ja?«

Sie kam zurück und stellte sich in den Türrahmen.

Ich ging auf sie zu, schlang meine Arme um sie und umarmte sie fest.

»Danke«, sagte ich leise.

Sie erwiderte meine Umarmung und gab mir einen Kuss auf die Wange. »War ganz richtig, wie du wegen Leonie reagiert hast.«

Sie löste sich langsam von mir und strich mir über das Haar. »Du kannst gar nichts falsch machen. Sei einfach immer du.«

»Danke. Bis später.«

»Tschüss, Johanna.«

Ich ging wieder in die Küche und hörte die Haustür ins Schloss fallen.

Meine Anspannung war durch die Umarmung von mir abgefallen.

Es war gut zu wissen, dass Wacholder für mich und Leonie da war.

Eilig legte ich zwei der tiefgefrorenen Stücke Apfelkuchen auf einen großen Teller, deckte sie mit einem tiefen ab, legte zwei Gabeln daneben und ging nach oben.

Die Schiebetür war einen Spalt geöffnet und ich schaute hindurch.

Leonie saß angelehnt am Kopf des Bettes und spielte mit Maler. Sie ließ ihren Finger unter der Bettdecke hin und her fahren und Maler hüpfte hinterher.

Mars lag am Bettende und starrte mich mit großen Augen an.

Ich machte vorsichtig zwei Schritte ins Zimmer.

Maler landete, blickte zu mir und versteifte für einen Moment seinen Körper.

Leonie lächelte mir zu.

»Sorry, die beiden werden sicher gleich abhauen, wenn ich ganz reinkomme.«

»Wieso sollten sie?«

»Sie sind eigentlich sehr schüchtern.«

Leonie schaute zu den beiden Katern.

Maler fokussierte wieder den kleinen Deckenhügel.

»Also, bei Wacholder waren sie es am Anfang eine lange Zeit und bei mir sind sie es immer noch. Verrätst du mir deinen Trick?«

Leonie lächelte. »Vielleicht liegt es an meinem Minz-Shampoo.«

»Du glaubst mir nicht, oder?«

Sie schüttelte den Kopf.

Ich ging auf das Bett zu, die beiden Kater machten einen großen Satz und huschten aus dem Zimmer.

Ich kräuselte die Nase. »Tut mir leid.«

Leonie verschränkte die Arme. »Weiß nicht, ob ich dir das verzeihen kann. Was ist da auf dem Teller?«

»Kuchen, für später.«

»Das geht in Ordnung.«

»Puh.« Ich fuhr mir theatralisch über die Stirn.

Leonie lachte.

Ich stellte den Teller auf dem Schreibtisch ab und drehte mich wieder zu ihr um.

»Wie geht es dir?«

»Schon viel besser, bloß noch erschöpft. Die Suppe tat sehr gut.«

»Wacholders Kochkünste sind die besten.«

»Sie scheint sehr nett zu sein.«

»Das ist sie. Ich mag sie sehr.«

Leonie betrachtete mich.

»Ich störe dich hier echt nicht?«

Ich setzte mich auf den Stuhl und rollte ihn nah neben das Bett.

»Nein. Alles gut.«

»Du wohnst ja noch nicht so lange hier und jetzt nimmst du mich auf. Ich will nicht, dass du deswegen Ärger mit Wacholder bekommst.«

Ich schüttelte den Kopf. »Mach dir keine Sorgen deswegen. Ich freue mich sehr, dass du hier bist. Und Wacholder auch.«

»Und was ist mit Isa?«

Meine Schultern verspannten sich.

»Wie meinst du das?«

Leonie senkte den Blick. »Ich hatte den Eindruck, sie würde mich nicht besonders mögen und ihr seid doch sehr gute Freundinnen, oder?«

Leonie dachte doch hoffentlich nicht, dass ich mit Isa schlecht über sie redete und ich sie nur aus einer Art schlechtem Gewissen hierhergebeten hatte?

Zwischen uns sollte nicht noch einmal so ein Missverständnis entstehen wie neulich.

Ich stand auf und setzte mich auf die Bettkante.

Leonie sah mich an.

Ich rang nach Worten. Leonie sollte wissen, dass sie mir wichtig war.

»Darf ich?«

Ich zeigte vor sie.

Sie nickte.

Ich schwang mich auf das Bett und setzte mich in den Schneidersitz.

»Isa und ich sind schon seit der fünften Klasse befreundet. Aber seit einigen Monaten läuft es nicht mehr so gut. Ich weiß nicht. Sie hat sich verändert. Ich mich vielleicht auch.«

Leonie sah mich eindringlich an.

Ich legte meine Hände ineinander. »Ich kann gar nicht richtig greifen, was schief gelaufen ist, aber ich traue mich nicht mit ihr darüber zu sprechen. Früher hat sie sich gerne auf neue Leute eingelassen. Ich weiß nicht, was momentan mit ihr los ist. Es tut mir jedenfalls leid. Dass sie sich dir gegenüber so blöd verhält ist echt ätzend.«

Leonie zuckte mit den Schultern. »Da kannst du ja nichts für.«

»Nein, aber ich fühle mich schlecht deswegen. Du sollst nicht denken, dass ich mit ihr über dich rede. Ich mag dich nämlich. Ich mag dich sehr.«

Hitze schoss mir in die Wangen.

Das *sehr* war nicht geplant gewesen.

Leonie huschte ein Lächeln über die Lippen.

Sie beugte sich leicht nach vorne und flüsterte mir ins Ohr: »Ich mag dich auch. Sehr.«

Ihr Atem kitzelte meine Haut und ihr Knie berührte meinen Oberschenkel.

Nun wurde mir auch am restlichen Körper heiß.

Ich versuchte ein Lächeln, obgleich es gerade sicher etwas irre aussah.

Leonie rutschte wieder zurück und lehnte sich an.

Sie war immer noch sehr blass.

»Magst du ein wenig die Augen zu machen?«

Sie nickte.

»Ich puste einfach schon mal die Matratze auf und döse dann auch ein bisschen.«

»Soll ich dir helfen?«

»Nein, das geht ganz schnell, ich habe einen Blasebalg.« Ich schaute im Zimmer umher. »Also, irgendwo habe ich einen.«

Leonie kicherte. »Im Zweifel ist er da, wo du ihn nicht vermutest.«

»So wird es sein.«

167

Ich stand auf und begann aus den beiden Kisten die Luftmatratze und das Bettzeug herauszuholen. Den Blasebalg fand ich in der untersten Schublade meines Schreibtisches und hielt ihn triumphierend in Leonies Richtung.

Sie applaudierte. »Du hast damit sicher versucht, Hausaufgaben aus dem Fenster zu pusten und gehofft, dass jemand auf der Straße sie für dich erledigt.«

Ich grinste. »Erwischt. Komisch, mit Mathe klappt das aber nie. Deutsch, Englisch, alles wird mir wieder hochgeworfen, aber Mathe bleibt liegen.«

»Ich bin ganz gut in Mathe.«

Leonie rutschte zur vorderen Seite des Bettes, ging auf ihre Knie, legte eine Hand auf ihre Brust und blickte zur Decke.

»Johanna! Ich bin es, dein Mathe-Prinz, wirf mir dein Heft hinunter.«

Ich lachte auf und legte ebenfalls eine Hand auf meinen Brustkorb.

»Sehr gern, mein edler Prinz. Sag, was willst du denn zum Tausche?«

Leonie sah mich an. »Wenn du für mich zum Sport gehen könntest wäre das prima.«

Ich setzte mich auf die Kante der Holzkiste.

»Macht es dir keinen Spaß?«

Sie rutschte wieder nach hinten und lehnte sich an.

»Doch, eigentlich sehr, aber ich kann mit den anderen nicht mithalten. Ich mache alles etwas langsamer.«

»Auf dem Fahrrad bist du spitze.«

»Das sagst du nur so.«

»Bloß weil ich dich mag, bin ich jetzt nicht immer nett zu dir.«

»Also so was.« Leonie zog das Kopfkissen hervor und schleuderte es in meine Richtung.

Ich fing es auf, dann ging ich mit großen Schritten auf sie zu, hob das Kissen in die Luft, Leonie duckte sich zur Seite, ich ließ die Arme sinken und stopfte es hinter ihren Rücken. Ich beugte mich zu ihr und flüsterte.»Du sollst dich ausruhen.«

Sie grinste.

»Ist aber viel schöner mit dir Quatsch zu machen.«

»Wenn wir jetzt ein wenig dösen, gibt es gleich schon den Kuchen.«

»Überredet.«

Ich lächelte ihr zu, dann eilte ich zurück zu der Luftmatratze, pumpte sie auf, bezog das Kopfkissen und die Decke und legte ein Lacken auf die Matratze.

»Magst du hier neben das Bett kommen?«

»Damit du mir heimlich einen Schnurbart malen kannst, wenn ich schlafe?«

Leonie lächelte verlegen.»Es wäre einfach schön, wenn du in meiner Nähe wärst. Das tut mir gut.«

Mein Magen fühlte sich an, als hätte er einen Salto gemacht.

Fahrig griff ich nach der Matratze und zog sie zum Bett.

Leonie kuschelte sich unter die Decke.

»Ich gehe mich eben umziehen.«

Ich nahm den kleine Klamottenstapel, den ich mir zurechtgelegt hatte und ging ins Bad.

Als ich wieder zurück ins Zimmer kam, hatte Leonie sich in die Richtung der Luftmatratze gedreht und die Augen geschlossen.

Vorsichtig nahm ich mein Comic vom Schreibtisch, ging zur Matratze und deckte mich zu. Ich blickte zu Leonie hoch. Ich konnte ihr Gesicht gerade eben über die Bettkante hinweg sehen und betrachtete es.

Sie war zum Glück nicht mehr so blass.

Mir fiel wieder auf, wie dünn sie war.

Ob sie nicht genug zu essen bekam?

Ich würde sie nie fragen, ob sie zu wenig Geld hatten, das würde sie bestimmt sehr beschämen. Vielleicht könnte ich ihr jetzt zumindest jeden Tag mein Stück Kuchen geben.

Und was würde Isa dazu sagen?

Isa!

Ich hatte gar nicht mehr auf mein Handy geschaut.

Ich stand leise wieder auf, ging zum Regal und blickte auf das Display.

Isa hatte mir eine Nachricht geschrieben.

Ich öffnete sie.

Ich hoffe, deiner neuen Freundin geht es besser.
VG Isa

Deiner neuen Freundin.

So eine überflüssige und dazu noch schnippische Bemerkung.

Ich drehte mich noch mal zu Leonie um. Die Decke hob und senkte sich gleichmäßig. Sie schien eingeschlafen zu sein.

Langsam ging ich die Treppe hinunter bis in das Wohnzimmer und schaute auf die Uhr.

Die Schule war seit einer halben Stunde aus. Isa müsste jetzt zuhause sein. Ich rief sie an.

Es dauerte einen Moment bis sie dran ging.

»Ja?«

Der Ton ihrer Stimme klang verärgert.

»Hier ist Johanna.«

»Meldest du dich auch schon?«

»Wie meinst du das?«

»Du hättest ja mal Bescheid sagen können was los ist, nachdem du mit Leonie abgerauscht bist. Alle haben mich nach dir gefragt und ich konnte gar nichts sagen.«

Das war ihr einziges Problem gewesen?

Na toll.

»Ich bin mit Leonie nicht einfach abgerauscht. Ihr ging es sehr schlecht. Du hast das doch auch gesehen. Warum bist du denn nicht mitgekommen, um mir zu helfen?«

»Ich dachte, du willst viel lieber mit ihr alleine sein. So wie immer.«

»Was heißt, so wie immer? Wir beide sind doch in jeder Pause zusammen.«

»Neulich hast du erzählt, du müsstest Wacholder helfen und dann warst du nach der Schule mit Leonie unterwegs. Tja, Pech für dich, Matthi hat euch gesehen.«

»Man, Isa. Du machst es mir total schwer. Ich finde sie halt nett. Wie du jetzt schon wieder auf sie reagierst, das ist doch voll krass. Ich habe darauf echt keinen Bock mehr.«

»Und deswegen lügst du mich an?«

Mir blieb kurz die Luft weg.

Sie war doch diejenige, die mich anlog.

Isa atmete laut aus. »Aber ich kann das verstehen. Sie ist die Neue. Sie ist interessant für dich. Da bin ich natürlich abgeschrieben. Du scheinst ja gerade eh Neues sehr spannend zu finden. Über die ganze Sache, dass du jetzt anscheinend Mädchen magst, hast du ja auch nie mit mir gesprochen.«

»Spinnst du jetzt völlig? Labberst du alles nach, was die anderen behaupten? Und was heißt hier, *ich* finde auf einmal neue

Leute so spannend? Wer will denn, dass Charlotte und Sandra ständig mit uns abhängen? Du ja wohl! Vor ein paar Monaten habe ich dir alleine noch gereicht. Da fandest du die Cliquenbildung der anderen voll peinlich. Aber jetzt auf einmal müssen ständig die beiden mit dabei sein.«

»Na und? Ich brauche halt auch mal Mädels mit denen ich mich richtig über Jungs unterhalten kann.«

»Ach, darauf kommt es dir jetzt an? Solche Gespräche brauchst du jetzt?«

»Mir ist es ja herzlich egal, ob du Jungs oder Mädchen interessant findest, aber über die Liebe kann man echt nicht mit dir reden. Du bist da total kompliziert.«

»Wieso bin ich kompliziert? Du bist doch diejenige, die total verquer denkt. Wer hatte denn längere Zeit einen Freund und jetzt vielleicht immer noch und hat seiner besten Freundin davon nichts erzählt?«

»Was redest du denn da für ein Zeug?«

»Vor einem Jahr hast du einen Jungen über eine Brieffreundschaft kennengelernt und ihr wart zusammen, obwohl ihr euch nur einmal gesehen habt. Wahrscheinlich seid ihr es immer noch und lacht euch schlapp über eure Freundinnen und Freunde mit ihren lächerlichen Beziehungsproblemen.«

Isa schnappte laut nach Luft.

»Scheiße man, hast du etwa mein Tagebuch gelesen?«

»Ja, das habe ich und weißt du warum? Weil ich ständig irgendwas über mich erzähle und du mich dann bis ins Kleinste analysierst. Du scheinst ja überhaupt keine Probleme zu haben. Nicht mit der scheiß Schule oder den Jungs, bei dir ist immer alles perfekt. Da steht man als Freundin ganz schön böd da, wenn mal Probleme auftauchen.«

»Du weißt überhaupt nicht was in mir vorgeht! Ja, ich erzähle dir nicht alles, aber nur, weil du immer so kompliziert bist. Ständig bauschst du jede Kleinigkeit auf, beleuchtest sie von tausend Seiten und verdrehst dabei alles und weißt du was? Mittlerweile hast du dich selbst völlig verdreht. Keiner versteht dich mehr und jetzt rennst du los und hängst dich an eine dran, die niemand leiden kann und die somit gar keine andere Wahl hat, als mit dir befreundet zu sein.«

»Leck mich, Isa!«

Ich drückte auf den Knopf, drehte mich um und schleuderte das Handy in die Sofa-Ecke.

Ein Zittern ergriff mich. Ich schluchzte auf, ließ mich in Wacholders Sessel sinken und zog die Beine nah an den Körper. Die Tränen strömten mir über die Wangen.

Diese blöde Kuh.

Was bildete sie sich eigentlich ein, mit ihrer scheinheiligen Sicht auf die Welt?

Jahrelang hatte ich alles mir ihr geteilt und was machte sie? Sie belog mich!

Satzfetzen wirbelten durch meinen Kopf.

Ich war verdreht?

Dann bin ich es halt.

Ich redete wenigstens mit Isa über meine Gefühle, im Gegensatz zu ihr. Ich machte mich ständig angreifbar, sie nicht.

Ich wisse nichts von dem, was in ihr vorgeht? Und was weiß sie überhaupt wirklich von mir? Hatte sie mich durch ihre bohrende und analysierende Art nicht dazu gebracht, jedes meiner Worte vorher genau zu überdenken?

Ich wischte mir die Tränen von den Wangen.

Auf so jemanden konnte ich wirklich verzichten.

Und dann immer diese ätzenden Angriffe gegen Leonie.

Ich war nicht immer leicht zu verstehen und Leonie war halt anders als die anderen. War ja klar, dass man dann einen Stempel aufgedrückt bekam: zu kompliziert, die Nächste bitte. Ich hätte damals schon was sagen müssen, als sie so gemein zu Leonie gewesen waren.

Ich sprang auf und griff nach meinem Handy.

In der Küche trank ich ein Glas Wasser, stützte mich auf die Kante der Arbeitsplatte und streckte meinen Rücken in die Länge, damit ich besser atmen konnte.

Dann hatte ich Isa also Freundin nun verloren.

Egal.

Vielleicht war das ein Zeichen. Das endgültige Zeichen, diese ätzende Schule endlich zu verlassen.

Ich atmete laut aus und starrte auf das glänzende Metall der Spüle.

Mir wurde kodderig, wie immer, wenn ich an dieses Thema dachte.

Nein, halt!

Morgen musste ich nicht in die Schule. Ich hatte also etwas Zeit mich zu sortieren. Jetzt war es wichtig, für Leonie da zu sein. Da musste mein Kram mal warten.

»Beruhige dich. Du bist völlig fertig wegen des Schrecks vorhin«, redete ich mir selbst gut zu.

Ich eilte ins Bad und wusch mir das Gesicht, dann schlich ich die Treppe hoch zum Zimmer. Leise schob ich die Tür ganz auf.

Mars und Maler blickten mir entgegen. Sie lagen beide erneut auf dem Bett.

Ich ging ganz außen unter der Schräge entlang zur Matratze und legte mich hin.

Die Kater blieben.

Leonie lag immer noch auf der Seite.

Mein Herz klopfte wild gegen meinen Brustkorb.

Ich betrachtete Leonie.

Sie war so lieb.

Ich mochte sie, weil sie witzig und freundlich und uneitel war.

Wenn ich bei ihr war, redete ich, ohne groß vorher darüber nachzudenken, was sie von mir halten könnte oder was sie in meine Worte hineininterpretieren würde.

Ich war einfach ich.

Ich kuschelte mich in das Kissen und lauschte.

Ihr Atem war ganz leise zu hören. Ein Kater putzte sich.

In mir wurde es ebenfalls leiser.

Ich war so froh, dass Leonie hier bei mir war.

Was für ein Tag.

So viele Gefühle.

Ich schloss die Augen.

Die Decke lag warm und angenehmen schwer auf meinem Körper.

Ich dachte daran zurück, als Leonie mit dem Kissen nach mir geworfen hatte.

Ich mochte es, wenn sie so frech war. Sie hatte dann plötzlich sie eine ansteckende Energie. Ich dachte an ihr Lachen und mein Körper wurde ganz leicht.

* * *

Ich erwachte von einem Geräusch und öffnete die Augen. Meine Sicht war noch ganz verschwommen und ich blinzelte einige Male.

Vor mir tauchte eine Silhouette auf. Es war Leonie, die gerade in die Hocke ging. Sie hatte den Teller mit den beiden Stücken Kuchen in der Hand.

»Mist. Ich wollte dir gerade den Kuchen unter die Nase halten.«

Ich setzte mich auf und griff nach dem Teller.

»Danke.«

Leonie zog eine Grimasse. »Gerade die Augen auf und schon flink wie ein Eichhörnchen.«

Ich setzte den Teller ab und machte eine fuchtelnde Handbewegung.

»Du bist echt eine schwierige Patientin. Ich bringe dir den Kuchen ans Bett und nicht umgekehrt.«

Sie sprang auf und hüpfte auf das Bett.

»So besser?«

Ich machte einen lange Hals.

»Ja, besser.«

Ich stand auf, tapste zum Spiegel und fuhr mir durch die Haare.

»Ich muss mich erst frisieren, bevor ich servieren kann.«

»Jetzt rück den Kuchen schon rüber. Meine Haare sehen doch genauso aus.«

Ich drehte mich um.

Leonie griff in ihr Haar und verstrubbelte es extra wild.

»Na gut. Hast du noch genügend Tee?«

Leonie lehnte sich zur Seite und hob mit einem Stöhnen eine große Thermoskanne hoch.

»Ich glaube, der reicht bis morgen.«

Ich lachte. »Wacholder hat eine riesige Sammlung davon. Ein ganzer Küchenschrank ist belegt mit diesen Kannen, deshalb wird das restliche Geschirr bis zur Schrankdecke gestapelt.

Ich bin erst seit viereinhalb Wochen hier und habe deswegen schon ein Glas und zwei Teller zerbrochen.«

Leonie lachte.»Ich mag es, wenn jemand Sachen sammelt. Ich habe ganz viele Figuren von Vögeln. Ich mag Vögel sehr. Draußen klingt es durch sie oft so schön und sie zu beobachten tut mir gut.«

»Ich sammle Bälle.«

Leonie ließ ihren Blick durch das Zimmer schweifen. Fast überall lag ein Ball. Auf dem Nachttisch ein Baseball, auf dem Boden neben mir ein Basketball und auf dem Schreibtisch einer zum Tennis spielen.

»Also, das war mir noch gar nicht aufgefallen.«

Ich schüttelte den Kopf.»Wer ist denn hier frech?«

Sie blinzelte.»Habe ich mein Stück Kuchen doch wieder verloren?«

»Na gut, mit dem lieb schauen klappt es ja noch …«

Ich ging zum Schreibtisch, stellte den Kuchenteller auf das Bett und rollte mit dem Stuhl heran.

Leonie rutschte nach hinten und nahm sich eine Gabel.

Ich betrachtete sie für einen Moment. Ihre Wangen hatten nun zum Glück mehr Farbe.»Wie hast du geschlafen?«

»Etwas unruhig irgendwie. War ein blödes Gefühl heute Morgen, vor allen anderen so schwach zu sein.«

»Ist dir in der Schule schon mal so schlecht geworden?«

Sie nickte und ließ ihre Gabel sinken.

»Leider ein paar Mal, meistens wegen der Infusionen. Im Sommer ist es vor allem sehr anstrengend, weil der Körper so arbeitet damit und mir noch wärmer wird. Es ist mir total unangenehm vor den anderen. Mein Papa schreibt mir oft eine Entschuldigung für Sport, wenn ich mich nicht fit genug fühle. Die anderen denken, ich suche mir extra Ausreden. Meistens habe ich die Infusionen auch nachmittags, aber weil ich mir hier einen neuen Arzt suchen musste, hatte er nur noch diese frühen Termine frei.«

»Ich finde es toll, wie du das alles meisterst.«

Leonie lächelte.

Schweigend aßen wir eine Weile.

»Wie viel Uhr haben wir eigentlich?«

Leonie zuckte mit den Schultern.

Ich reckte den Hals und schaute auf meinen Wecker. »Gleich sechs Uhr. Wir waren wohl ganz schön kaputt.«

Leonie lehnte sich nach hinten.

»Es ist schön hier bei dir. Es tut sehr gut, sich einfach auszuruhen zu können. Mein Papa ist ja gerade nicht da. Ich muss sonst jeden Tag kochen. Manchmal kommt Richard und wir kochen und essen zusammen.«

Ich sah sie an. »Magst du gleich einfach einen Film schauen? Ich habe ein paar auf DVD da.«

»Sehr gerne … Du kommst dann aber zu mir und bleibst nicht auf dem Stuhl.«

Ich antwortete nicht.

Die Vorstellung so nah neben Leonie zu sitzen verschlug mir für einen Moment die Sprache.

»Ich gehe noch eben runter zu Wacholder und gebe ihr Bescheid. Wir trinken nämlich sonst immer abends zusammen eine Tasse Tee. Du kannst dir ja schon mal einen Film aussuchen.«

* * *

Als ich wieder in das Zimmer kam, hielt Leonie mir den Film *Morning Glory* entgegen.

»Gute Wahl!«

Ich legte ihn ein, schnappte mir die Fernbedienung und mein Kissen, drapierte es am Kopf des Bettes und setzte mich neben Leonie.

Ich startete den Film.

Erst hatte ich meine Beine angezogen, doch das wurde nach wenigen Minuten unbequem, also streckte ich sie langsam aus. Es ging nicht anders, ich berührte Leonies Bein. Wenn ich nur zehn Zentimeter zum Rand rutschte, würde ich vom Bett kippen.

Wir sahen uns an, dann blickte ich auf unsere Beine.

»Ist das okay so?«

»Ja«, sagte sie und lächelte.

Ich versuchte, mich auf den Film zu konzentrieren, doch ich wagte kaum zu atmen. Die Wärme von Leonies Körper drang zu meinem hindurch.

Es war schön sie so nah zu spüren, so schön, dass es mich nervös machte und weil es mich nervös machte, machte es mich noch nervöser.

Ich versuchte gleichmäßiger zu atmen. Meine Schultern verspannten sich. Nach einer halben Stunde zog die Verspannung in den Nacken und ich bekam Kopfschmerzen.

»Könntest du mir eine Schmerztablette aus der Schublade geben?«

Ich zeigte neben Leonie.

Sie beugte sich zur Seite und zog den Blister hervor.

Ich drückte eine Tablette heraus und spülte sie mit Tee hinunter.

»Hast du Schmerzen?«

»Nur ein wenig, der Kopf und Nacken.« Ich sah sie an und versuchte ein Lächeln. »Hab mich mit Isa gestritten.«

Das war nicht wirklich der Grund. Oder war er es doch? Der Streit von vorhin steckte mir noch in den Knochen, das spürte ich, nun wo ich es ausgesprochen hatte.

Leonie schaltete auf Pause.

»Vorhin noch?«

Ich nickte.

»Du hast schon geschlafen, da habe ich mit ihr telefoniert.«

»Was ist denn passiert?«

Ich winkte ab. »Wegen all den Sachen, die ich dir schon erzählt habe. Ich glaube, wir denken über Vieles mittlerweile einfach sehr unterschiedlich, haben aber zu spät darüber gesprochen.«

»Es tut mir trotzdem sehr leid für dich.«

»Schon gut.«

Ich rieb mir über die Schläfen.

»Magst du darüber reden?«

Ich schüttelte den Kopf.

Leonie machte den Film wieder an.

Einige Augenblicke vergingen.

»Mir hilft immer Wärme, wenn ich Nackenschmerzen habe«, sagte Leonie leise.

Sie legte ihre Hand auf meine Schulter.

»Darf ich?«

Ich nickte.

Sie fuhr mit ihrer Hand über mein Shirt und ich neigte mich etwas nach vorne.

Leonie berührte meinen Nacken und ließ ihre Hand darauf liegen.

Wärme breitete sich aus.

Ich durfte nicht vergessen zu atmen.

Ihr Arm lag auf meinem Rücken.

»Du bist ganz angespannt«, flüsterte sie.

Ihre Fingerspitzen begannen sich sachte zu bewegen. Sie fuhr damit über meinen Nacken, unter den Ansatz meiner Haare und wieder hinunter.

Der Film verschwamm vor meinen Augen und meine Muskeln entspannten sich. Ich ließ die Schultern nach unten sinken und schloss die Augen.

Leonies Berührungen waren ganz sanft.

Erneut ruhte ihre Hand auf meinem Nacken.

Ich bekam eine wohlige Gänsehaut.

»Ist dir kalt?«

Ich schüttelte den Kopf.

Es ist so schön, wollte ich sagen.

Aber ich wollte nichts sagen, ich wollte einfach hier in diesem Gefühl sein und es bleiben.

Bitte hör nicht auf.

Leonie hörte nicht auf.

Sachte fuhr sie immer wieder mit ihren Fingerspitzen über meine Haut.

Ich bekam Durst, aber ich wollte mich nicht bewegen.

Irgendwann ließ Leonie ihre Hand langsam sinken.

Ich öffnete die Augen.

»Ich muss eben wohin.« Sie stand auf und eilte aus dem Zimmer.

Der Filmabspann lief.

Ich starrte auf die ziehenden weißen Buchstaben und dahinter in die Schwärze.

Meine Haut glühte.

Ich befreite meine Hände, die ich zwischen meine Beine geklemmt hatte, doch sie begannen augenblicklich zu zittern.

Jetzt, wo Leonie nicht da war, ließ ich dieses Gefühl zu, was sich von meinem Bauch aus in meinem ganzen Körper ausbreitete.

Wärme durchströmte mich und ein berauschendes Glücksgefühl.

Leonie kam wieder zurück und setzte sich neben mich.

Ich ließ mich nach hinten sinken.

Sie sah mich an. »Geht es dir besser?«

Ich nickte. Noch immer brachte ich kein Wort über meine Lippen. Alles in mir war von diesem Gefühl eingenommen.

»Ich bin schon wieder ganz müde. Können wir einfach noch einen Film sehen, bis wir einschlafen?«

»Ja«, sagte ich und stand etwas wackelig auf. Ich zog *Sun Dogs* hervor, einen meiner Lieblingsfilme.

»Das ist ein Independent Film, der sehr außergewöhnlich ist. Magst du?«

Leonie nickte.

Ich legte die DVD ein, setzte mich wieder und startete den Film.

Leonie zog ihr Kissen näher zu mir, rutschte etwas hinunter und kuschelte sich in die Nähe meiner Schulter, wodurch mein Arm zwischen uns eingeklemmt wurde. Augenblicklich begann er zu kribbeln.

Ich streckte den Arm aus und hob ihn über ihr Kissen.

»Darf ich?«

Sie schaute kurz hoch und nickte.

Ich legte meinen Arm um ihr Kissen und meine Hand ganz sachte auf ihren Rücken.

Sie rutschte näher zu mir. Ihre Knie berührten die Außenseite meines Beines.

Ich rutschte etwas tiefer.

Ihr Kopf lag nun an meiner Schulter, doch sie presste ihren rechten Arm unbequem an ihren Körper, damit ihre Hand nicht meine Taille berührte.

»Leonie?«, flüsterte ich.

Sie sah mich an.

Ich hob langsam meine Hand, griff vorsichtig nach ihrer und zog sie zu mir.

»Ist das okay?«

Mein Herz klopfte so stark gegen meinen Brustkorb, dass Leonie vom Film sicher nichts hören konnte.

Sie lächelte, spreizte ihre Finger und fuhr damit zwischen meine.

Unsere Hände landeten auf meinem Bauch.

Sie schaute wieder zum Fernseher und entspannte sich.

Ich starrte auf unsere Hände.

Ihre Finger waren so zart.

Was, wenn meine wieder anfangen würden zu zittern?

Unter dem Stoff ihres Shirts konnte ich die einzelnen Wirbel ihres Rückens spüren.

Es fühlte sich gut an, sie so festzuhalten.

Moment mal, wieso dachte ich sowas?

Leonie zog die Decke über ihre Hüfte und meinen Bauch.

»Vielleicht schlafe ich bald ein.«

»Okay.«

Ich sah, wie sie die Augen schloss.

Bleib ganz ruhig. Sie mag dich, du magst sie. Ihr hattet heute beide heftige Erlebnisse, da waren Freundinnen füreinander da.

Doch ich spürte, dass der Begriff der Freundschaft nicht auf das passte, was ich für Leonie empfand.

Da war mehr.

Sie war mir ganz nah und am liebsten würde ich sie nie wieder loslassen.

Ich tastete nach der Fernbedienung und stellte den Film leiser.

Es war so schön, ihren Körper an meinem zu spüren.

War das in Ordnung, solche Gedanken zu haben, während meine Hand auf ihrem Rücken lag?

Himmel, warum war das alles so kompliziert?

Leonies Körper wurde immer schwerer. Ihr Atem ging gleichmäßig.

Ich schaute den Film bis zum Ende.

Als ich nach der Fernbedienung griff um ihn auszumachen, bewegte ich mich etwas zu schnell.

Leonie öffnete die Augen.

»Schlaf weiter. Der Film ist zu Ende. Ich gehe jetzt auch schlafen.«

Leonie richtete sich auf und ich beugte mich nach vorne, um vom Bett zu rutschen, da griff sie nach meinem Arm.

»Johanna?«

Ich sah sie an.

»Kannst du … kannst du hier bei mir bleiben? Ich möchte nicht wieder so blöd träumen.«

Viel zu schnell sagte ich »ja.«

Leonie drehte sich um, knipste das Licht aus, rutschte dann etwas näher zur Kante und hob ihre Decke an.

Ich ließ mich auf die Seite sinken.

Leonie legte eine Hand auf meine Taille.

»Danke«, flüsterte sie.

Ich schloss die Augen.

War ich für sie einfach eine gute Freundin geworden, der sie vertraute?

Die Wärme unserer Körper hüllte mich ein.

Ich rutschte ein wenig nach hinten, weil meine Knie über der Bettkante hingen.

Leonies Oberköper berührte meinen Rücken.

Ich hatte auch ein paar Mal bei Tobi übernachtet und er bei mir, aber da war ich immer gleich eingeschlafen.

Jetzt schien meine Haut zu glühen, alles in mir kribbelte und gleichzeitig kamen weitere Fragen zu meinem Gedankenkarussell hinzu. Was bedeute mir Leonie wirklich?

Hatte ich mich etwa in sie verliebt?

Mit klopfendem Herzen lauschte ich ihrem Atem.

Ihre Beine lagen eng an meinen.

Ganz sachte nahm ich ihren Duft wahr.

Das sanfte Pulsieren ihres Körpers schien durch meinen zu fließen. Ich ließ mich auf diesen Strom von Herzschlägen, ihrem Atem und der Schwere ihres Körpers, die gegen meinen sank, ganz und gar ein.

Aufgewühlte Erde

Als ich aufwachte, war das Bett neben mir leer. Ich schaute mich im Zimmer um, doch Leonie war nicht da.

Ich stand auf und blickte auf meinen Wecker. Es war kurz vor zehn.

Ich schnappte mir meine Klamotten, eilte zum Bad und lauschte auf der Treppe, ob ich sie in der Küche vielleicht mit Wacholder reden hören konnte, doch es war still im Haus.

Sie war doch hoffentlich nicht wieder nach Hause gefahren?

Stand ihr Rucksack noch oben?

Ich wusch mir das Gesicht, band mir die Haare zu einem Zopf und ging noch mal in mein Zimmer.

Ihr Rucksack war noch da.

Erleichtert atmete ich laut aus.

Ich ging ins Erdgeschoss. Die Küche war leer.

Im Wohnzimmer blickte ich durch die Fenster und sah Leonie und Wacholder im Garten sitzen.

Ich öffnete die Tür und die beiden blickten mir entgegen.

»Schönen guten Tag«, sagte Wacholder. »Wir haben schon mal mit der Gartenarbeit angefangen.«

»Waren wir verabredet?«

»Mit dem Garten ist man immer verabredet.«

Ich blickte zu Leonie. Sie grinste.

Wacholder schob mir eine Schüssel zu.

»Leonie hat aus dem Inhalt meiner Vorratsgläser ein tolles Müsli gezaubert.«

Ich setzte mich auf den freien Stuhl neben Leonie und blickte in die Schale.

Müsli mochte ich nicht.

Aber ich mochte Leonie.

Meine Erinnerungen schweiften an den gestrigen Abend zurück.

Leonie stupste mich an.

»Du musst das nicht essen.«

Erschreckt blickte ich zu ihr.

»Doch, es sieht interessant aus, wie Kunst, irgendwie.«

Leonie und Wacholder lachten.

Ich grinste und schaufelte Quark drüber.

»So geht es vielleicht.«

Leonie beugte sich zu Wacholder. »Wie hältst du es bloß mit ihr aus? Sie ist ganz schön vorlaut, oder?«

Wacholder flüsterte hinter vorgehaltener Hand: »Sie kann auch anders. Habe ich mal gehört, ich weiß aber nicht, ob es stimmt.«

»He.«

Ich kniff Leonie in den Unterarm. »Zettel hier keine Revolution gegen mich an.«

»Autsch! Und dann auch noch handgreiflich werden!«

Ich streckte ihr die Zunge raus.

Leonie zog eine Grimasse.

Wacholder stand auf. »Ich begebe mich aus der Gefahrenzone. Ihr findet mich hinten beim Blumenbeet. Johanna, kannst du mir gleich ein wenig beim Unkraut jäten helfen?«

Ich nickte.

»Ich kann auch helfen«, sagte Leonie.

»Du kannst uns zugucken, dich ausruhen und höchstens mal Getränke reichen.«

Wacholder verschwand hinter einem der Apfelbäume und ging zum Ende des Gartens.

»Sie ist echt cool.«

Ich nickte und probierte das Müsli.

Es waren viele Nüsse darin und es schmeckte tatsächlich sehr gut.

Leonie blickte wieder auf den Tisch.

Ich wollte sie fragen, ob sie gut geschlafen hatte, aber ich traute mich nicht. Was war, wenn Leonie es doch irgendwie bereute, dass wir uns so nah gekommen waren?

Leonie stand auf und trat hinter mich. Sie beugte sich über meine Schulter, um nach dem Wasserkrug zu greifen und strich über meinen Nacken.

»Sind deine Kopfschmerzen weg?«

Irgendwie nicht. Doch ich nickte.

Leonie setzte sich wieder.

»Mir geht es auch viel besser. Ich habe ganz tief geschlafen.«

Sie sah mich an und ihre Wangen röteten sich.

Ich grinste. »Ich hatte etwas Sorge, dich aus dem Bett zu schupsen.«

»Was meinst du, warum ich so früh aufgestanden bin?«

»Also geht es dir wieder richtig gut?«

Sie nickte.

»Bleibst du heute trotzdem noch hier?«

»Wenn ich darf.«

»Du musst.«

Sie legte den Kopf etwas schief.

Ich ergänzte eilig: »Na, ich brauche dich gleich zum Getränke holen.«

Sie hielt sich den Unterarm. »Ich kann nicht. Du hast mich gekniffen, schon vergessen?«

»Ach ja? Willst du meine fachkundige Einschätzung?«

Leonie zog den Ärmel ihres Pullovers hoch und zeigte auf eine Stelle in der Nähe ihrer Armbeuge.

Ich drehte mich ganz zu ihr, griff vorsichtig nach ihrem Arm und fuhr mit dem Zeigefinger über die Stelle.

»Der Arm ist vielleicht gebrochen.«

Leonie streckte mir die Zunge raus. »Du bist echt ein Quatschkopf.«

Langsam zog ich den Ärmel wieder über ihren Arm.

»Gehen wir rüber?« Ich blickte zum Ende des Gartens.

Leonie zögerte mit ihrer Antwort. Sie betrachtete mich, doch dann nickte sie kaum merklich.

Ich trug Leonies Stuhl zu dem Beet, an dem Wacholder arbeitete. Sie blickte zu mir.

»Hol für Leonie doch den Liegestuhl aus dem Gewächshaus, der ist bequemer.«

Ich befolgte Wacholders Vorschlag, legte das Kissen von dem Gartenstuhl darauf und Leonie setzte sich.

Wacholder zeigte mir die Stellen, an denen das Unkraut herausgezogen werden musste.

Ich streifte die Arbeitshandschuhe über.

»Pssst«, machte Leonie und winkte mich zu ihr.

Ich beugte mich zu ihr runter und sie flüsterte mir ins Ohr: »Soll ich dich anfeuern, niedermachen oder bewundern?«

Ich stellte mich vor sie und stemmte die Arme in die Seiten.

»Das letztere natürlich.«

»Alles andere wäre mir auch sehr schwergefallen.«

Der Satz hatte gesessen.

Ich drehte mich abrupt um, denn mein Lächeln schoss mir gefühlt bis über beide Ohren.

Ich trat auf die Platten, die Wacholder quer im Beet ausgelegt hatte, ging in die Hocke, riss etliche der gewucherten Unkrautbüschel fix hintereinander hinaus, drehte mich seitlich und warf sie an den Rand des Beetes.

Leonie applaudierte. »Schnelligkeit, eine Neun, Eleganz, eine Acht, aber für die Haltung bekommst du eine Fünf. Du wirst gleich schon Rückenschmerzen haben.«

Ich hörte ein Kratzen hinter mir.

Wacholder hatte mir ein Fußbänkchen auf eine der Platten geschoben.

Wenn ich mich darauf setzen würde, sähe das uncool aus.

»Ich setze mich später.«

Wacholder gab einen Ton von sich, der wie ein *pfff* klang.

»Wacholder hat recht, klag mir nicht über Nackenschmerzen heute Abend.«

Ich sah zu Leonie.

Sie lächelte verlegen.

Den Rest des Tages verbrachten wir mit Wacholder im Garten. Es blieb bei den Neckereien zwischen Leonie und mir und ich konnte nicht genug davon bekommen.

Sollte ich sie fragen, ob sie noch mal hier schlafen wollte?

Allerdings würde ich dann morgen mit ihr an der Schule ankommen. Wie würde Isa sich mir morgen gegenüber verhalten? Vor allem, wenn sie sah, dass Leonie und ich zusammen den Schulweg zurückgelegt hatten?

Ich hatte keine Lust, sie groß zu reizen.

Und wie würde das überhaupt nun in der Schule zwischen mir und Leonie laufen?

Es war später Nachmittag, als wir die Stühle ins Gewächshaus räumten und das Geschirr in die Küche brachten.

Wacholder verschwand im Bad.

Leonie schaute auf die Uhr.

Ich musste ihr zuvorkommen, bevor sie sich nun vielleicht auf den Weg machen wollte. »Ich würde mich sehr freuen, wenn du hier noch mal übernachten würdest. Also, wenn du magst.«

Leonie machte einen kleinen Schritt auf mich zu.

»Eigentlich total gerne. Aber mein Papa kommt heute spät abends zurück und ich möchte ihm noch etwas zu Essen in den Kühlschrank stellen.«

»Verstehe.«

Meine Stimme sackte ab.

»Wegen morgen … ich weiß nicht, wie Isa so drauf sein wird. Ich will nicht, dass sie dich vielleicht in unseren Streit mit reinzieht. Ich …«

Leonie kam auf mich zu und griff nach meinen Händen.

»Es ist alles okay. Mach dir keinen Stress wegen mir. Kläre das erst mal.«

Sachte zog sie ihre Hände weg und ließ sie dabei über meine gleiten.

»Ich brauche noch meinen Rucksack.«

Ich nickte.

Sie eilte die Treppe hinauf.

Ich wollte gar nicht, dass sie ging. Das fühlte sich jetzt schon schrecklich an. Die Zeit mit ihr war so schön gewesen.

Sie kam wieder hinunter und ich öffnete die Haustür.

Wir umarmten uns.

Kurz strich sie über meinen Nacken.

»Pass gut auf dich auf«, sagte sie leise.

»Du auch.«

Leonie löste sich von mir.

Geh nicht, wollte ich sagen.

»Bis morgen.«

»Bis morgen.«

Sie drehte sich um und ging los.

Ich blickte ihr hinterher, bis ihre Silhouette zu einem kleinen Strich wurde und dann ganz hinter der Biegung verschwunden war.

Ich eilte in mein Zimmer, warf mich auf das Bett und zog Leonies Kissen an mich.

Es duftete nach Minz-Shampoo.

Ich legte mich auf den Rücken und starrte an die Decke.

Eigentlich wollte ich keine Minute mehr ohne sie sein, doch wie würden die anderen in der Schule reagieren, wenn ich plötzlich mit Leonie meine Zeit verbrachte?

Würde ich die Frotzeleien aushalten können? Was, wenn unsere Freundschaft dem nicht standhielt?

Und noch ein Gedanke schlich sich in mein Fragengestöber: wollte ich mit Leonie überhaupt nur befreundet sein?

Ich drückte die Hände auf meinen Bauch. Den Spruch mit den Schmetterlingen hatte ich immer für übertrieben gehalten. Aber so etwas wie für Leonie, hatte ich noch nie empfunden.

Was wäre, wenn ich mein Gefühlschaos nicht vor ihr verbergen könnte und ihr das unangenehm werden würde? Ich wollte sie nicht in weitere blöde Situationen bringen.

Leonie war sehr lieb zu mir gewesen, aber Freundinnen waren ja nun mal sehr nett zueinander, auch auf eine innige Weise, es bedeute noch lange nicht, dass sie für mich vielleicht auch mehr empfand.

Ich setzte mich auf. Ich musste diesen Gedankenkreisel irgendwie unterbrechen.

Ich würde joggen gehen. Der neue Tag würde schnell genug kommen und sicher anstrengend werden.

Fremd sein

Ich hatte schlecht geschlafen und mir war kodderig. Eher zögerlich verließ ich den Bus.

Mein Handy vibrierte.

Es war eine Nachricht von Leonie.

Guten Morgen.
Ich gehe heute zum Arzt und frage ihn, ob er mich für heute auch noch krankschreiben kann. Dank dir und Wacholder geht es mir schon viel besser, aber ich fühle mich noch nicht so hundert Prozent und will nicht, dass mir in der Schule wieder schwindelig wird. Ich schreibe dir dann später noch mal und hoffe, es wird heute nicht so blöd für dich.
Liebe Grüße
Leonie

Ich blieb stehen.

Ich würde Leonie also heute nicht sehen und dann war Wochenende.

In meinem Magen zwackte es.

Ich vermisste sie, aber es war auch gut, dass sie heute nicht zwischen mich und Isa geraten konnte.

Ich wollte ihr gleich antworten, wenn ich oben angekommen war.

Isa stand mit Charlotte und Sandra vor der Klasse.

Als sie mich sahen, drehten Isa und Sandra sich weg. Charlotte sah mich an und hob die Hand.

Ich grüßte zurück, stellte mich weit von ihnen weg und zog mein Phone hervor.

Guten Morgen Leonie,

vielen Dank für deine Nachricht. Ich hoffe, du wirst noch krankgeschrieben und kannst dich richtig erholen. Gute Besserung.

Bis später

Johanna

Die Nachricht klang irgendwie hölzern, aber ich konnte ja schlecht schreiben, dass ich sie vermisste.

Es klingelte zum Unterricht. Ich atmete tief durch, ging in die Klasse und setzte mich weit weg von den anderen.

Jasmin setzte sich neben mich und schaute zu Isa hinüber.

»Ärger im Paradies?«

»Yipp«, sagte ich leise.

Isa sollte nicht denken, dass wir über sie redeten.

»Euch kann doch sonst gar nichts trennen.«

Ich zuckte mit den Schultern.

»Jetzt halt schon.«

Ich starrte die Stunde über die ganze Zeit zwar Richtung Tafel, aber eigentlich durch sie hindurch. Als es endlich klingelte, verließ ich als eine der Ersten die Klasse.

Mein Plan, nach draußen zu verschwinden, wurde leider von einem plötzlich einsetzenden Regenschauer zunichte gemacht.

Ich drehte mich von der Tür weg und wollte in die untere Halle, da kreuzten die Drei meinen Weg.

Verdammt.

»Wo ist denn deine Leonie?«, fragte Isa und blickte gespielt suchend hinter und neben mich.

»Keine Ahnung. Sag du es mir. Du weißt doch sonst immer alles.«

Isa verdrehte die Augen. »Schaut, sie ist sofort am rumzicken. Ich wollte nur höflich sein.«

Ich quetschte mich an Sandra vorbei.

Mein Herz wummerte gegen meinen Brustkorb.

Ich war fast am Ende der Treppe angelangt, als ich hörte, wie jemand meinen Namen rief.

Ich drehte mich um.

Charlotte kam auf mich zu.

»Hey.«

»Hi.«

Wir gingen ein Weile nebeneinander her.

»Scheiße mit eurem Streit.«

Wollte Charlotte irgendwie schlichten?

Ich zuckte mit den Schultern.

»Hattest ja erzählt, dass es nicht mehr so gut lief mit euch. Ich finde es jedenfalls nicht gut, wie sie dich behandelt und Sandra ist natürlich auf ihrer Seite.«

»So ist das halt. Da muss ich jetzt durch.«

Charlotte blieb stehen.

Ich tat es ihr nach.

»Ich habe ehrlich gesagt keine Lust auf die beiden. Ich finde, sie verhalten sich ätzend.«

Ich sah sie fragend an.

»Können wir zusammen abhängen, bis die Wogen sich glätten?«

Charlotte wollte mit mir unterwegs sein?

»Ich glaube, wir werden uns nicht so schnell vertragen.«

»Verstehe.«

Ich kannte Charlotte nicht so gut. Sie war immer die Stillere und hatte vor allem immer Sandra reden lassen. Aber ich mochte sie.

In die Freude über ihre nette Nachfrage, mischte sich Unbehagen. Was würde mit Leonie sein, wenn sie wieder in der Schule war? Freundinnen verbrachten doch schließlich die Pausen miteinander. Mir war nicht so richtig klar, wie Charlotte zu Leonie stand.

»Okay. Ich gehe dann …«, sagte Charlotte, die mein Zögern anscheinend als Ablehnung gedeutet hatte.

»Sollen wir noch schnell in die Cafete? Ich brauche etwas Nervennahrung.«

Charlotte stutzte, doch dann machte sie einen Schritt vorwärts und zusammen eilten wir in die Cafeteria.

Von Isa und Sandra ernteten wir abfällige Blicke, als wir zusammen die Klasse betraten. Aber so war es jetzt wohl und ich war sehr froh, dass Charlotte auf mich zugekommen war.

Im Laufe des Tages schrieb Leonie mir, dass sie noch krankgeschrieben war. Sie wünschte mir ein schönes Wochenende und endete mit der Grußformel *bis Montag.*

Bis Montag.

Ich hätte sie heute gerne angerufen. Aber anscheinend wollte sie ihre Ruhe haben.

Nach Schulschluss hielt der Bus vor mir, mit dem ich bis vor kurzem noch in mein altes Zuhause gefahren war. Ich folgte einem plötzlich aufkeimenden Impuls. Auf dem Weg nach Hause kaufte ich drei Stücke Kuchen.

Ich schloss nicht auf, sondern klingelte.

Meine Mama betätigte den Summer und ich eilte hoch zu unserer Wohnung.

»Johanna.«

Ihre Begrüßung klang fast wie eine Frage.

»Hi. Ich habe nicht angerufen. Entschuldige, aber ich … wollte euch gerne sehen.«

Meine Mutter nahm mir den Kuchen ab, stellte ihn auf die kleine Kommode, schloss die Tür und zog mich an sich.

Ich umarmte sie lange. Als wir uns voneinander lösten, hielt sie meine Oberarme fest und sah mich prüfend an.

»Schön, dass du da bist. Papa und ich wollten heute Abend ins Kino. Magst du mitkommen?«

Ich nickte. »Total gerne.«

Sie lächelte.

»Kann ich heute Abend hier schlafen?« Plötzlich vermisste ich mein altes Zimmer. Mein anderes war voller Erinnerungen an Leonie.

»Natürlich. Du kannst immer hier schlafen, das weißt du doch hoffentlich. Komm, wir decken den Tisch und dann erzählst du mir von deiner Woche.«

Sie ging vor.

Ich machte zwei Schritte und blieb dann stehen. Es roch nach dem frisch aufgebrühten Kaffee aus der Küche, der Druckerschwärze des Zeitungsständers unter der Garderobe und der Lederjacke meiner Mama.

Alles hier war wie immer, aber in mir hatte sich so vieles verändert. Für einen Moment fühlte es sich so an, als ob ich nicht mehr hier hingehörte, als sei mir dieser Ort fremdgeworden. Oder ich ihm.

Keine Worte

Jeder Schritt tat mir weh. Ich hatte am Wochenende so viel Sport gemacht, dass nun gefühlt jeder Muskel schmerzte. Ich war Laufen und Schwimmen gewesen und hatte Wacholder im Garten geholfen, genau genommen, hatte ich mir Arbeit von ihr geben lassen, bloß, um nicht über mich nachdenken zu müssen. Nun, da ich auf das Schulgebäude zulief, ärgerte ich mich, dass ich mir keinen Plan wegen Leonie überlegt hatte.

Wie sollte ich denn heute auf sie zugehen?

Sie hatte sich tatsächlich nicht gemeldet.

Ich sollte sie gleich zumindest fragen, wie es ihr ging.

Wie würde sie sich mir gegenüber verhalten?

Ich bog zur Toilette ab. Ich würde erst nach dem Klingeln in die Klasse gehen, dann sah ich sie erst mal nicht.

In der Pause lief ich mit Charlotte Richtung Schulhof.

»Du brauchst frische Luft«, hatte sie beschlossen.

Anscheinend bemerkte sie meine Unruhe. Ich wollte überhaupt gar nicht hier sein.

Ich starrte zu den Türen und da kam sie. Leonie.

In ihrem Blick lag Unsicherheit.

»Hi.«

»Hey.«

Sie wollte an uns vorbeigehen, doch Charlotte blieb stehen.

»Wir wollten gerade raus. Magst du mit?«

Leonie sah erst Charlotte an, dann mich.

Ich lächelte.

Es war so schön sie zu sehen.

»Ja, komm doch mit«, brachte ich über die Lippen.

»Okay.«

Sie lief neben Charlotte her.

»Du warst letzte Woche krank, oder? Wie geht es dir denn?«

Charlottes Ton war sehr freundlich. Warum war sie so nett zu Leonie? Tat es ihr leid, wie die anderen sich verhalten hatten und dass sie keine Partei für Leonie ergriffen hatte?

Leonie erzählte, dass es ihr besser ginge und sie fast das ganze Wochenende nur geschlafen habe.

»Was habt ihr gemacht?«, fragte sie uns.

Jetzt interessierte es sie also, was ich gemacht hatte? Warum hatte sie mich nicht zwischendurch mal angeschrieben?

Ich konnte ihr nicht in die Augen sehen.

Charlotte erzählte ausführlich von einem Ausflug mit ihren Eltern und ihrem kleinen Bruder in den Zoo. Er hatte das erste Mal auf einem Pony reiten dürfen und sie mussten ihn fast davon runter meißeln, so gut hatte es ihm gefallen.

Wir lachten bei dieser Vorstellung.

So überschwänglich kannte ich Charlotte gar nicht.

Als sie fertig war, erzählte ich nur von dem Kinobesuch mit meinen Eltern.

»Machst du viel mit deinem Bruder? Ihr versteht euch sehr gut, oder?«, fragte Charlotte an Leonie gewandt.

Während Leonie von sich und Richard erzählte, schien Charlotte förmlich an ihren Lippen zu hängen.

Konnte es sein, dass Charlotte an Leonie Interesse hatte?

Nein, meine Phantasie spielte mir einen Streich.

Sie war sicher nur neugierig.

Trotzdem, in meinem Magen zwackte es unangenehm.

Leonie war mit mir befreundet. Hatte Charlotte diesen Umstand nur ausgenutzt, um irgendwie an sie heranzukommen?

Ich hatte ja befürchtet, dass mir diese Konstellation nicht gefallen würde. Aber ich war plötzlich diejenigen, die damit ein Problem hatte, nicht Charlotte.

Ich wollte mit Leonie reden, aber alleine.

Ich quälte mich durch die Pause und versuchte höflich zu bleiben.

Den Rest des Schultages schweiften meine Gedanken immer wieder zu dieser Situation zurück.

So konnte es morgen auf keinen Fall weitergehen.

Ich musste Leonie heute noch sehen und wissen, ob zwischen uns alles okay war.

* * *

Ich eilte nach dem Klingeln auf den Flur und zu der Klasse, in der Leonie gerade Unterricht gehabt hatte. Nach wenigen Augenblicken sah ich sie schon.

»Leonie!«

Sie drehte sich zu mir.

»Musst du jetzt weg? Oder können wir ein wenig spazieren gehen?«

»Ich habe Zeit.«

Gott sei Dank.

»Wir könnten durch das Wohngebiet auf der anderen Seite der Schule laufen.«

»In Ordnung.«

Wir gingen zu den Bushaltestellen und dann die Straße entlang, bis die Schule hinter uns lag und wir zu dem Wohngebiet kamen. Die Häuser waren hier in Gelb und Hellblau gestrichen und die Bäume noch jung.

»Ist alles in Ordnung bei dir?«, fragte sie mich.

»Ja, natürlich.«

»Du warst vorhin so still.«

»Charlotte war ja auch kaum zu bremsen, oder?«

Jetzt war ich gemein. Ich wollte das gar nicht. Es war mir einfach so rausgerutscht.

»Ich meine. So gut kenne ich sie noch gar nicht. Sie ist aber sonst eher still. An dir scheint sie aber großes Interesse zu haben.«

»Ach, sie wollte nur höflich sein, denke ich. Bist du irgendwie sauer auf mich?«

Sauer? In meinem Magen brannte es.

Ich schüttelte den Kopf. »Es war nur so komisch. Wir haben seit zwei Tagen nicht miteinander gesprochen und dann sehen wir uns und du redest viel mehr mit Charlotte als mit mir.«

»Das stimmt.«

Ich blieb stehen.

Sie gab mir recht?

Leonie sah mich an und blickte dann zu Boden.

»Können wir ... können wir zu dir fahren, oder so? Ich brauche ... einen Tee.«

Einen Tee?

»In Ordnung. Sollen wir zum Bus?«

Sie nickte.

Wir liefen zurück und schwiegen.

Als wir aus dem Bus stiegen fragte sie: »Hast du auch Hausaufgaben auf?«

Ich nickte.

»Sollen wir die gleich erst mal machen?«

Sie wollte erst Hausaufgaben machen? Wollten wir nicht miteinander reden? Ich verstand gar nichts mehr.

»Ja, wenn du meinst.«

Wir gingen ins Haus.

»Du kannst gerne an meinen Schreibtisch. Ich mache uns den Tee.«

Leonie bedankte sich und ging vor.

Was war denn bloß mit ihr?

Als ich den Tee nach oben brachte, hatte sie bereits alles vor sich ausgebreitet, Heft, Buch und Stifte lagen vor ihr.

Sie hatte sich einen Kugelschreiber zwischen die Lippen gesteckt und las.

Ich stellte den Tee neben ihr ab.

»Danke«, sagte sie und las weiter.

Ich holte meinen eigenen Kram hervor und setzte mich damit auf das Bett.

Ich schlug das Englisch Buch auf, doch die Schrift verschwamm vor mir. Wollte Leonie vielleicht gar nicht hier sein und war vorhin nur höflich gewesen?

Ich sah wieder zu ihr.

Sie beugte sich leicht nach vorne und einige ihrer Haarsträhnen rutschten ihr vor das Gesicht.

Wie gerne würde ich sie ihr hinter das Ohr streichen.

Meine Wangen fingen an zu glühen.

Leonie las einige Minuten, dann sah sie zu mir.

»Ich kann mich nicht konzentrieren, wenn du mich ansiehst.«

Sie hatte es gemerkt?

»Tut mir leid.«

Verlegen sah ich auf mein Buch und versuchte, die Zeilen zu entziffern.

Es gelang mir nicht.

Ich starrte auf die Buchstaben.

Im Augenwinkel sah ich, wie Leonie mich anblickte.

»Jetzt schaust du ja mich an«, sagte ich leise und grinste.

Sie schob die Sachen von sich weg und stand auf.

Ich blickte zu ihr.

Sie zog mir das Buch aus den Händen, legte es auf den Tisch und setzte sich neben mich.

»Tut mir leid wegen gerade. Ich habe Charlotte verteidigt, obwohl ich sie kaum kenne. Ich habe mich einfach gefreut, als sie mich gefragt hat, ob ich mit euch kommen will …«

Ich unterbrach sie. »Zurecht. Ich hätte es nicht getan. Also, ich wollte dich fragen, aber …«

»Ja … ich verstehe das schon. Zwischen uns ist es jetzt irgendwie … anders.«

Anders.

Das Wort hallte in meinem Kopf wider.

»Ja, das ist es, oder?«

Leonie schob ihre Hand langsam über die Decke. Sie zögerte kurz, doch dann griff sie nach meiner.

Ein sanfter Schauer fuhr über meinen Körper. Es war so schön sie zu spüren.

»Ich wollte mich bei dir melden am Wochenende … aber ich war so durcheinander«, sagte sie.

»Warum?«

Sie sah mich an.

»Du hast dich auch nicht gemeldet.«

Ich schüttelte den Kopf.

»Warum nicht?«

»Ich war auch durcheinander«, sagte ich leise.

Leonie starrte auf unsere Hände.

»Ich habe mich noch mal krankgemeldet, weil ich nachdenken musste, über uns. Ich hatte Angst dir zu begegnen und ohne Worte zu sein und jetzt bin ich es immer noch.«

»Wenn wir einfach ohne Worte bleiben könnten, was würdest du dann jetzt tun?«

Leonie sah mich an.

Sie ließ meine Hand los, beugte sich vor und umarmte mich.

Ihre Hände glitten über meinen Rücken.

Ich schlang meine Arme um ihren Körper und zog sie an mich.

Leonie kippte mit mir zur Seite. Wir landeten auf dem Bett und prusteten los.

Wir rutschten nach oben, so dass unsere Köpfe auf den Kissen lagen.

»Hi«, sagte Leonie und sah mich an.

»Hi«, antwortete ich leise.

Sie betrachtete mich, dann hob sie langsam ihre Hand und strich mit dem Zeigefinger über meine Augenbraue.

»Ich mag es, wie du mich ansiehst. Dein Blick ist immer so lieb.«

Ich nahm all meinen Mut zusammen, hob meine Hand und fuhr ihr mit den Fingerspitzen über die Wange.

»Und ich mag dein Lachen«, sagte ich leise.

Meine Stimme versagte.

Leonie griff nach meinen Fingern, drehte sie sanft und gab mir einen Kuss auf meine Handinnenfläche.

Ein kleiner Blitz durchfuhr mich.

Leonie starrte mich an. Sie setzte sich auf. »Es tut mir leid.«

Sie sprang auf.

Nein. Halt.

Hastig zog sie sich ihre Schuhe an.

»Leonie!«

Ich rappelte mich auf.

»Es tut mir leid«, wiederholte sie, schnappte sich ihren Rucksack und eilte die Treppe hinunter.

Ungeschickt schlüpfte ich in meine Schuhe. Es dauerte viel zu lange.

Leonie war schon unten.

Ich hörte, wie die Tür ins Schloss fiel und eilte ihr nach.

Als ich die Tür öffnete, war sie bereits auf dem Bürgersteig angekommen.

Ich rannte los und nach einigen Augenblicken holte ich sie ein.

Ich griff nach ihrem Arm. »Bleib bitte stehen.«

Sie drehte sich zu mir um. Ihre Gesichtszüge waren angespannt.

»Es tut mir leid. Ich wollte das nicht.«

»Was meinst du?«

»Dich ... so berühren.«

»Wolltest du nicht?«

»Doch, aber, du willst das vielleicht nicht.«

Ich machte einen Schritt auf sie zu und schloss damit die Lücke, die es zwischen uns noch gab.

Trau dich jetzt, Johanna.

Ich hob langsam meine Arme und nahm ihr Gesicht in meine Hände.

Kurz zuckte Leonie zusammen, dann ließ sie sich auf die Berührung ein.

Ich strich sanft über ihre Wangen, neigte meinen Kopf leicht nach vorne und küsste sie auf den Mund.

Die Hecke, der Bürgersteig, die Straße, alles unter und neben mir schien abzusacken und in ein Loch zu stürzen. Nur ich hielt mich noch fest an Leonie und blieb verankert, ganz nah bei ihr.

Leonies Lippen waren weich und zart.

Ihre Haut duftete nach Minze.

Ich löste mich von ihr, doch sie kam mir nach.

Wir küssten uns erneut.

Leonie ließ ihren Rucksack fallen, griff mit einer Hand nach meiner Taille und zog mich ganz nah zu sich. Mit der anderen Hand fuhr sie über meinen Nacken und in mein Haar.

In meinem Kopf begann es zu rauschen.

Das hier passierte wirklich und es war wunderschön.

Leonie wich ein wenig zurück.

»Können wir wieder in dein Zimmer?«, fragte sie leise und sah sich verstohlen um.

Ich griff nach ihrer Hand und wir rannten zurück ins Haus.

In meinem Zimmer zogen wir die Schuhe aus und ließen uns erneut auf das Bett fallen.

Ich zerrte an der Decke.

Leonie lachte.

»Was machst du?«

Ich schaffte es, die Decke unter uns wegzuziehen.

»Das!«

Ich warf die Decke über uns beide und hob sie über unsere Köpfe. Das Licht des Fensters fiel abgeschwächt hindurch.

Mit meinem Arm bildete ich ein kleines Zelt.

Leonie sah mich an. »Hi.« Sie grinste.

»Hi.«

Leonie rutschte etwas vor und gab mir einen sanften Kuss. Sie hob ihre Hand, verwob die Finger in meine und zusammen bildeten unsere Arme eine kleine Zeltstange.

»Mein Herz schlägt ganz schnell«, sagte ich leise.

Sie hob den Kopf, als würde sie lauschen.

»Wie schön das klingt.«

»So fühlt es sich auch an.«

Leonie löste ihre Hand aus meiner und zog die Decke wieder zur Seite.

Sie strich mir über die Wange. »Die Zeit mit dir hier war so wunderschön.«

Sanft streichelte sie über meine Stirn, griff nach einer Haarsträhne und ließ sie durch ihre Finger gleiten.

»Ich wollte dich am Wochenende anrufen und dir sagen, was ich für dich empfinde, aber ich hatte solche Angst, dass du anders über uns denkst.«

»Und ich habe mir total Sorgen gemacht, dass du dich hier nicht wohlgefühlt hast.«

Leonie rutschte näher an mich heran.

»Ich habe ewig nicht mehr so gut geschlafen, wie in deiner Nähe.«

»Schläfst du sonst nicht gut?«

Sie ließ meine Haarsträhne los.

Ihr Blick war nun traurig.

»Entschuldige, ich wollte nicht so direkt sein.«

Leonie setzte sich auf und blickte zu Boden.

Ich rutschte nah zu ihr. »Entschuldige bitte.«

Vorsichtig strich ich ihr über den Rücken.

»Schon okay. Ich bin einfach oft alleine zuhause und es ist immer so viel zutun, einkaufen und kochen und ich muss häufig zum Arzt und kann mit niemandem wirklich über die Schule reden. Papa ist so oft weg und Richard hat jetzt sein eigenes Zuhause.«

Ich hob meine Hand und drehte ihr Gesicht sachte zu mir.

Sie wischte sich über die Augen. »Das ist mir unangenehm vor dir. Ständig erlebst du mich so durcheinander«

»Das braucht es aber nicht zu sein.«

Ich zog sie an mich und sie rutschte ganz nah an mich heran.

»Du kannst gerne öfter bei mir schlafen. Also, wir sind ja jetzt schließlich zusammen, oder?«

Leonie sah mich an und lachte.

Sie nahm mein Gesicht in beide Hände und küsste mich.

»Ja. Aber sowas von!«

Ich grinste, packte sie und warf sie auf das Bett. Vorsichtig beugte ich mich über sie und streichelte ihr Gesicht. »Ich beschütze dich, vor allem.«

Leonie kniff mir in den Oberarm. »Du spinnst ein wenig, aber ich mag das.«

»Glaubst du mir nicht?«

Leonie zog eine Grimasse.

Ich schlang einen Arm um sie und zog sie zu mir.

Sie legte eine Hand auf meinen Bauch und kuschelte sich an mich.

»So ist es gut«, sagte sie leise.

Ich schluckte.

Ihre Stimme war nun wieder gedämpfter.

Selbst wenn sie öfter bei mir übernachtete, löste das natürlich nicht ihre Probleme.

»Ich muss eben Wacholder Bescheid geben, wegen dem Essen. Ich bin heute mit dem Kochen dran.«

Leonie löste sich von mir.

»Kommst du schnell wieder?«

»Ganz schnell.«

Sie lächelte.

* * *

Ich war etwas zu hastig nach unten geeilt, ohne mir recht überlegt zu haben, was ich zu Wacholder sagen wollte.

Ich spürte immer noch Leonies Küsse auf meinen Lippen.

Wacholder würde mir doch sicher sofort ansehen, dass ich durcheinander war.

Sie stand in der Küche und machte sich einen Kaffee.

»Hi.«

Sie drehte sich um.

»Na du.«

»Also ... ich bin ja heute mit dem Kochen dran ... Leonie ist hier.«

Meine Wangen wurden rot.

Verdammt. Das sollten sie nicht.

»Wir ... ich ...«

Wacholder legte den Kopf etwas schief.

Ich zog die Tür zu.

»Hast du einen Moment?«

Wacholder sah auf die Uhr.

»Einen kurzen.«

Wir setzten uns.

»Leonie geht es glaub ich zuhause nicht so gut. Sie ist oft alleine.«

»Warum?«

»Ihr Bruder ist schon ausgezogen und ihr Papa ist viel wegen der Arbeit unterwegs.«

Wacholder schwieg.

Wie sollte ich ihr nur erklären, dass ich Leonie nun gern öfter bei mir haben wollte und dass nicht nur wegen ihrer Probleme zuhause.

»Könnte sie jetzt öfter hier übernachten?«

»Du hast sie sehr gern, oder?«

Nun brannten meine Wangen.

Ich nickte.

»Sie muss das mit ihrem Vater besprechen.«

»Das wird sie.«

Würde sie das? Ich wusste ja gar nicht, ob die beiden gut miteinander auskamen.

»Kann ich uns heute Pizza ordern?«

»Hast du genug Geld?«

Ich nickte erneut.

Es waren meine letzten Ersparnisse.

Wacholder stand auf.

»Na, lass mal, ich bezahle die Pizzen. Aber das bleibt eine Ausnahme, ja?«

»Klar. Magst du jetzt schon essen, oder musst doch noch mal los?«

»Ja, ich habe noch einen Termin. Bestell für euch, wann ihr mögt, ich mache das dann später.«

Ich sah Wacholder an. Eigentlich sollte ich ihr die Wahrheit sagen.

»Ist noch etwas?«

Ich schüttelte den Kopf.

Sie stand auf.

»Dann bis später.«

»Bis später.«

Ich schnappte mir den Speisezettel der Pizzeria vom Kühlschrank und ging wieder hoch. Es tat mir leid, dass ich Wacholder nicht die Wahrheit über Leonie und mich sagte, aber ich musste mich selbst erst mal sortieren.

Leonie hatte sich auf das Bett gelegt und hielt sich einen Arm über die Augen.

Ich berührte sie am Bein.

»Hey.«

Sie richtete sich auf und lächelte mich an.

»Ich bestelle uns Pizza, magst du?«

Sie zögerte. »Ich habe leider kein Geld dabei.«

»Wacholder lädt uns ein.«

»Das ist sehr lieb.«

Ihre Stimme war schwach. Irgendetwas schien sie zu bedrücken.

Nachdem wir uns zusammen eine große Pizza ausgesucht hatten, bestellte ich und öffnete die Zimmertür, damit ich die Schelle hörte. Ich setzte mich zu Leonie und nahm meinen ganzen Mut zusammen. »Ist alles okay? Du wirkst besorgt.«

Leonie rutschte hinter mich, streckte die Beine aus, umschlang mich damit und kuschelte sich an meinen Rücken.

Ich legte meine Hände auf ihre.

»Es ist so schön hier bei.« Sie löste sich etwas und sah mich von der Seite aus an.

»Ich werde leider nicht so oft nach der Schule kommen können. Ich muss einkaufen und zuhause klar Schiff halten ich habe leider öfter mal Arzttermine und die Infusionen.«

»Kocht und esst ihr nie zusammen, du und dein Papa?«

Leonie schüttelte den Kopf. »Das klappt meistens nicht. Ich bereite was vor und stelle es ihm in den Kühlschrank.«

Ich griff wieder nach ihren Händen und zog sie an mich.

Ich würde Leonie also nach der Schule nicht so oft sehen.

Und in der Schule? Wie sollten wir uns da jetzt verhalten?

»Wie machen wir das in den Pausen?«, rutschte es mir raus.

Leonie sah mich wieder an.

»Wegen Charlotte?«

»Ja, auch, aber auch wegen den anderen.«

Leonie setzte sich neben mich.

»Du willst in der Schule nicht zeigen, dass wir zusammen sind?«

Ich sah ihr in die Augen.

»Könntest du das so einfach?«

Sie zuckte mit den Schultern. »Mir sind die anderen ziemlich egal.«

Natürlich waren sie Leonie egal. Sie hatte keinen großen Bezug zu ihnen. Vielleicht wäre sie ganz froh, nun einfach immer mit mir zusammen zu sein, aber ich kannte alle schon so lange. Wie sähe das aus, wenn ich mich einfach abkapselte und was sollte ich vor allem Charlotte sagen, die sich für mich gegen Isa und Sandra gestellt hatte und anscheinend nun eine wirkliche Freundschaft zu mir aufbauen wollte?

Trotzdem wollte ich Leonie natürlich sehen.

»Können wir nicht erst mal so tun, als seien wir weiterhin ganz normal befreundet?«

Leonie beugte sich zu mir und gab mir einen Kuss auf den Mund. »Dann verpasst du aber ganz viele von denen.«

Ich lächelte. »Dann müssen wir uns halt umso mehr küssen, wenn wir uns sehen.« Ich küsste sie ebenfalls.

»Ob wir dann noch viel miteinander reden?«

Sie grinste.

Es schellte.

»Das wird schwierig. Wir müssen schließlich zu all dem auch noch etwas essen.«

Ich sprang auf, eilte nach unten, bezahlte und kam mit der Pizza wieder hoch.

Ich klappte den Karton auf und stellte ihn zwischen uns auf das Bett.

»Danke«, sagte Leonie.

Wir aßen schweigend und ich überlegte, ob ich Leonie mit meiner Reaktion verletzt hatte?

Diese blöde Schule. Alles wurde dadurch so kompliziert. Ich blickte zu meinem Schreibtisch in dessen Schublade seit einigen Wochen ein Brief lag, der für mich alles verändern könnte.

Leonie folgte meinem Blick und sah mich fragend an.

»Ich habe nur überlegt, wie viel Uhr es wohl ist. Musst du dann heute noch nach Hause?«

»Ja, leider.«

* * *

Ich lag im Bett und vermisste Leonie. Wir hatten uns noch einige Nachrichten hin und her geschickt, bis sie mir um elf Uhr die Letzte gesendet hatte.

Ich schlafe jetzt ein und träume von dir.

Ich war hellwach. Es war alles so schön und doch war ich plötzlich traurig. Traurig, weil Leonie nicht hier war und es sich nicht richtig anfühlte, ihr morgen wie einer ganz normalen Freundin gegenüberzutreten.

Wenn wir es Charlotte sagten, würde sie sich sicher unwohl mit uns beiden fühlen. Doch war es fair, sie anzulügen?

Ich drehte mich auf die Seite und starrte zu meinem Schreibtisch und auf die Schublade, in der sich der Brief befand.

Ich kannte ihn fast auswendig, so oft hatte ich ihn in den ersten Tagen gelesen, nachdem ich ihn erhalten hatte. Danach hatte ich ihn ganz nach hinten in die Schublade geschoben. Doch er war da und mit ihm ein Ausweg für mich, die Schule nicht mehr so lange ertragen zu müssen.

Mein Magen fing an zu grummeln. Natürlich. Jetzt musste ich mir auch noch etwas zu essen machen.

Ich zog mir einen Pullover und dicke Socken über und öffnete so leise wie möglich die Tür.

Als ich den ersten Treppenabsatz erreichte, sah ich, dass bei Wacholder noch Licht brannte.

Hatte sie vergessen, es auszumachen? Ich wollte schon an ihrem Zimmer vorbeischleichen, da hörte ich, wie sie sich die Nase schnäuzte.

Weinte sie etwa?

Ich klopfte.

»Ja?«

Ich öffnete die Tür und schaute in das Zimmer hinein.

Wacholder saß auf ihrem Bett, hatte die Beine an den Körper gezogen und hielt ein Taschentuch zwischen den Händen. Ihre Wangen waren ganz rot und ihre langen Haare verstrubbelt.

»Darf ich zu dir kommen?«

Sie nickte und klopfte neben sich auf das Bett.

Ich kletterte auf die Matratze und setzte mich neben sie.

»Was ist mit dir?«

Wacholder versuchte ein Lächeln. »Ich bin traurig.«

»Ist etwas passiert?«

Sie zuckte mit den Schultern. »Meine Freundin fehlt mir. Ich fühle mich heute ganz einsam.«

»Das tut mir leid.«

Wacholder lächelte mir zu. »Warum bist du denn noch wach?«

»Ich … ich bin durcheinander. Ich wollte mir gerade etwas zu essen machen.«

»Ich habe eine Idee. Wir machen uns jetzt Brote und eine Kanne Kakao und gehen spazieren.«

Ich schaute demonstrativ aus dem Fenster in die Dunkelheit.

»Aber, es ist mitten in der Nacht.«

»Eben drum. Man muss die bekannten Straßen auch mal in einem anderen Licht betrachten. Komm, das wird uns guttun.«

»Es immer gut auf dich zu hören.«

Wacholder lächelte. »Und schon bringst du mich zum Lachen. Wie gut, dass du geklopft hast.«

Ich ging zurück in mein Zimmer und zog mich an. Ich blickte umher und überlegte, womit ich Wacholder vielleicht eine Freude machen könnte.

Ja! Das war es.

Ich griff nach dem kleinen Zettelstapel in meinem Bücherregal und eilte hinunter.

Als ich in der Küche ankam, hatte Wacholder bereits die Milch aufgesetzt.

Gemeinsam machten wir die Brote fertig, nahmen eins in die Hand, packten die restlichen in einen Rucksack, den Wacholder auf den Rücken nahm, zogen Schuhe und Jacken an und gingen hinaus.

Die Luft war kühl und klar.

Am Bürgersteig angekommen, bogen wir nach links ab.

»Wir laufen auf der Straße, das ist so schön abenteuerlich.«

Ich nickte. Wir betraten die Straße und begannen unsere Brote zu essen.

Die Laternen warfen orangene Lichtkegel auf den Asphalt. In einigen Fenstern brannte noch Licht.

»Du könntest deiner Freundin einen Brief schreiben.«

Wacholder blickte zu mir.

»Du musst ihn gar nicht abschicken. Mir hilft es oft, wenn ich mir alles von der Seele schreibe, dabei sortieren sich auch die Gedanken. Nachher kannst du immer noch überlegen, ob du ihr bestimmte Dinge davon sagen möchtest.«

»Das ist eine gute Idee. Ich werde es versuchen.«

Wir aßen auf.

»Komm, wir biegen hier mal ab, hier duftet es so schön nach Flieder.«

Wacholder hatte recht. Ein riesiger Fliederstrauch stand in einem der Vorgärten. Ich hatte mir die Gegend hier bisher kaum angesehen. Beim Joggen war ich immer in der Nähe des Hauses geblieben, um mich nicht zu verlaufen.

»Würde es dir auch etwas nützen, wenn du die Sachen aufschreibst, wegen denen du so durcheinander bist?«, fragte Wacholder.

»Das würde dann ein sehr langer Brief werden.«

Wacholder ging etwas langsamer, nahm den Rucksack vom Rücken, holte die Kanne und die beiden Becher hervor und goss uns ein.

Dankbar nahm ich den Kakao entgegen.

»Zucker ist gut für das Denken. Ich könnte dir auch dabei helfen, wenn du magst.«

Ich pustete einige Augenblicke in die Tasse, nahm einen kleinen Schluck und schmeckte Chili und Zimt.

»Ich mag es, dass du an so vieles Zimt dran machst.«

Wacholder lächelte und pustete ebenfalls in ihren Becher.

Ich mochte so vieles an Wacholder, deswegen wollte ich auch ehrlich zu ihr sein.

»Wacholder … Ich möchte dir etwas sagen.«

Sie sah mich an, während wir langsam unseren Weg durch das Wohnviertel fortsetzen.

»Leonie und ich … wir sind zusammen.«

Wacholder blieb stehen und ich tat es ihr nach.

»Das ist eine Überraschung.«

Ich lächelte zaghaft.

»Nur du weißt es.«

»Vielen Dank, ich fühle mich geehrt.«

Wir liefen weiter und sie betrachtete mich von der Seite.

»Deinen Eltern willst du es nicht sagen?«

Ich schüttelte den Kopf.

»Warum nicht?«

»Ich habe ihnen noch nicht mal erzählt, dass ich nicht nur etwas für Jungs empfinde. Es ist eh alles so kompliziert zwischen uns.«

»Das kann ich verstehen. Ich denke aber, umso mehr man sich voneinander erzählt, umso eher setzen sich für andere vielleicht die Teile zusammen, die sie sonst eher nicht zusammen bekommen.«

»Wie meinst du das?«

»Sie wollen ja verstehen, was in dir vorgeht. Vielleicht hilft es ihnen, mehr über dich zu erfahren, dann fügen sich all die Teile zusammen. Ich habe gemerkt, dass du Leonie sehr magst, aber seit du sie kennst, bist du auch sehr durcheinander. Jetzt verstehe ich dich etwas besser. Weißt du, wie ich das meine?«

Ich nickte, dennoch konnte ich mit meinen Eltern jetzt noch nicht reden, ich musste erst ein paar Dinge für mich klären.

»Ich brauche noch etwas Zeit.«

»Das ist in Ordnung. Einige Nächte mit Schlaf oder langen Spaziergängen helfen, um sich zu sortieren. Gefällt dir die Nacht?«

»Ja, alles ist so ruhig und das Gehen macht müde.«

»Dann gehen wir jetzt langsam zurück, ja?«

Ich schüttelte den Kopf.

»Nein?«

»Ich möchte dir noch etwas geben.«

Ich nahm das kleine Papierpäckchen aus meiner Hosentasche und gab es ihr.

Wacholder faltete es auseinander und betrachtete die einzelnen Zettel.

»Meine Notizzettel?«

Ich lächelte, dann beugte ich mich über ihre Hand und löste zwei der Zettel aus dem kleinen Stapel.

»Die beiden haben ich in der ersten Woche von der Haustür entfernt, als ich bei dir eingezogen bin. Dann habe ich einige Zeit gewartet, ob du etwas Wichtiges vergisst. Aber das hast du nicht. Nach und nach habe ich noch ein paar weitere weggenommen und neue hin geklebt und sowas wie *hab einen schönen Tag*, oder *ich habe dich gern* draufgeschrieben. Du hast das gar nicht gemerkt. Ich denke, du bist gar nicht so vergesslich, wie du immer sagst. Manchmal haben wir vielleicht eine Meinung über uns, die wir aber von Zeit zu Zeit prüfen sollten.«

»Wer hat dir denn sowas beigebracht?«

Ich tippte auf die Zettel.

»Na, du.«

Wacholder lächelte, faltete die Zettel zusammen und schüttelte dann den Kopf.

Wir gingen ein paar Schritte.

»Und wenn ich nun vergessen hätte, die Blumen zu gießen?«

»Dann hätte ich dich daran erinnert.« Ich grinste.

Wacholder hob einen Arm, legte ihn um meine Schultern und drückte mich an sich.

Wir liefen los. Ich hielt ihre Hand fest und genoss es, wie vertraut wir inzwischen miteinander umgingen.

Eine offene Tür

Ich starrte aus dem Busfenster, während die Landschaft in bunten Streifen an mir vorbeizog. Leonie und ich hatten uns gerade mit einer Umarmung ins Wochenende verabschiedet. Ihr Vater war an beiden Tagen zuhause und wollte die Zeit mir ihr und Richard verbringen.

Ich vermisste sie bereits jetzt, denn wir sahen uns viel zu selten. Seit zwei Wochen spielten wir nun die guten Freundinnen in der Schule, doch von Tag zu Tag wurde es anstrengender. Ich wollte am liebsten stundenlang mit ihr reden, alles über sie erfahren und weil das in der Schule nicht ging, telefonierten wir die ersten Abende, an denen sie nicht bei mir übernachten konnte, sehr lange. Gestern hatte sie mir dann gesagt, dass sie das zwar total schön fände, aber dadurch zu wenig Schlaf bekäme.

Ich verstand das, doch in mir wuchs der Wunsch, dass sie ihrem Vater von uns erzählte. Vielleicht würde sie dann öfter bei mir übernachten können. Doch wie konnte ich das von ihr verlangen, wenn ich es meinen Eltern nicht sagte und es auch in der Schule nicht preisgeben wollte?

Ich schloss für einen Moment die Augen. Ich brauchte jetzt meine Kraft für den restlichen Tag, denn Wacholder hatte mich bis zum Abend eingespannt. Morgen fand endlich, der von ihr langersehnte Hexenzirkel statt und wir mussten im Wohnzimmer noch die Möbel umstellen und das Haus putzen.

Beim Hexenzirkel selbst durfte ich zwar nicht dabei sein, aber sie wollte mich zumindest allen vorstellen und bis es abends richtig losging, durfte ich bleiben. Zwölf Hexen und vier Hexer wurden erwartet.

Ich drückte mit den Händen auf meinen Bauch. Die Traurigkeit darüber, dass ich Leonie nun bis Montag nicht sah, vermischte sich mit starker Nervosität, denn ich hatte einen Entschluss gefasst. Vor zwei Wochen war mir aufgefallen, dass die Wohnzimmertür nicht mehr richtig zuging. Sie hatte sich verzogen und sprang jedes Mal wieder aus dem Schloss, wenn man meinte, sie hinter sich zugezogen zu haben.

Als ich vor einigen Tagen aus meinem Zimmer gekommen und die zweite Treppe betreten hatte, konnte ich Wacholders Telefongespräch im Wohnzimmer hören. Ich war wieder umgekehrt, aber heute Abend wollte ich mich auf den ersten Treppenabsatz runterschleichen und dem Geschehen im Wohnzimmer zuhören.

Natürlich wusste ich, dass es nicht okay war zu lauschen, aber wann würde ich jemals wieder die Chance haben, bei einem Hexenzirkel so nah dabei zu sein?

* * *

Nach der Arbeit und dem Mittagessen in der Gärtnerei machte ich mich eilig auf den Weg nach Hause.

Bereits im Flur duftete es nach Apfelkuchen, frisch aufgebrühtem Kaffee und Lavendel. Die Türrahmen zum Wohnzimmer und der Küche waren mit kleinen Bündeln aus verschiedensten Kräutern geschmückt.

Wacholder hatte die Kunstwerke im Flur gegen deutlich mystischere ausgetauscht. Ich sah Malereien von Seen und Flüssen, in denen das Mondlicht fiel und Waldszenen mit Eulen und Hasen.

Wacholder stand mit mehlbestäubter Schürze mitten in der Küche und strich gerade von einer Liste etwas ab. Wir begrüßten uns und ich fragte, wobei ich helfen könne.

Ich merkte mir ihre Anweisungen, schnappte mir den Staubsauger und begann mit der Arbeit. Wacholder rief mir regelmäßig ihre Fortschritte zu und ich tat es ihr nach. Ich saugte das Haus und reinigte die Oberflächen. Sie kochte inzwischen zwei große Töpfe mit Suppe und buk ein weiteres Blech Kuchen.

Ich half Wacholder auf dem Küchentisch das kleine Buffett anzurichten, dann eilte ich unter die Dusche und zog mich um.

Um sieben Uhr wurden die ersten Gäste erwartet. Man würde zusammen essen und gegen halb neun mit dem Zirkel beginnen. Ich durfte beim Essen noch dabei sein und Getränke ausschenken.

Als es um viertel vor sieben zum ersten Mal klingelte, standen Wacholder und ich zusammen in der Küche.

Sie trug ein türkisfarbenes samtenes Kleid, silberne Ohrringe und fünf Armreife aus bunten Steinen und Holz an jedem Handgelenk.

Ich hatte mich für eine dunkelblaue Jeans und ein weißes T-Shirt entschieden.

Wacholder öffnete die Haustür und ein großer Mann mit langen, offenen schwarzen Haaren trat ein. Er trug eine Lederjacke und hatte ein Motorradhelm unter dem Arm.

»Christopher, wie schön. Komm, gib mir deine Jacke.«

»Toll siehst du aus, Wacholder. Danke.«

Er beugte sich zu ihr hinunter und gab ihr rechts und links einen Kuss auf die Wange.

Was für ein gut aussehender Typ.

Hinter seinem Rücken warf ich Wacholder einen schmachtenden Blick zu.

Sie wedelte mir abwehrend mit einer Hand zu, löste sich von ihm und zeigte auf mich.

»Das ist Johanna. Sie wohnt seit zwei Monaten bei mir unter dem Dach und sorgt die erste Stunde für unser Wohl.«

»Das ist aber nett. Hallo. Ich bin Christopher. Duze mich bitte, sonst komme ich mir gleich so alt vor.«

»Du *bist* alt«, sagte Wacholder und schloss die Tür.

Er neigte sich zu mir runter und zog einen Schmollmund.

»Ich habe sie kaum eine Minute gesehen und schon hat sie mir wieder das Herz gebrochen.«

»Wieso schon wieder?«

»Sei nicht so neugierig«, sagte Wacholder laut.

»Erzähl ich dir später. Ich nehme erst mal einen Kaffee.«

Ich goss ihm eine Tasse ein und Christopher verschwand aus der Küche.

Wir sahen ihm beide hinterher.

Ich grinste Wacholder an.

Sie wandte sich übertrieben schnippisch mit hochgestreckter Nase von mir ab.

Es klingelte erneut.

Nun herrschte die nächsten zwanzig Minuten keine Ruhe mehr in der Küche.

Ich schüttelte Hände, schenkte Kaffee und Bowle ein und versuchte mir anhand von bestimmten Merkmalen alle Namen zu merken. Es gelang mir aber nur bei Vieren. Die Jüngste von allen hieß Monika, war gerade neunzehn geworden und hatte blaue Haare.

Die Hexe Cynthia aus der Nachbarstadt, hatte Wacholder einen großen Strauß Astern mitgebracht, den ich draußen auf dem Gartentisch vor dem Fenster drapierte.

Der Hexer Klaus trug einen weißen Hut mit einer Pfauenfeder und die Hexe Clarissa von Runkelstein war die Einzige, die mir nicht das Du angeboten hatte und deren Nachname als einziger hexisch klang.

Nachdem alle mit Suppenschüsseln und Getränken versorgt waren, schob ich mich zu Christopher hindurch, der mit einem anderen Mann im Gespräch war.

Als er mich sah, sagte er zu ihm. »Entschuldigst du mich bitte kurz. Ich muss mit Johanna etwas besprechen, bevor sie uns gleich verlassen muss.« Er zwinkerte mir zu.

Als wir alleine waren, fragte ich ihn, ob er es weit bis hierher gehabt hatte.

Zwei Stunden war er gefahren.

»Du kennst Wacholder also schon länger?«

Er schaute im Raum umher, vermutlich um zu kontrollieren, wo sie sich befand.

»Wir haben uns vor fünf Jahren mal bei einem Seminar kennengelernt und waren eine Zeit lang zusammen.«

»Und ihr versteht euch jetzt noch gut?«

»Wir haben hin und wieder Kontakt, aber nicht mehr so viel.«

»Sie trifft sich privat nicht so oft mit Leuten, oder?«

Christopher schüttelte den Kopf. »Zumindest nicht mehr. Als wir zusammen waren, haben wir viel unternommen.«

»Johanna, kannst du bitte zu mir kommen?«

»Ich muss wieder helfen.«

Christopher lächelte.

Ich nahm in der Küche von den Gästen das Geschirr entgegen und räumte es in die Spülmaschine. Den übrigen Kuchen deckte ich mit Tellern ab.

Wacholder kam in die Küche und legte mir eine Hand auf die Schulter.

»Ich danke dir für deine Hilfe.«

»Sehr gerne. Danke, dass ich alle kennenlernen durfte.«

»Dann wünsche ich dir schon mal eine gute Nacht.«

»Dir auch.«

Ich beugte mich vor und gab ihr einen Kuss auf die Wange. Eilig lief ich nach oben in mein Zimmer und drehte mich wieder zur Tür.

Sollte ich das wirklich tun?

Und wenn ich erwischt würde?

Das konnte eigentlich nicht passieren, denn sollte jemand die Treppe raufkommen, könnte ich die paar Schritte rückwärts ins Badezimmer eilen und so tun, als hätte ich mich dort aufgehalten.

Ich konnte mir diese Chance nicht entgehen lassen.

Einige Minuten wartete ich noch, dann schlich ich, Stufe für Stufe auf die erste Etage in den Flur und drückte mein Ohr durch die Streben des Holzgeländers.

Wie ich es gehofft hatte, drang eine Stimme zu mir, sie war gedämpft, aber ich konnte verstehen, was gesprochen wurde. Die Tür war also nicht richtig zugegangen.

Es gab eine längere Begrüßung, in der eine Hexe über bestimmte Planetenkonstellationen und deren Auswirkungen für Mensch und Natur berichtete. Dann erzählte jeder Einzelne von seinen letzten Wochen und was ihn besonders beschäftigte. Es gab Ratschläge und Anweisungen. Das letzte Wort hatte immer Clarissa, die sowas wie die Vorsitzende des Zirkels zu sein schien.

Worüber Wacholder wohl berichten würde?

Ich bekam von ihrer Arbeit nicht viel mit und sie erzählte auch kaum etwas darüber.

Wacholder war an der Reihe.

»Bei mir hat sich in den letzten Wochen einiges verändert, wie ihr ja schon mitbekommen habt. Johanna wohnt nun bei mir.«

Würde sie etwas über mich oder über unser Zusammenleben erzählen?

Meine Wange schmerzte bereits, so dicht drückte ich mein Gesicht nun an die Stäbe.

Wacholder erzählte, warum ich bei ihr eingezogen war und berichtete dabei von den Streitigkeiten mit meinen Eltern.

War ich also ein Art Problemfall, den es für Wacholder zu lösen galt?

Mein Brustkorb zog sich unangenehm zusammen.

»Dass ein junger Mensch mal raus muss von zu Hause, kann ich sehr gut verstehen, aber sie ist ja jetzt schon zwei Monate bei dir. Sollte sie nicht langsam zurück zu ihren Eltern? Sie hat schließlich eine Familie.« Clarissas Stimme klang scharf.

»Johannas Lage ist sehr komplex. Sie fühlt sich auch in der Schule nicht besonders wohl und ihre Eltern haben dafür wenig Verständnis.«

»Natürlich nicht, sie tragen ja schließlich die Verantwortung für sie. Und mal ehrlich, welcher Teenager geht schon gerne in die Schule?«

Verschiedene aus der Runde stiegen nun in die Diskussion mit ein.

»Glaubst du nicht, dass sie allem eher aus dem Weg geht, indem sie hier bei dir bleibt?«

»Du leitest doch sonst auch alle an, ihre Probleme alleine zu lösen. Warum sie nicht?«

»Johanna braucht Zeit«, sagte Wacholder.

»Aber es ist deine Zeit, die sie dadurch auch in Anspruch nimmt. Es ist unsere Aufgaben, so vielen wie möglich zu helfen und wenn du dich Johanna so intensiv widmest, nimmt dir das die Kraft für andere und für die Beschäftigung mit neuen Künsten. Du hast in den letzten zwei Monaten nichts zu unseren Sammlungen beigetragen, weder bei neuen Heilmitteln, Zaubern oder Rezepten. Du weißt, dass diese Dinge zu unseren Regeln gehören, an die sich jeder zu halten hat.«

Ich schluckte.

Wacholder schwieg.

»Außerdem hattest du das Zimmer für deutlich mehr Geld vermieten wollen, um damit schnell das Gewächshaus auszubauen, wo du dann Seminare in Pflanzenkunde geben solltest. Du bist eine unserer besten Kräuterhexen und du weißt, wie wichtig es ist, dass die nachkommende Generation vernünftig geschult wird. Willst du diese Aufgabe etwa nicht mehr übernehmen?«

»Doch, natürlich. Ich dachte ja auch, Johanna bleibt nur eine kurze Zeit.«

Für einen Moment schnürte sich meine Kehle zu.

»Bis zum nächsten Treffen in drei Monaten solltest du Johanna wieder nach Hause geschickt und einen richtigen Mieter gefunden haben, damit du mit dem Schulungsprojekt endlich starten kannst.«

»Ich werde sehen, was ich tun kann.«

Ich stand auf, ging so leise wie möglich in mein Zimmer und ließ mich auf das Bett sinken.

Eine Welle der Wut flutete meinen Körper.

Wacholder wollte mich also eigentlich gar nicht hier haben?

Das konnte nicht sein.

Warum war sie dann so nett zu mir?

Ich konnte nicht zurück zu meinen Eltern. Jetzt noch nicht und auch in ein paar Wochen nicht. Es fühlte sich dort alles so falsch an. Wir würden wieder genau über die gleichen Sachen streiten, denn meine Meinung zur Schule hatte sich nicht geändert.

Ich schaute auf die Uhr. Vor die Tür konnte ich nicht mehr. Und Leonie anrufen? Dafür war ich viel zu aufgewühlt.

Ich hatte so gut über Wacholder gesprochen und nun würde ich zugeben müssen, dass sie mich eigentlich loswerden wollte.

Ich rieb mir über das Gesicht.

Morgen früh konnte ich ihr unmöglich gegenübertreten, so wütend wie ich auf sie war.

Ob Charlotte morgen vielleicht Zeit hatte?

Wir hatten uns außerhalb der Schule noch nicht getroffen und ich sollte das in so einem aufgewühlten Zustand auch nicht tun.

Ich schlug mit den Fäusten auf die Bettdecke.

So ein Mist!

Ich griff nach meinem Phone. Der Wetterbericht sagte eine Temperatur von 18 Grad voraus, bewölkt, aber keinen Regen.

Ich könnte in den städtischen Park fahren.

Ich würde erst am Nachmittag zurückkommen und falls ich auf Wacholder traf, würde ich behaupten, ich hätte Kopfschmerzen und würde mich wieder in meinem Zimmer verkriechen.

Ja, so könnte es klappen, morgen nicht mit ihr reden zu müssen.

* * *

Gestern hatte ich es tatsächlich geschafft, Wacholder aus dem Weg zu gehen und heute Morgen war ich ganz früh aufgestanden um vor ihr aus dem Haus zu eilen. Ich hatte ihr nur einen Zettel hinterlassen, dass ich vor der Schule noch Leonie sehen wollte.

Stattdessen hatte ich am Bahnhof gesessen, einen Kaffee getrunken und auf all die Notizen geschaut, die ich mir gestern im Laufe des Tages gemacht hatte. Weil ich darüber die Zeit vergaß, kam ich zwanzig Minuten zu spät in den Unterricht, wofür ich mir eine Schelte meiner Deutschlehrerin einhandelte. Isa blickte mich höhnisch an.

In der letzten Stunde gab es jetzt ausgerechnet noch Mathe.

Herr Wintrath verkündete, dass er heute an der Tafel vorrechnen lasse wolle.

Mir würde übel.

Bitte nicht.

Ich rutschte tiefer in den Stuhl.

Herr Wintrath ließ die Augen über die Reihen wandern.

»Johanna, kommst du bitte nach vorne.«

Oh Gott, nein, nicht ich, nicht heute.

Alle Augen richteten sich auf mich.

»Johanna, kommst du bitte?«, wiederholte Herr Wintrath.

Ich schüttelte den Kopf. »Ich kann nicht.«

»Die Bruchgleichungen machen wir doch jetzt bereits einige Stunden.«

Na und? Verstanden hatte ich sie trotzdem nicht.

»Ich möchte nicht.«

Herr Wintrath lachte. »Das ist nicht wirklich deine Entscheidung.«

Ach nein? Nie war irgendetwas meine Entscheidung.

Ich schnappte meine Sachen, stopfte sie in die Tasche und stand auf. »Ich melde mich ab. Ich bin krank.«

»Johanna!«

Ich verließ das Klassenzimmer und schlug die Tür fest zu. Für einen Moment erstarrte ich, dann rannte ich aus dem Flur hinaus, die Treppe hinunter und an den Bushaltestellen vorbei, bis ich in das angrenzende Wohngebiet gelangte. Ich verlangsamte meine Schritte und wartete, bis ich wieder zu Atem gekommen war.

Mit zittrigen Händen holte ich meine Notizen hervor und wählte die Telefonnummer, die ich gestern dick unterstrichen hatte.

* * *

Seit einer Stunde kauerte ich auf dem Fußboden in meinem Zimmer neben der Holzkiste.

Leonie rief an.

Ich schrieb:

Danke für deinen Anruf. Ich bin schon früher raus aus der Schule. Mach dir keine Sorgen. Ich erkläre es dir später. Es ging mir heute nicht so gut. Ich melde mich.

Meine Mutter rief an.

Ich schrieb:

Ich kann gerade nicht mit dir reden. Es tut mir leid. Ich melde mich später.

Die Sätze des Mannes von der Kinder- und Jugendhilfe kreisten in meinem Kopf.

Du musst mit Wacholder über die Sache reden und dann zieh zurück nach Hause. Es ist das Beste für dich.

Aber ich wollte nicht zurück nach Hause, denn das war sicher nicht das Beste für mich.

Und ich wollte nicht mit Wacholder reden. Für sie war zwischen uns anscheinend alles klar.

Wacholder klopfte.

Ich sagte nichts.

»Johanna?«

Wie konnte sie es wagen, nach mir sehen zu wollen?

»Geh«, rief ich in ihre Richtung.

Ich hörte Schritte und sah im Augenwinkel Wacholders Silhouette.

Ich sprang auf. »Ich verstehe schon. Du kommst hier einfach so rein, obwohl ich das nicht will. Aber das ist okay. Ich sollte ja eh gar nicht mehr hier sein. Ich bin bald weg. Siehst du, ich habe schon angefangen zu packen.«

Ich zeigte auf mein Bett, auf dem meine vollgestopfte Reisetasche stand.

Wacholder starrte mich mit weit geöffneten Augen an.

»Johanna, was ist denn los?«

Ich hob abwehrend die Hände.

»Nein, komm mir nicht so. Du weißt ganz genau was los ist. Von Anfang an war dir klar wie es laufen sollte. Bloß mit mir hast du nicht geredet.«

Wacholder kam auf mich zu.

Ich eilte zum Bett und stopfte willkürlich weitere Dinge in die Tasche, dann hob ich sie an und streckte sie demonstrativ in ihre Richtung.

»Ich kann sofort gehen. Aber eins musst du mir noch verraten, wo du doch für alle eine Lösung hast. Wo soll ich hin? Zurück zu meinen Eltern? In diese scheiß Zankhölle? Aber dir kann es ja egal sein. Du hast deine Pflicht getan. Die Nächste bitte.«

Tränen schossen mir in die Augen und meine Stimme kippte, aber das war mir egal.

Wacholder kam nun energisch auf mich zu, zog mir die Tasche aus der Hand und ließ sie auf den Boden fallen.

Sie griff nach meinen Oberarmen und sah mir in die Augen.

»Johanna, was ist denn ...«

Ihr Gesichtsausdruck erstarrte für einen Moment. Sie ließ mich los.

»Hast du beim Hexenzirkel gelauscht?«

Ich ging einen Schritt zurück. »Ja das habe ich und weißt du was? Es tut mir überhaupt nicht leid. Jetzt weiß ich wenigstens woran ich bei dir bin.«

Wacholder schüttelte langsam den Kopf.

»Was? Was soll das? Ich habe alles gehört. Willst du jetzt so tun, als hättest du es nicht so gemeint?«

»Johanna, bitte beruhige dich und hör mir zu.«

Ihre Stimme war sanft.

Ich verschränkte die Arme und starrte Wacholder an.

»Ich habe alles so erzählt, wie es mir vernünftig erschien.«

Ich öffnete den Mund, doch sie war schneller.

»Aber es war nicht richtig. Ich habe das erzählt, was die anderen von mir hören wollten.«

Nein, sie log. Sie log, um mich zu besänftigen, weil sie keine Lust hatte, sich mit mir auseinanderzusetzen.

»Das ist doch Bullshit. Warum hast du denn nicht gleich die Wahrheit gesagt?«

»Weil es die anderen nichts angeht.« Jetzt wurde Wacholder laut.

Ich zuckte zusammen.

»Am Anfang habe ich mir gewünscht, dass du nicht lange bleibst, aber um deinetwillen. Ich habe auch immer gedacht, ein junger Mensch gehört unter allen Umständen in sein Zuhause. Aber was nützt ein Zuhause, wenn es einem dort nicht gut geht?«

Ich schluckte das Brennen in meinem Hals hinunter.

»Ich weiß um meine Pflichten, meine Aufgaben und die Regeln für die Hexengemeinschaft, aber ich weiß auch, was du mir bedeutest.«

Ich presste die Lippen fest aufeinander, damit mir nicht noch etwas Blödes entwich. Alles hätte ich erwartet, aber nicht solche Worte.

»Vor acht Wochen waren meine Pläne noch ganz anders. Ja, ich wollte mit der Miete Geld einnehmen, um das Gewächshaus auszubauen und ich hatte geglaubt, du seist vielleicht nur zwei Wochen da, bis sich die Lage bei euch wieder beruhigt hat. Aber das ist jetzt anders. Ich will, dass es dir gut geht.«

Ich atmete hörbar aus. »Aber wegen mir bekommst du Ärger mit den anderen aus dem Zirkel und ich weiß, wie wichtig dir diese Gemeinschaft ist.«

»Aber du bist mir wichtiger.«

In mir stürzte alles zusammen. Wut, Angst und Enttäuschung, die sich als festes Bündel um meinen Brustkorb geschnürt hatten, lösten sich auf.

Ich ging auf Wacholder zu und schlang meine Arme um sie. All die Tränen, die ich seit Samstag zurückgehalten hatten, suchten sich ihren Weg und rannen mir über die Wangen.

Wacholder drückte mich fest an sich.

Sanft strich sie mir über den Rücken.

»Es tut mir leid, dass ich dir solche Angst gemacht habe.«

Angst.

Die Gefühle aus dem Matheunterricht überfluteten mich erneut.

Ich löste mich von ihr.

»Ich bin heute aus dem Unterricht fortgelaufen«, sagte ich mit Tränen erstickter Stimme.

»Komm, wir setzen uns.«

Wacholder berührte sachte meine Schulter und wir ließen uns auf das Bett sinken.

»Was ist passiert?«

»Ich war so durcheinander wegen allem und dann hatten wir Mathe. Ich habe immer so Angst vor diesen Stunden und dann sollte ich an die Tafel. Da bin ich raus und habe behauptet, ich wäre krank. Ich bin dann einfach nur gerannt und habe ganz vergessen, mich im Sekretariat abzumelden.«

»Deswegen wollte deine Mutter dich so dringend sprechen …«

»Sie ist sauer, oder?«

Wacholder nickte.

Mein Magen krampfte sich zusammen.

»Wir besuchen deine Eltern morgen Abend und reden mit ihnen. Ich werde ihnen erklären, dass ich mit Schuld an dieser Situation hatte. Und wir rufen sie gleich zusammen an. Du brauchst eine Entschuldigung für die Schule wegen der Sache heute, oder?«

Ich nickte.

»Die könntest du ja morgen früh zuhause vor dem Unterricht abholen. Bei deinem Mathe-Lehrer musst du dich auf jeden Fall persönlich entschuldigen. Bekommst du das hin?«

Ich nickte.

»Johanna?«

Ich blickte Wacholder an.

»Die anderen beim Hexenzirkel hatten mit einem recht. Du und auch ich sollten deine Eltern mehr mit einbinden. Du solltest deinen Eltern von Leonie erzählen. Es sind deine Eltern. Ihr habt eure Schwierigkeiten, aber schließe sie nicht aus deinem Leben aus. Ich bin mir sicher, sie tun ihr Bestes. Auch wenn das vielleicht momentan für die Lösung eurer Probleme nicht ausreicht. Sie finden vielleicht momentan nicht den richtigen Weg, um mit dir umzugehen, aber trotzdem seid ihr immer noch eine Familie, verstehst du?«

Ich nickte erneut.

Sie strich mir über die Wange. »Und ich komme morgen früh mit, damit ihr euch nicht streitet.«

Ich ließ mich gegen ihre Schulter sinken. Sie schlang einen Arm um mich und hielt mich fest.

Die Tränen rannen mir erneut über die Wangen.

Stopp. Nein.

Ich wollte nicht weinen. Ich hatte es satt, ständig traurig zu sein.

Wacholder hatte recht, ich schleppte zu viel mit mir herum und das belastete auch Leonies und meine Situation. Ich grübelte seit Tagen über alles nach und konnte mich gar nicht richtig auf die wunderschönen Gefühle einlassen, die Leonie in mir auslöste.

Jetzt, hier in diesem Moment war es gut, hier war ich wieder sicher, aber morgen in der Schule würde ich erneut mit unserer Situation konfrontiert werden.

Ich wollte es den anderen ja sagen, aber dafür brauchte ich einen Ausweg, einen, der für mich alles leichter machen würde.

Ich blickte zum Schreibtisch. Den Brief hatte ich inzwischen aus der Schublade geholt. Es war jetzt an der Zeit, ihn endlich meinen Eltern zu zeigen und dafür einzustehen, was ich mir wünschte.

Ich

Wir gingen auf die Haustür zu. In der einen Minute fühlte ich mich stark. In der anderen schwach.

Wacholder war bei mir und ich hatte Leonie gebeten mitzukommen, denn ich wollte meinen Eltern heute von uns erzählen.

Das Gute war, gleich wäre es vorbei. Heute Nacht würde ich in meinem Bett liegen und hätte endlich das ausgesprochen, was ich bereits den ganzen Sommer über mit mir rumtrug.

Aber jetzt hatte ich alles noch vor mir und wusste nicht, wie es ausgehen würde.

Unten schloss ich auf, an der Wohnungstür benutzte ich die Klingel.

Meine Mama öffnete. Sie wollte etwas sagen, dann fiel ihr Blick auf Leonie.

»Ich habe noch jemanden mitgebracht. Das ist Leonie.«

Irritiert und etwas zögerlich begrüßte meine Mutter erst Leonie und Wacholder und bat sie, in den Essbereich zu gehen, doch mich hielt sie zurück.

Wir umarmten uns kurz.

»Meinst du nicht, wir sollten heute Abend besser unter uns sein? Ich finde es schon komisch, dass Wacholder mitgekommen ist und nun auch noch eine Freundin von dir.«

»Bitte, Mama, es ist wichtig für mich.«

Sie sah mich durchdringend an.

Ich ging vor und begrüßte meinen Vater.

»Ich hole noch eine Tasse«, sagte meine Mutter.

Sie hatten den Tisch nur mit Teegeschirr gedeckt. Ich hatte ein Abendessen abgelehnt, weil mein nervöser Magen dem nicht standgehalten hätte.

Wir setzten uns. Ich blickte zu meinem Vater, der gleich wieder aufsprang.

»Ach so, ihr wollt doch sicher alle Tee, oder?« Er goss uns ein.

Leonie blickte auf ihre Tasse.

Sie war nur mir zuliebe hier. Sie hätte meine Eltern lieber zu einem anderen Zeitpunkt kennengelernt, aber ich wusste, wie sie tickten. Wenn sie sich einmal an einer Sache festgebissen hatten, durfte so schnell kein neues Problem folgen. Dann lieber alles auf einmal.

Meine Mutter setzte sich und mein Vater goss ihr ebenfalls ein.

Wacholder wollte etwas sagen, doch ich kam ihr zuvor.

»Ich möchte mich noch mal wegen gestern entschuldigen. Wacholder hatte euch ja schon am Telefon erklärt, wie es zu meiner Stimmung gekommen war, aber trotzdem war mein Verhalten unüberlegt.«

Meine Eltern lächelten zurückhaltend.

»Ich … Ich möchte euch heutige einiges sagen.«

Ich schaute zu Leonie, die nun aufblickte und mich liebevoll ansah.

»Ich habe Leonie heute Abend darum gebeten mitzukommen, weil sie für mich in den letzten Wochen ein sehr wichtiger Mensch geworden ist. Ich habe mich in sie verliebt. Wir sind zusammen.«

Meine Mama schaute zu Leonie hinüber und dann zu mir.

Ich musste weiterreden.

»Ich war in letzter Zeit sehr verunsichert, was meine Gefühle betrifft. Eigentlich war ich ja mit Tobi zusammen, aber ich habe währenddessen für eine Frau geschwärmt und da fühlte es sich mit Tobi nicht mehr richtig an. Jetzt mit Leonie, da bin ich glücklich. Es ist zum ersten Mal ein Gefühl, dem ich vertraue. Es fühlt sich gut an und schön. Versteht ihr, wie ich das meine?«

Meine Eltern nickten.

Mein Papa blickte zu Leonie und lächelte.

Ich wollte einen Schluck Tee nehmen, um gegen meinen trockenen Mund etwas tun zu können, doch im gleichen Moment zog sich mein Magen zusammen.

»Seid ihr auf der gleichen Schule?«, fragte meine Mama.

»Im gleichen Jahrgang«, sagte Leonie. »Aber die anderen wissen es noch nicht.«

»Ihr müsst ja nichts überstürzen«, sagte mein Papa.

»Du würdest dir Sorgen machen, wenn wir es erzählen, oder?«, fragte ich.

Auf seiner Stirn bildeten sich Falten.

»Ja, schon, ich meine, eure Generation ist natürlich überwiegend offen und tolerant, aber ihr würdet einigen sicher eine Angriffsfläche bieten und müsstet dem standhalten können. Du bist ja in letzter Zeit öfter mal angeeckt, Johanna, das könnte alles etwas viel werden für dich.«

»Ja und genau das ist doch das Problem. Ich gebe dir recht. Es ist zu viel. Gestern in Mathe bin ich nicht nur wütend geworden, weil es mir eh schon nicht gut ging, sondern weil ich an die Tafel sollte, obwohl ich nicht wollte.«

Meine Mutter drehte ihren Oberkörper zu mir. »Das haben wir doch schon so oft -«

»Bitte, Mama, lass mich weiterreden. Das hier fällt mir echt schwer und ich weiß nicht ... ich weiß nicht, ob ich gleich noch den Mut dazu habe alles auszusprechen.«

Sie nickte mir zu.

»Ihr habt so viel probiert in den letzten beiden Jahren. Die ganzen Nachhilfestunden und die Gespräche mit den Lehrern. Und ich habe alles immer mitgemacht, weil ich genauso wollte, dass es besser wird. Aber eigentlich wollte ich es nur, damit ihr nicht mehr enttäuscht seid von mir.«

Ich nahm einen Schluck Tee.

Meine Eltern taten es mir nach.

Meine Mutter blickte dabei verstohlen zu Wacholder.

Es war gut, dass sie hier war. Meine Eltern schienen dadurch bedachter zu sein, was ihre Reaktionen betraf.

Ich fuhr fort. »Ihr habt genauso heftige Probleme wie ich, aber für eure, da findet ihr wirklich Lösungen. Weißt du noch Papa, als es vor zwei Jahren für dich auf der Arbeit ganz schlimm wurde, wegen diesem einen Kollegen. Da hast du dich in einer anderen Abteilung beworben, obwohl du da weniger Geld verdienst. Aber Mama hat gesagt, wir bekommen das hin und das haben wir. Wisst ihr, wenn ihr Probleme habt, dann findet ihr Lösungen und seid eure Sorgen danach los. Ich muss vor allem immer nur an mir arbeiten um meine Probleme zu lösen. Aber ich denke nun, dass es so nicht mehr funktioniert.«

Ich zog den Brief aus meiner hinteren Hosentasche und reichte ihn meinen Eltern.

Meine Mutter nahm ihn entgegen.

»Das ist ein Brief von Herrn Wontrast aus der Gärtnerei. Ihr habt ihn ja auch schon ein paar Mal getroffen. Ich hatte vor einiger Zeit ein langes Gespräch mit ihm. Er ist mit meiner Arbeit sehr zufrieden und er würde mir im kommenden Jahr einen der beiden Ausbildungsplätze als Gärtnerin in der Staudengärtnerei in seinem Betrieb anbieten.«

Meine Mutter ließ den Brief sinken, doch mein Papa griff danach.

»Was redest du denn da Johanna?«

»Lies ihn bitte.«

Mein Papa faltete den Brief auseinander.

Meine Mutter sah mich an. In ihren Augen lag nun etwas schweres und sorgenvolles.

Mein Vater ließ den Brief sinken und gab ihn meiner Mutter zurück.

»Er hat sehr viel über dich geschrieben.«

Ich sah meinem Papa in die Augen.

Nun überflog meine Mutter die Zeilen, dann sah sie mich wieder an.

»Du willst nach der Neunten abgehen?«

»Ja. Ich habe dann den Hauptschulabschluss und Herrn Wontrast würde das reichen.«

Mein Papa fuhr sich über das Gesicht. »Aber Johanna …«

Wacholder unterbrach ihn. »Johanna hilft mir oft im Garten und sie ist unheimlich gut.«

»Du verbaust dir damit alle weiteren Wege.«

»Aber ich will diesen Weg gehen und keinen anderen.«

»So denkst du *jetzt*.«

»Ja und genau deshalb entscheide ich mich auch *jetzt* dafür. Ihr habt die Verantwortung für mich. Und seit ich bei Wacholder wohne, ist es mir noch viel bewusster geworden, wie es jemandem geht, wenn er die Verantwortung für einen trägt. Ihr habt Angst Fehler zu machen und ihr habt Angst einen ungewöhnlichen Weg zu gehen. Genauso wie ihr jetzt, habe ich mich auch gefühlt, als ich merkte, was ich für Leonie empfand. Weil es eben nicht so ist, wie man es erwartet oder kennt. Ihr wünscht euch einen anderen Weg für mich und deshalb kommt euch dieser sicher nicht richtig vor. Aber für mich ist es der richtige.«

»Haben Sie von dem Ganzen gewusst?«, wandte sich mein Vater an Wacholder.

Wacholder schüttelte den Kopf. »Johanna hat das alleine überlegt.«

Mein Papa sah mich an. »Ich denke, es ist das Beste, wenn du erst mal wieder zurückziehst. Es ist ja fast noch ein ganzes Jahr Zeit und wenn wieder alles in gewohnten Bahnen läuft, wirst du deine Meinung sicher noch mal ändern.«

Er glaubte Wacholder nicht. Er dachte bestimmt, sie hätte mich mit dieser Idee noch unterstützt.

»Nein, Papa. Ich möchte nicht mehr zurück.«

Meiner Mutter wurde blass. »Das hast *du* aber nicht zu entscheiden, meine verehrte Tochter.«

»Ihr habt es aber auch nicht alleine zu entscheiden«, sagte ich. »Es geht hier um mich. Um mein Leben. Um meine Situation. Und ich tue gerade alles dafür, um sie besser zu machen.«

»Aber das haben wir doch auch immer.«

»Ja, aber aus eurer Sicht, nicht aus meiner.«

»Ach, Johanna, du verstehst nicht- «

»Wieso? Wieso verstehe ich angeblich immer so wenig. Nur weil ich jung bin? Ich stecke jeden Tag in meiner Haut. Nicht ihr. Ich muss jeden Tag in der Schule sitzen und es irgendwie aushalten. Nicht ihr. Ihr habt das alles schon hinter euch und es anscheinend gut geschafft. Aber jeder von uns ist anders gestrickt. Ihr könnt mich nicht mit euch vergleichen, auch wenn ich euer Kind bin.«

»Wir hätten dich nicht ausziehen lassen dürfen. Entschuldigen Sie, Wacholder, das geht nicht gegen Sie«, sagte meine Mutter.

Wacholder beugte sich leicht nach vorne.

»Ich verstehe warum Sie so reagieren. Aber lassen Sie mich bitte meine Meinung dazu sagen. Ich habe in den letzten Jahren so viele verschiedene Menschen kennengelernt und ich habe unheimlich viel durch sie lernen dürfen. Ich war in ihren Häusern und Wohnungen, habe zum Teil ihre Partner und Familien kennengelernt. Ich dachte lange Zeit auch, ein Zuhause, das ist ein Ort. Aber ein Zuhause ist vor allem ein Gefühl. Johanna ist und bleibt ihre Tochter, immer, egal wo sie ist. Als sie zusammengelebt haben, da haben sie sich voneinander entfernt. Sie wussten das alle und haben es jeden Tag gespürt. Sie haben Sorge, nun erst recht die Kontrolle zu verlieren, aber der Abstand bewirkt das Gegenteil. Sie werden alle drei lernen müssen, einander neu zu vertrauen. Eine neue Situation verändert nicht die Basis, die man als Familie hat. Sie bleiben immer Johannas Eltern, wenn sie wollen, können sie sich jeden Tag sehen, können weiterhin über alles reden. Es liegt an Ihnen, all die Möglichkeiten zu nutzen, die diese Chance Ihnen bietet.«

Wacholder sah meine Mutter an und dann meinen Vater.

»Sie hatten den Mut ein Stück dieser Kontrolle aufzugeben. Sie haben Johanna vertraut und es ist dadurch so viel Gutes entstanden. Johanna musste Entscheidungen treffen und das konnte sie, gerade weil sie nicht mehr in ihrem gewohnten Umfeld war. Schenken sie ihr dieses Vertrauen weiterhin. Johanna ist so ein wunderbarer Mensch. Nichts von dem, was sie tut, macht sie, um ihnen wehzutun, sondern um es für alle leichter zu machen.«

Meine Mutter schüttelte sachte den Kopf.

Ich drehte mich zu ihr und legte eine Hand auf ihren Unterarm. »Ihr habt so viel für mich getan und so viel versucht. Es war halt einfach nicht das richtige für mich. Das ist okay. Ich habe doch auch lange gebraucht, um es zu verstehen. Bitte, wenn ich weiß, wofür ich dieses Jahr auf der Schule noch machen muss, dann kann ich das schaffen. Aber ich brauche dieses eine Ziel vor Augen.«

Meine Mutter atmete tief ein und blickte zu meinem Vater. »Lass uns darüber in Ruhe nachdenken, ja?«

Er zögerte und sah mich an. »Du sollst es guthaben.«

»In der Gärtnerei geht es mir gut. Ich habe meine Aufgaben und kann sie schaffen.«

»Du wirst in die Berufsschule müssen, da werdet ihr auch wieder untereinander verglichen. Du kannst vor diesen Prüfungen nicht weglaufen.«

»Das weiß ich. Aber dort habe ich mit den anderen das gleiche Ziel. In der Schule muss ich mich so vielen verschiedenen Bereichen stellen … ich kann das einfach nicht mehr.«

Jetzt versagte meine Stimme.

Leonie beugte sich über den Tisch, griff nach meiner Hand und drückte sie kurz. Gleichzeitig stand mein Vater auf und legte seine Hände auf meine Schultern.

»Entschuldige, Johanna. Du hast dir so viele Gedanken gemacht und das anscheinend schon sehr lange. Ich bin sehr stolz auf dich.«

Ich sah hoch und er drückte mich kurz an sich.

»Danke, Papa«, sagte ich leise.

Er setzte sich wieder.

Meine Mutter wandte sich Wacholder zu. »Ist es für Sie in Ordnung, wenn Johanna weiterhin bei Ihnen wohnt? Sie sollen nicht denken, dass wir die Verantwortung abschieben wollen. Die ganze Sache soll keine Belastung für Sie werden.«

Wacholder sah sie an.

»Johanna ist mir sehr wichtig geworden und ich will für sie da sein, wie man das als Mitbewohnerin und Freundin sein kann. Ich denke, wir müssen einfach alle immer im Gespräch bleiben.«

Sie lächelte mir zu.

Mein Vater beugte sich leicht vor. »Johanna, deine Mutter und ich müssen uns noch über die Ausbildung informieren und mit Herrn Wontrast sprechen. Gib uns diese Zeit, ja?«

Ich nickte, auch wenn mein Magen trotz der netten Worte zwackte.

Und wenn sie doch nein sagten?

Mein Vater schob den Tee von sich weg. »So, ich denke, für heute Abend waren das genug schwere Themen und ihr beide seht ganz müde aus.« Er lächelte mir und Leonie zu. »Ich fahre euch nach Hause.«

Wir standen auf.

Meine Mutter umarmte auch Leonie. Sie wirkte überrascht, lächelte ihr aber schüchtern zu.

Im Auto setzten wir uns nach hinten und Wacholder nach vorne neben meinen Vater.

Während der Fahrt redeten sie über die Politik des Bürgermeisters, woran wir uns zum Glück nicht beteiligen mussten.

Leonie zog meine Hand zu sich und hielt sie fest.

Sie lehnte sich zu mir und flüsterte mir ins Ohr. »Du warst unheimlich mutig.«

Ich lächelte ihr zu.

Leonie sah den Rest der Fahrt aus dem Fenster. Sie wirkte sehr nachdenklich und ich wollte sie nicht stören.

Zuhause angekommen, wünschten wir Wacholder eine gute Nacht und gingen auf mein Zimmer.

Als wir oben angekommen waren, zog Leonie mich an sich.

Sie hielt mich ganz fest und ich wagte kaum zu atmen, es war, als suche sie Halt.

Ich legte meine Hände auf ihren Rücken. Einige Minuten vergingen.

Ich hatte es hinter mir, doch mein Körper entspannte sich nicht. Leonie brauchte gerade meine Kraft und ich hielt sie so lange an mich gedrückt, bis sie sich langsam löste.

Ihre Augen waren ganz wach.

Wollte sie noch mit mir reden?

»Ich hole uns Saft, ja?«

Sie nickte.

Ich eilte in die Küche, nahm eine Packung Multivitaminsaft aus dem Schrank und zwei Gläser.

Oben angekommen, goss ich uns ein. Leonie hatte sich im Schneidersitz auf das Bett gesetzt und ich tat es ihr nach.

Wir tranken beide einen großen Schluck und ich stellte die Gläser weg.

Sie nahm meine Hand und strich gedankenverloren einige Wimpernschläge lang mit dem Daumen darüber.

»Dass du deinen Eltern von uns erzählt hast finde ich mutig.«

»Du bist viel mutiger. Du wolltest es in der Schule gleich erzählen.«

Leonie sah mich geradewegs an. »Erst als du heute von deinen Erlebnissen in der Schule gesprochen hast, ist mir bewusst geworden, wie viel du damit verbindest. Du kennst alle schon seit der fünften Klasse. Bei mir ist das anders. Meine längste Zeit in einer Klasse waren zwei Jahre. Ich habe immer alles hinter mir gelassen und irgendwann war es mir auch ziemlich egal, was die meisten von mir hielten.«

»Wieso seid ihr so oft umgezogen?«

Mein Brustkorb zog sich zusammen. Die Frage machte mir bewusst, dass Leonies Vater vielleicht immer nur auf der Durchreise war. Könnte es also sein, dass sie in ein oder zwei Jahren wieder wegzogen?

»Mein Papa arbeitet für eine internationale Firma auf dem Bau. Sie kümmern sich um Großprojekte, um Einkaufszentren, Wohnblocks und sowas. Er ist nur angelernt, keine Fachkraft. Sie haben ihm damals die Chance gegeben, sich zu beweisen. Wegen der fehlenden Ausbildung findet er nirgendwo anders eine Stelle. Er wird vor allem als Springer eingesetzt für Hilfsarbeiten, deswegen weiß er nie, bei welchem Projekt er gebraucht wird.«

Leonies Stimme war fest, aber leise. Es klang, als habe sie diese Geschichte schon zu oft erzählen müssen. Die Sätze kamen eintönig aus ihrem Mund.

Es musste so anstrengend für sie sein, in jeder neuen Klasse ihre Situation erklären zu müssen.

Ich begann, all die Informationen über sie zusammenzufügen.

»Dein Bruder hat nun eine eigene Wohnung, oder?«

Leonie nickte. »Er hat das vorbereitet. Vor einem halben Jahr ist er achtzehn geworden. Sobald wir wussten, in welche Stadt wir als nächstes ziehen, hat er sich um einen Job gekümmert und um einen Platz in einer WG. Ich stand erst mal unter Schock, weil mir klar wurde, er wird nun in dieser Stadt bleiben. Ich konnte diesen Wunsch natürlich verstehen. Ich hatte das Verhalten von meinem Papa immer ohne Widerstand akzeptiert. Nur vor drei Jahren war es mal anders, doch das führte zu einem schlimmen Streit.«

Ihr Blick war nun wieder ganz klar und wach.

Ich drückte ermutigend ihre Hand.

»Ich hatte mich verliebt. In ein Mädchen aus meiner Klasse. Mit Jungs hatte ich mich immer sehr gut verstanden, aber auf die kumpelhafte Art. Plötzlich waren da all diese Gefühle, die ich bisher nur aus Filmen gekannt hatte. Ich zögerte ganz lange, doch das Gefühl wurde immer stärker. Ich erzählte meinem Papa davon und ich bat ihn, dass wir bleiben. Ich wollte es dem Mädchen sagen.«

Leonie rückte noch näher an mich heran.

Ich spürte, dass diese Worte nur für mich bestimmt waren und sie womöglich noch nie mit jemandem darüber gesprochen hatte.

»Was ist passiert?«

»Er zog es ins Lächerliche. Er warf mir vor, viel zu jung für diese Art von Gefühlen zu sein und ob ich tatsächlich von ihm verlangen würde, für eine Schwärmerei von mir, die Gefahr einzugehen, arbeitslos zu werden. Was hätte ich dem entgegensetzen sollen? Alles war so neu für mich und ich wusste natürlich, dass dieses Mädchen mit großer Sicherheit sowieso auf Jungs stand. Ich sagte es ihr nicht und wir zogen fort.«

»Wie ging es dir danach?«

»Ich war so wütend und traurig, aber ich brauchte meine Kraft für die Schule und die viele Arbeit zu Hause. Ich machte weiter, wie immer. Als ich dich zum ersten Mal traf, habe ich mich direkt in dich verguckt. Dieses Gefühl war so stark und wunderschön. Ich wusste vom ersten Moment an, dass ich es dieses Mal ganz und gar zulassen wollte. Und obwohl ich hörte, dass du einen Freund hast, loderte es weiter und selbst wenn du mit Tobi zusammengeblieben wärst, hätte ich dich kennenlernen wollen, um zu sehen, was passiert.«

Mir war nicht klar gewesen, wie lange Leonie schon etwas für mich empfand. Eine warme Welle ergriff meinen Körper.

Leonie beugte sich zu mir und griff nach meinen Händen.

»Ich will das mit uns. Ich liebe dich.«

Mein Atem setzte für einen kleinen Moment aus.

Sie gab mir einen Kuss.

Ihre Worte hallten in mir nach und brachten eine Lawine an Gefühlen ins Rollen, die sich durch die Anspannung der letzten Zeit anscheinend am obersten Punkt meines Herzens gesammelt hatten.

»Ich liebe dich auch«, sagte ich.

Ich küsste Leonie und sank mit ihr auf das Bett.

Wir sahen uns an.

Langsam hob sie eine Hand und strich über meinen Nacken. Mit ihren Fingerspitzen fuhr sie durch mein Haar und berührte meine Kopfhaut.

Es kribbelte angenehm.

Ich neigte den Kopf nach vorne und fuhr mit der Spitze meiner Zunge über ihre Lippen. Sie öffnete ihren Mund und unsere Zungen berührten sich zärtlich.

Ein leises Aufstöhnen entfuhr Leonie. Sie griff nach meiner Taille und zog mich an sich. Eine ihrer Hände fuhr unter mein T-Shirt und berührte meine Haut.

Ich schob meinen Oberschenkel zwischen ihre Beine.

Wir sahen uns an und sprangen auf.

Bis auf Shirt und Slip zogen wir uns aus und schlüpften unter die Decke.

Leonie begann meinen Bauch zu streicheln und fuhr mit dem Zeigefinger zwischen meinen Brüsten entlang.

Diese Spur fing an zu glühen.

Sie wanderte tiefer, bis zum Saum meines Slips und wieder hoch. Ihr Finger streiften meinen Busen.

Ich schloss die Augen. »Das ist schön.«

Leonie küsste meinen Mund, dann zog sie die Decke weg, lehnte sich über mich und schob mein Shirt sachte nach oben.

Kühle Luft legte sich auf meine heiße Haut.

Ihre Lippen fuhren die brennende Spur entlang und vielleicht würde ich gleich zu Asche zerfallen, wie ein Vampir im Licht.

Ihre Zungenspitze tauchte in meinen Bauchnabel.

Sie bedeckte meinen Oberkörper mit Küssen und traf erneut auf meinen Mund.

Ihre Hand ruhte auf meiner Taille.

Ich griff danach, zögerte kurz, doch dann schob ich sie ganz langsam in die Richtung meines Slips.

Sie übernahm den restlichen Weg selbst. Langsam und sanft fuhr sie mit ihrer Hand zwischen meine Beine.

Ich hatte diese Stelle schon selbst berührt, aber Leonies zärtliche Erkundungen ließen mich etwas empfinden, was ich bisher nicht gekannt hatte. Es fühlte sich an, als würde ich ohnmächtig werden und gleichzeitig aus einem tiefem Schlaf erwachen. Ich schloss die Augen und die Nacht wurde zu einem Meer aus tanzenden Sterne, in das ich abtauchte. Es gab keine Zeit mehr, kein oben und unten, nur Leonie und mich.

Wir

Als wir aus dem Bus stiegen, neigte sich Leonie zu mir und flüsterte: »Ich verbringe die Pausen heute mit Richard. Ich verbrenne sonst in deiner Nähe.« Bedeckt von meinen Haarsträhnen, gab sie mir in deren Schutz einen Kuss auf mein Ohr.

Ich lächelte ihr zu, griff nach ihrer Hand und sie ließ ihre Finger sachte darüber gleiten, während sie aufstand und sich von mir entfernte.

Die Bilder der letzten Nacht tanzten vor meinem inneren Auge.

Wie ich den Schultag hinter mich brachte, wusste ich nicht. Umhüllt von diesem einnehmenden Gefühl, strich jede Unterrichtsstunde und jedes Gespräch in Bild- und Wortfetzen an mir vorbei.

Erst als ich am Nachmittag wieder in meinem Zimmer ankam, schärfte sich mein Blick.

Ich stand in dem Raum, der mir immer so gemütlich vorgekommen war. Plötzlich wirkte er trostlos und in mir war plötzliche Leere.

Ich wollte Leonie bei mir haben.

Was wäre, wenn sie irgendwann wieder wegzog?

Ich dachte an all unsere Gespräche. Dachte daran, wie sie geweint hatte, weil sie zuhause so viel machen musste und wie sie mir gesagt hatte, dass sie mich liebte.

Ich ging in dem Raum auf und ab und mein Blick fiel plötzlich auf die Verkleidung neben der Tür.

Ein Impuls fuhr durch meinen Körper. Ich eilte die Treppe hinunter, durch das Wohnzimmer und hinaus in den Garten.

Vorhin hatte ich Wacholders Silhouette zwischen den Bäumen gesehen.

Sie saß auf einem Hocker, rupfte Unkraut und begrüßte mich.

»Hi. Hast du kurz Zeit für mich?«

»Nimm dir einen Hocker.«

Ich tat wie mir geheißen und setzte mich neben sie.

»Wacholder, was ist in meinem Zimmer hinter der Verkleidung neben der Tür?«

Wacholder blickte Richtung Dach, als müsse sie sich die Stelle in Erinnerung rufen.

»Nichts. Die Verkleidung ist da, damit der Raum nicht so groß ist und die Wärme sich besser hält.«

»Also, ist hinter der Verkleidung noch Platz?«

»Ja. Klar, da ist noch ein Balken mitten drin, aber Platz ist dort noch. Wieso fragst du?«

Ich riss ein paar Büschel Gras heraus.

Wacholder legte ihre Hand auf meine.

»Johanna?«

Ich sah sie an.

»Ich … Ich bin verliebt in Leonie. So richtig. Wenn sie nicht da ist, fehlt sie mir und ich glaube, es geht ihr zuhause nicht wirklich gut, aber sie denkt, dass sie ihrem Papa so viel helfen muss und vielleicht ziehen sie irgendwann wieder weg.«

Wacholder sah mich weiterhin ruhig an.

»Wenn man die Verkleidung einreißen würde, wäre in dem Zimmer noch mehr Platz?«, fragte ich unsicher und schluckte.

Nein. Ich sollte vor Wacholder keine Angst haben. Dafür gab es keinen Grund. Ich streckte den Rücken gerade durch und drehte mich ganz zu ihr um. »Ich habe mir was überlegt. Wegen des Gewächshauses. In der Gärtnerei gibt es ein großes

Restelager. Weißt du, auch Platten für Dächer und Wände. Es ist alles nicht mehr so schön, aber ich könnte die Sachen putzen und streichen. Einige meiner Kolleginnen und Kollegen würden für Kuchen und Kaffee vorbeikommen und helfen und dann könnten wir dir mit ganz wenig Geld das Gewächshaus vergrößern …«

Alles in mir überschlug sich, Worte, Pläne, meine Gefühle.

Wacholder drückte meine Hand. »Eins nach dem anderen. Was ist mit dir und Leonie los?«

»Ich will, dass es Leonie besser geht und ich will sie nicht verlieren.«

»Sie muss mit ihrem Vater sprechen.«

Ich sah Wacholder einige Wimpernschläge lang an.

»Du meinst, dass mit dem Zimmer … also, ich dürfte die Verkleidung einreißen?«

»Reiße alles ein, was du für nötig hältst.«

Hastig sprang ich auf und drückte Wacholder an mich. Ich wollte losrennen, aber sie hielt mich zurück und lachte.

»Willst du meine andere Antwort gar nicht hören?«

Ich runzelte die Stirn.

»Wegen des Gewächshauses.«

Ich schlug mir gegen die Stirn. »Natürlich.«

»Deine Idee ist richtig toll. Lass uns das bald versuchen.«

Ich grinste, neigte mich zu ihr und gab ihr einen Kuss auf die Wange.

Zurück in meinem Zimmer griff ich zu meinem Phone.

Leonie hatte geschrieben.

Ich will es meinem Papa heute sagen, das mit uns beiden. Können wir uns vorher kurz sehen? Ich kann nicht weg. Könntest du herkommen? Ich vermisse dich so.

Ich schrieb zurück:

Ich mache mich auf den Weg.

* * *

Das Leonie mich nun in ihre Wohnung ließ, freute mich sehr.
Ich hastete aus dem Bus und zu ihrem Wohnblock.
An der Gegensprechanlage sagte sie zu mir »vierter Stock.«
Als ich an der Wohnungstür ankam, zog sie mich in den
Flur, schlang ihre Arme um mich und küsste mich innig. Wir
stolperten gegen die Haustür und drückte sie dadurch zu.
Ich lachte. »Du nimmst mir schon wieder die Luft.«
Leonie wich etwas zurück.
»Na, hoffentlich kannst du hier überhaupt richtig atmen. Es
ist alles ganz klein.«
Ich winkte ab.
Sie nahm mich an der Hand und führte mich in eine schmale
Küche. Die Möbel sahen sehr klapprig aus und auf der Arbeits-
fläche stand nur eine Kaffeemaschine. An den Wänden hingen
keine Bilder.
Im Flur zeigte sie auf zwei Türen. »Da ist das Bad und das
Zimmer von meinem Papa und das ist mein Zimmer.«
Sie öffnete die Tür.
Während ich es betrat, ließ sie meine Hand nicht los.
In dem Raum lag eine Matratze auf dem Boden. An den
Wänden hingen ein paar Poster von Papageien und Eulen. An
einer Wand stand eine Kommode aus dunklem Holz und ein
offenes Regal mit Büchern und einigen DVDs.
Leonie folgte meinem Blick.

»Wir sind so oft umgezogen. Ich habe nie viel mitgenommen.«

Ich drehte mich zu ihr und griff auch nach ihrer anderen Hand.

»Vorhin stand ich in meinem Zimmer und ich habe dich so wahnsinnig vermisst. Danke, dass du mir die Nachricht geschrieben hast und ich herkommen durfte. Willst du es deinem Papa heute wirklich sagen?«

Leonie nickte.

»Ich habe gerade mit Wacholder gesprochen. Mein Zimmer, also, man kann es vergrößern, wenn man die Verkleidung auf der Seite der Tür wegnimmt. Dadurch gewinnt man noch Platz.«

Leonie sah mich fragend an.

»Da wäre Platz für dich. Du könntest zu mir ziehen.«

Leonie ließ meine Hände los, doch ich griff wieder danach. Wir sahen uns an.

»Mein Papa braucht mich.«

»Dein Bruder ist auch ausgezogen.«

»Das ist was anderes. Richard ist achtzehn. Ihm kann man nichts mehr verbieten.«

»Du hast ein Recht darauf, dass es dir gut geht.«

»Es geht mir ja nicht schlecht hier.« Leonies Stimme kippte.

»So meinte ich das auch nicht. Dein Papa tut für euch das was er kann. Ich wünsche mir nur so sehr einen Ort für dich, an dem du mehr Ruhe hast. Du bist oft so erschöpft … ich will dir helfen.« Ich zog meine Hände weg und wich ihrem Blick aus.

»Und außerdem könnte ich es nicht ertragen, wenn ihr wieder wegzieht.«

Leonie hob ihre Hände und streichelte mir über die Wange.

»Du bist so lieb.«

Sie wich meinem Blick aus. »Ich will ihn nicht verletzen. Er tut so viel für uns. Meine Mutter ist weggegangen als ich vier war, seitdem ist er für uns da.«

»Irgendwann würdest du auch gehen, oder? So wie Richard. Vielleicht kommt der Zeitpunkt nun einfach eher.«

Leonie schwieg.

»Es tut mir leid. Ich will dich nicht unter Druck setzen.« Ich beugte mich zu ihr und gab ihr einen sanften Kuss. »Du bist mir so unheimlich wichtig«, sagte ich leise und machte einen Schritt nach hinten, doch Leonie griff nach meinem Arm und zog mich zu sich zurück.

»Du mir auch. Und du setzt mich nicht unter Druck. Im Gegenteil. Noch nie hat jemand für mich so etwas Schönes getan. Du warst so mutig bei deinen Eltern und auch jetzt, als du Wacholder wegen des Zimmers gefragt hast. Ich habe mich die letzten Jahre mit dieser Art von Leben arrangiert. Aber es tut mir nicht gut. Ich habe auch Angst, zu viel Kraft für eine Veränderung aufbringen zu müssen. Aber ich wäre ja jetzt nicht mehr allein damit und außerdem will ich mutig sein, so wie du es gewesen bist.«

Ich nickte und gab ihr einen sanften Kuss.

»Für Wacholder wäre das wirklich in Ordnung?«

Ich nickte.

Leonie ging einen Schritt zurück und sah sich in ihrem Zimmer um.

»Wenn ich ausziehe, könnte Papa sich eine Einzimmerwohnung nehmen. Er hat immer mal davon gesprochen, aber Richard und ich brauchten ja auch immer unseren Platz. Vielleicht würde er mir das eingesparte Geld geben?« Sie sah mich an und überlegte weiter. »Er kommt um halb sieben. Wir essen dann zusammen. Ich will ihm dabei von uns erzählen und abwarten, was er sagt. Könntest du in der Nähe sein und ich rufe dich dann an, wenn es für ihn okay ist, dich kennenzulernen? Einen Block weiter ist die Simonenstraße. Dort gibt es zwei oder drei Cafés.«

»Ich warte dort«, sagte ich.

Wir umarmten uns fest. Ich eilte hinaus und gab die Straße in meine Karte auf dem Handy ein.

Knapp zwei Stunden musste ich nun rumkriegen, ohne dass mir total schlecht oder schwindelig wurde.

Wenn das bloß alles gut ging.

* * *

Nach einem Kännchen Kräutertee, einem Stück Kuchen und einer Flasche Wasser meldete sich Leonie um viertel vor acht.

Ich hatte Wacholder vorher informiert, dass ich bei Leonie war und es vielleicht etwas später als neun Uhr werden könnte.

»Er mag dich gerne kennenlernen.« Leonie klang sehr aufgeregt.

Ich bezahlte und lief zurück zu dem Wohnblock. Kurz vor der Haustür betrachtete ich mein Spiegelbild so gut es ging in einem Autofenster und fuhr mir mit den Fingern durch die Haare.

Dann los.

Ich klingelte und Leonie öffnete mir die Tür.

Als ich ihr oben entgegenkam, hatte sie ganz rote Wangen und lächelte.

»Hi«, sagte sie leise.

»Hi.«

Sie schloss die Tür, legte eine Hand auf meinen Rücken und bugsierte mich sachte in die Küche.

Ihr Papa saß am Tisch und rauchte. Er trug ein schwarz-blau kariertes Hemd und seine hellblonden, kurzen Haare waren mit Gel in alle Richtungen frisiert.

Als ich reinkam, drückte er die Zigarette aus, stand auf und streckte mir die Hand entgegen.

»Hallo. Ich bin Steffen.«

»Johanna.«

Seine Hand war ganz rau und seine Haut war vom vergangenen Sommer gerötet, denn wie Leonie, hatte er eher helle Haut.

»Setz dich bitte.«

Sie hatten noch einen Stuhl an den kleinen Tisch gestellt und ich berührte fast die Küchenzeile hinter mir.

Steffen nahm ein Glas aus dem Schrank und goss mir Sprudel ein.

»Danke und vielen Dank, dass du mich kennenlernen möchtest.«

Er setzte sich und griff nach der Zigarettenpackung. »Na, Leonie hat mir jetzt fast eine Stunde nur von dir erzählt, da war ich natürlich neugierig. Zigarette?«

Er hielt mir die Packung hin.

Ich schüttelte den Kopf. »Ich rauche nicht.«

»Ihr jungen Leute seid viel zu vernünftig.«

Er lächelte schelmisch und Leonie streckte ihm die Zunge raus.

Sein Körper war dünn und sehnig. Man sah es an seinem Hals und den Armen, unterhalb des aufgekrempelten Hemdes. Obwohl er nicht besonders groß war, strahlte er eine Kraft aus, die mich einschüchterte.

Ob er auch laut werden konnte?

Einen Moment später ärgerte ich mich schon über diesen Gedanken. Nur weil er auf dem Bau arbeitete und im ersten Augenblick so ganz anders wirkte als mein Papa, musste er deswegen ja nicht gleich launisch sein.

Ich nahm einen Schluck Wasser.

Der Qualm in der Küche machte meinen Hals noch trockener.

»Leonie hat erzählt, dass du momentan nicht zuhause wohnst.«

Ich schluckte. Er begann gleich mit dem schweren Thema. Ich hätte gern noch etwas Small-Talk gehalten, bevor wir über die Wohnsituation sprachen.

Ich trank noch einen Schluck.

Wie drückte ich das nun geschickt aus, damit er kein schlechtes Bild von mir bekam?

»Ich bin ausgezogen, damit ich und meine Eltern mal in Ruhe nachdenken können. Ich komme in der Schule nicht so gut zurecht und sie haben sehr viel versucht, um mir zu helfen, aber es hat leider alles nicht geholfen. Ich möchte nach der neunten Klasse abgehen und eine Ausbildung in einer Gärtnerei anfangen. Ich arbeite dort jetzt schon immer jeden Samstag.«

Steffen nahm einen kurzen Zug von seiner Zigarette und blies den Rauch gegen die Wand.

»In einer Gärtnerei?«

Ich nickte.

»Das ist ganz schön anstrengende Arbeit.«

»Ja, aber ich finde die gut. Ich gewinne gegen alle Jungs im Armdrücken, schon immer.«

Steffen lachte.

Einer seiner Schneidezähne war schief. Er gab dem von Falten durchzogenen Gesicht etwas Fröhliches.

Ich sah ihm direkt in die Augen. »Im Garten bei uns hilft Leonie auch ganz viel.«

»Das Haus hat einen Garten, wo du wohnst?«

Ich nickte. »Ich wohne dort bei einer Frau, die sich mit Heilpflanzen beschäftigt. Sie hilft anderen Leuten damit und ich baue demnächst mit ihr das Gewächshaus aus, damit sie dort Unterricht geben kann. Ihr Spitzname ist Wacholder.«

Das Wort *Hexe* ließ ich bewusst weg. Diese Information war dann vielleicht doch etwas zu viel für Steffen.

Er nahm einen weiteren Zug von seiner Zigarette.

»Sie hat das Haus vor vielen Jahren von einer guten Freundin übernommen.«

Irgendwie war es mir wichtig, dass Steffen nicht dachte, ich lebe bei einer reichen Dame. Vielleicht würde er sie und mich sonst für Snobs halten?

Diese komischen klischeehaften Gedanken hatte ich wegen der verflixten Nervosität.

Leonie blickte zu ihrem Papa. »Als ich plötzlich so krank geworden bin, in der Schule, da hat sich Wacholder auch um mich gekümmert.«

Er drückte die Zigarette aus und die Falten auf seiner Stirn wurden etwas tiefer. Er sah Leonie an und überlegte.

»Als ich kurzfristig für einige Tage in eine andere Stadt musste, ja?«

Leonie nickte.

»Papa, Johanna bedeutet mir unheimlich viel und mit ihrer Hilfe habe ich auch schon eine andere Freundin im Jahrgang gefunden.«

Er sah Leonie erneut an und nahm ebenfalls einen groß Schluck Wasser.

»Ich möchte auf der Schule bleiben und dort mein Abi machen.«

Er öffnete den Mund.

»Ich weiß, dass du nicht sagen kannst, wie sich für dich bald wieder alles entwickelt.«

Sie lehnte sich über den Tisch und griff nach seinen ineinander verschränkten Händen.

»Du hast so viel für mich und Richard getan und ich habe dich so lieb.«

Ich sah auf die Tischkante. Hoffentlich war es ihm nicht unangenehm, dass ich in diesem sehr persönlichen Moment dabei war.

»Und ich weiß auch, dass du mich hier brauchst, aber manchmal …« Ihre Stimme brach ab und sie zog die Hände wieder zurück. »Manchmal, da ist mir das alles zu viel, vor allem seit Richard weg ist. Ich warte so oft abends auf dich, weil ich nicht genau weiß wann du kommst. Es ist mir klar, dass du es nur ganz selten mit dem Einkaufen schaffst, aber für mich ist das auch viel neben der Schule und den Arztterminen.«

Sie sahen sich an.

Steffens Augen wurden glasig.

»Ich wusste nicht, wie sehr dich das belastet.«

»Es ging ja immer irgendwie, auch mit der Schule. Aber nur, weil ich mich immer nur darauf fokussiert habe, meine Noten zu halten. Ich hatte keine Kraft mehr, um mich zum Beispiel auch mal vernünftig um Freundschaften zu kümmern. Aber jetzt bin ich mit Johanna zusammen und ich möchte Zeit mit ihr verbringen.«

Leonies Tonlage war wieder fester geworden.

Ich rutschte trotzdem mit dem Stuhl noch ein Stück in ihre Richtung, so dass sich unter dem Tisch unsere Beine berührten.

»Ich würde gern zu ihr ziehen. Wacholder wäre einverstanden. Über das Geld lässt sich mit ihr reden. Johanna bezahlt ihre Miete zum Teil durch ihren Nebenjob. Ich könnte mir auch einen suchen.«

Steffen sah sie einige Momente lang an. In seinem Gesicht lag eine Mischung aus Erstaunen und Enttäuschung. Er stand auf, ging an das Fenster und blickte für einen Moment hinaus. Leonies Mimik erstarrte.

Was, wenn er jetzt sauer würde?

Meine Muskeln spannten sich an.

Er kam zu uns zurück. »Kommt mal her ihr zwei.«

Ungeschickt beugte er sich über uns, streckte seine Arme aus und drückte uns an sich.

Als er sich von uns löste, wischte er sich über die Augen, setzte sich wieder und schaute zwischen uns beiden hin und her.

»Ihr beide kämpft um euch.«

Ich wusste nicht ob das eine Frage, oder eine Feststellung war.

Steffen griff nach der Zigarettenpackung, nahm aber keine hervor. Er drehte die Schachtel zwischen seinen Händen, als würde er durch das Betrachten der verschiedenen Seiten, die Optionen durchgehen. Dann sah er uns wieder an.

»Ich habe dir und Richard immer viel abverlangt, was den Haushalt anging. Jetzt bist du damit alleine. Ich habe da nicht richtig drüber nachgedacht. Das tut mir leid. Durch die Umzüge und die stetigen neuen Bedingungen auf den Baustellen habe ich unser Zuhause aus dem Blick verloren.«

Er lächelte Leonie zu. »Du sollst bei mir immer einen Ort haben, an den zurückkommen kannst.«

Nun lächelte er in meine Richtung. »Jedes Paar kann sich trennen und das hat nichts mit dem Alter oder Erfahrung oder was auch immer zu tun. Ihr versteht, wie ich das meine, oder?« Ich nickte und Leonie ebenfalls.

»Ich möchte euch das so vorschlagen. Das Geld, was ich hier für dein Essen und die anderen Sachen eingeteilt habe, gebe ich dir, Leonie. Du kannst dann unter der Woche entscheiden, was du damit machst, ob du hier mit mir essen magst, oder bei Johanna bist und du dich da an den Ausgaben beteiligst. Wir sprechen das ab. Vier Mal in der Woche kannst du dort übernachten. Die anderen drei Tage bist du bitte hier. Ungefähr im nächsten Sommer wird sich wieder entscheiden, ob und wann ich umziehen muss. Wenn du dich bis dahin richtig in der Schule eingewöhnt hast, kannst du dir einen Nebenjob suchen. Vielleicht Mathe-Nachhilfe, darin bist du ja so gut, hm? Damit könntest du dann vielleicht deinen Anteil an dem Zimmer bezahlen, das musst du vorher abklären und dann könntest du ganz zu Johanna ziehen. Ich möchte mir aber alles vorher dort ansehen und mit Wacholder sprechen, ja?«

Leonie stand auf und umarmte ihren Vater.

»Du bist der Beste.«

»Na, na«, sagte er und klopfte ihr auf den Rücken. »So ganz der Beste war ich in der letzten Zeit ja wohl nicht.«

Sie sah ihn an. »Wir haben einfach zu wenig geredet.«

»Danke«, sagte ich zu Steffen und lächelte ihn an. Ich blickte auf mein Phone.

»Ich muss gleich leider nach Hause.«

Leonie sah fragend ihren Papa an.

»Na los, hau schon ab.«

Bald

Leonie und ich hatten uns gerade auf das Bett fallen lassen und atmeten laut aus. Endlich war Freitag. Gerade, als ich mich zu ihr drehen wollte, klingelte mein Handy.

Es war meine Mama.

Ich schluckte.

»Hallo Mama.«

»Hallo Johanna. Papa und ich haben uns die letzten Tage informiert und auch mit Herrn Wontrast geredet. Du kannst das machen mit der Ausbildung.«

Ich sprang in die Luft und verkniff mir einen Freudenschrei.

»So cool, so cool. Ich danke euch!«

»Kommst du am Sonntag zum Essen? Dann besprechen wir alles noch mal in Ruhe.«

»Ja klar. Danke. Bis Sonntag.«

Ich drückte auf Rot, warf das Phone auf den Schreibtisch, drehte mich zu Leonie, sprang auf das Bett und umarmte sie.

»Ich darf die Ausbildung machen.«

Leonie trommelte mit den Fäusten auf die Decke.

Sie warf sich über mich und bedeckte mein Gesicht mit Küssen.

Ich lachte. »Montag.«

»Montag?«

»Montag sagen wir es Charlotte. Das mit dir und mir. Und dann den anderen.«

»Alles klar. Darf ich dich jetzt weiter küssen?«

»Du musst.«

Jetzt

Wir stiegen aus dem Bus und sahen uns an. Ich griff nach Leonies Hand. Langsam gingen wir in das Gebäude hinein und die Treppen hinauf.

Charlotte stand vor der Klasse und blickte uns entgegen. Sie sah auf unsere Hände.

»Guten Morgen«, sagte Leonie zu Charlotte, beugte sich zu mir und küsste mich auf die Wange.

»Bis gleich.«

Ich sah Charlotte an. »Nächste Pause geben wir dir einen Kakao aus. Wir würden dir dann nämlich gerne etwas sagen.«

Charlotte grinste. »Macht das. Ihr zwei Verliebten.« Sie zwinkerte mir zu und zusammen betraten wir die Klasse.

###

Weitere Geschichten

„Hömma, kommt kein Bus?" (Mundart)
Selfpublisting 2022

Küsse im Schneesturm (Roman)
Ylva Verlag 2021, Kriftel

Zwei Inseln, ein Meer (Novelle)
Selfpublishing 2020

Die Reise des Fuchses (Kurzprosa)
Mit Anna Thur und Madita Sternberg.
Selfpublishing 2020

Letzte Zutat Liebe (Roman)
Ylva Verlag 2019, Kriftel

Gasse ohne Mondlicht (Kurzgeschichte)
Mit Jolene Walker. Selfpublishing 2018

Eine Diebin zum Verlieben (Roman)
Ylva Verlag 2017, Kriftel

12 Tage (Kurzgeschichte)
Ylva Verlag 2015, Kriftel

Alles nur Kulisse (Roman)
Ylva Verlag 2015, Kriftel

Twitter: @tschabuhjahhh
Instagram: inastegautorin
Redbubble:
www.redbubble.com/de/people/inasteg/shop

Über mich

Ich schreibe, um flüchtige Momente festzuhalten und um Mut zu machen. Halbtags arbeitete ich in einem Archiv und grabe dort nach altem Wissen. Ich bin oft im Theater und gerne in Parks. Sport (Spazieren gehen) mache ich nur, damit ich wieder in vernünftiger Haltung (zu mir selbst) an den Schreibtisch kann.

Danksagung

Liebe Leser*in,

ich freue mich, dass du meinen ersten Roman für Menschen ab 14 Jahren in den Händen hältst. Er ist neben „Küsse im Schneesturm" mein persönlichstes Buch.

Johannas, Leonies und Wacholders Herzen ähneln derer, die mir geholfen und die mir gut getan haben, in die ich verguckt war und es noch bin, die mich auf liebevolle Weise begleitet, mich inspiriert und mir Mut gemacht habe. Ich freue mich, die Art dieser besonderen Menschen durch diese Geschichte mit euch teilen zu können.

Mögen eure Träume in Erfüllung gehen und Wacholders Zauber dazu beitragen. Bleibt neugierig, seid mutig und folgt eurem Herzen, es kennt den Weg und somit auch ihr.

Eure Ina

im Dezember 2022

The magic goes on

In meinem Redbubble Shop könnt ihr Notizbücher, Sticker, Buttons und vieles mehr mit Johannas und Wacholders Magie erhalten. Ich freue mich, wenn ihr dort vorbeischaut.

www.redbubble.com/de/people/inasteg/shop